面 纱

[英]威廉·萨默塞特·毛姆　著

辛侯云　译

民主与建设出版社
·北京·

前 言

这个故事的灵感源于意大利诗人但丁的诗句，诗的内容如下：

"喂，你历尽艰辛，重返人间，

经过漫漫长途，跋山涉水，终于可以安歇了。"

第三个幽灵随即接过第二个幽灵的话，

"请记住我，我就是比婀，

我的一生始于锡耶纳，毁于马雷马，

那个用宝石戒指将我套住、许我一世的男人，对此心知肚明。"

我当时还是圣托马斯医院的一名实习生，恰逢复活节，我有六个星期的自由支配假期。年仅二十岁的我，提着装有几件衣服的旅行袋，兜里揣着二十英镑就出发了。从热那亚到比萨，我一路前行，而后到达佛罗伦萨，在这里的维亚劳拉租了一间房，透过窗户，我可以看到大教堂优美的圆形屋顶。这间房子的主人是一个寡妇和她的女儿，经过激烈的讨价还价，我最终以每天四里拉（包食宿）的便宜价格将房子订了下来。我甚至觉得她根本不赚钱，因为我的食量非常大，可以毫不费力地瞬间扫光一大碗空心面。她在托斯卡纳山有一座葡萄酒厂，我仍然记得她从那里带回来的基安蒂红葡萄酒是我在意大利喝过的最美味的酒。她的女儿每天会给我上一节意大利语课，这个女孩看上去成熟稳重，但我觉得她最大超不过二十六岁。她情路坎坷，曾与一位军官订婚，未婚夫却在阿比西尼亚被人杀害，此后她便一直守身未嫁。不难想象，她的母亲一死（这位身材丰满、头发灰白、活泼开朗的女人是不会轻易向上帝缴械投降的），厄西莉亚便会皈依宗教。她似乎满心欢喜地期待着这一天的到来。她还喜欢哈哈大笑，我们在餐桌上谈笑风生、其乐融融，然而，一到课堂上，她就立马换上一张严肃的面孔。当我神思恍惚或者心不在焉的时候，她就会用一把黑尺轻敲我的指关节，被当作小孩子一样训斥的我本来应该感到气愤的，但我却笑了，因为这使我不由自主地联想到书上读到过的传统老式教师的形象。

我过着艰苦的日子。每天必做的功课之一就是翻译易卜生某部戏剧中的几页，以便熟练掌握其中的写作技巧，从而轻松驾驭各种对话创作；接着我就手捧罗斯金的著作，在其广阔的艺术世界里细细品味佛罗伦萨的美景。在罗斯金的引领下，我开始对乔托参与建造的塔以及吉柏提设计的青铜大门萌生钦佩之意，我还对乌菲齐美术馆内波提切利的作品产生了浓厚的兴趣，和大师们产生了强烈的心理共鸣。少年壮志，意气风发，我对他们所贬斥的东西也投以鄙夷的目光。午饭过后，我先上完意大利语课，接着便会再次出门，这次是去游览教堂，漫步在亚诺河边，浮想联翩，畅想着自己美好的未来。吃完晚饭，我会出门寻找刺激，但不知道是因为过于单纯天真，还是内心深处的羞涩胆怯从中作梗，反正每次回来，我都跟出门的时候一样冰清玉洁。因为给了我一把钥匙，房东太太总是提心吊胆，生怕我会忘记关门，每次听到我进屋，确认把门锁好之后，她才会长舒一口气。回来之后，我便开始深入剖析中世纪意大利归尔甫派和吉伯林派这两大政治派别之间的斗争史。我强烈地意识到，浪漫主义时期的那些作家并不像我这么拼搏努力，我甚至怀疑他们当中是否有人能够仅靠二十英镑在意大利设法生存六个星期。我非常享受自己这种朴素而又勤勉的生活。

我已经读过《地狱》（尽管手里有一份译本，但我还是认真负责地去查询每一个陌生的词），所以厄西莉亚便从《炼狱》开始教起。在教到上面我引述的那一段时，她告诉我，比婀是锡耶纳的一位贵妇，她的丈夫怀疑她与人通奸，但又忌惮她家族的势力，投鼠忌器，不敢公然杀她，便把她带到了他在马雷马的一个城堡，试图用那里的毒气将她毒死，他深信自己精心策划的这一阴谋必能得逞；可没想到，她却久久不肯咽气。他恼羞成怒，一气之下便把她扔出了窗外。我不知道厄西莉亚是从哪里听来的这些故事，我手中的但丁作品中所注释的故事情节并没有这么详细具体。但不知为何，这个故事却激发了我的想象力，它在我脑海中反复盘旋、久久萦绕。多年来，我不时会把它拿出来仔细琢磨一番。我常常在心里默默地重复这句台词："我的一生始于锡耶纳，毁于马雷马。"但它只是我众多题材构想中比较中意的一个，于是在很长一段时间里，我几乎把它遗忘。当然，我是把它当作一个现代故事来看待的，但我却想象不出一个它存在于当今世界合乎情理的背景。直到经历了一次漫长的中国之旅之后，我才终于找到一直以来苦苦寻觅的理想背景。

我觉得这是我唯一一部以故事形式而非人物形象导入的小说。人物形象跟故事情节之间的关系很难解释清楚。你不可能凭空捏造出一个人物，你得给他量身打造一个赖以生存的环境，以及他所从事的职业。这样一来，你所创作的人物形象和他的主要行为才能完全对号入座。但这一次，我是先在脑海中慢慢构架起整个故事的雏形，然后再挑选合适的人物与之相匹配。这些人物的原型大都是我在不同场合早已认识的那些人。

这本书的创作过程并不顺利，可谓一波三折，我一度陷入所有作家都可能会遇到的窘境。男女主人公的姓氏起初被定为莱恩——一个再普通不过的名字，但是，在香港似乎有同样姓氏的人，他们提起了诉讼。连载我小说的杂志社不得不做出让步，被迫赔偿了250英镑，才勉强平息了这场风波。我只好把姓氏改成了费恩。紧接着，香港助理布政司也觉得自己受到了诽谤，扬言要诉诸法律。我深感诧异，因为在英国，我们可以把首相搬上舞台，也可以将他作为小说人物的原型。即便是坎特伯雷大主教或者上议院大法官被拿出来塑造，相关办公室的负责人也会对此熟视无睹，绝不会小题大做。让我感到惊讶的是，一个临时且无足轻重的小官，竟然觉得我是在含沙射影地针对他。为避免麻烦，我把香港改成了"清廷"——一个虚构出来的地方。事件发生时，这部小说已经出版，我们不得不紧急将它召回。不少独具慧眼的精明评审员以各种各样的理由，拒绝将书退回。如今这些副本已经获得了一定的文献价值。现存的这个版本有六十来册，成了藏书家们高价回购的珍品。

面 纱

1

她发出一声惊叫。

"出什么事了？"他问道。

尽管房门紧闭，屋内一片昏暗，他仍然可以捕捉到她脸上闪过一丝惶恐。

"刚才有人开门了。"

"哦，可能是女佣吧，或者是某个男仆。"

"他们知道我午饭过后要休息，不可能在这个点来。"

"那又会是谁呢？"

"瓦尔特。"她小声嘀咕着，嘴唇在不住地颤抖。

她指了指鞋子，示意他穿上。他试图穿上鞋子，可她的警觉惶恐让他忐忑不安，手脚也不听使唤了，况且鞋子还有些紧，她不耐烦地轻抽一口气，把一个鞋拔递给他。她匆忙套上睡衣，顾不上穿鞋子，光着脚奔向梳妆台。

她的头发凌乱不堪，趁他穿第二只鞋的空隙，她迅速拿梳子整理了一下，又把外套塞给他。

"我该怎么出去？"

"你还是稍等一下吧，我先出去看看，以防万一。"

"不可能是瓦尔特，他五点之前是不会离开实验室的。"

"那还会是谁？"

他们窃语着，她在瑟瑟发抖。

想到她遇到突发情况可能会情绪失控，他突然很生她的气。明明不安全，她为什么非要说安全呢？她屏住呼吸，把手放在他胳膊上，他顺着她目光所指的方向望去。两人面向通往走廊的窗户站立，窗户紧闭，百叶窗上了闩。这时，他们看到窗户上的白色搪瓷把手在慢慢转动。刚才并没有察觉到有人经过走廊，这样突如其来的动作让人不寒而栗。一分钟过去了，仍然没有任何动静。紧接着，另一扇窗户的白色搪瓷把手也同样蹊跷诡异地转动了一下，悄无声息、令人毛骨悚然。凯蒂吓得胆战心惊、失魂落魄，张口就要尖叫。他见势不妙，迅速伸手捂住了她的嘴，将她的叫声压了回去。

屋内一片寂静。她倚着他，膝盖不停地颤抖。担心她可能会晕厥，他微皱眉头，咬紧牙关，把她抱到床上，让她坐好。她的脸像床单一样苍白，而他尽管皮肤黝黑，却也掩饰不住那惨白的脸颊。他站在她旁边，像着了魔一样，死死地盯着窗户上的白色搪瓷把手。他们谁也没有说话，随后，她便开始失声痛哭。

"看在上帝的分儿上，别这样。"他压低嗓音焦急地说道，"开弓没有回头箭，我们没有退路，只能硬着头皮撑下去。"

她开始寻找手帕，他领会了她的意图，便把包递给她。

"你的遮阳帽呢？"

"我把它落在楼下了。"

"噢，我的上帝！"

"听我说，你必须振作起来，保持冷静，这绝对不可能是瓦尔特，他这个时候怎么可能回家？他中午从来都没有回过家，不是吗？"

"从来没有。"

"我敢跟你打赌，一定是女佣。"

她苍白的脸上露出一丝笑意，他那充满磁性、温柔魅惑的声音给她吃了一颗定心丸。她抓过他的手，深情地紧握着。他给了她一点时间，让她冷静下来。

"听着，我们不能一直待在这里。"他接着说，"你现在能否站起来到外面的走廊上看看情况？"

"我感觉还是站不起来。"

"你这里有白兰地吗？"

她摇了摇头。他顿时眉头紧蹙，神色黯然，愈发心烦意乱，不知所措了。突然间，她把他的手抓得更紧了。

"万一他在外面等着，该怎么办？"

他故作镇定，勉强挤出一丝笑容，用他那一贯温柔且令人信服的口吻说道："这不太可能，勇敢点，凯蒂，怎么可能是你丈夫呢？如果真的是他，进来看到大厅里有一顶陌生的帽子，上楼发现你房间的门反锁着，他肯定会大闹一场的。一定是那些仆人，只有这些中国人才会那样转动把手。"

她现在的情绪稳定了很多。

"即使是被女佣发现，影响也不太好。"

"我可以收买她，必要时，还能用手中的权力压压她，封住她的嘴。当一名政府官员虽然油水不多，但有些时候还是可以从中捞到一点好处的。"

他说得一定没错。她站起身来走向他，伸出双臂，他将她揽入怀中，吻了吻她的嘴唇。她是如此疯狂地迷恋着他，深陷其中，不能自拔，这让她深感痛苦不安。她太爱他了。他松开了她，她走到窗户前，拉下门闩，把百叶窗微微打开一条缝，往外看了看，没发现一个人影。

她溜到走廊上，瞟了一眼丈夫的更衣室，再瞅瞅客厅，两处都空无一人，她又回到卧室，朝他招手示意。

"没人。"

"我认为这一切都是幻觉，虚惊一场。"

"别笑了，差点吓死我。你到客厅坐一会儿，我得穿上袜子和鞋子。"

2

他依着她的指示到客厅坐下，五分钟后她也收拾好走了过来。他嘴里叼着一支烟。

"喂，能不能给我来点白兰地？"

"好的，我打电话叫一份。"

"看这情况，今天的事应该没有伤害到你。"

他们静静地等着男仆接电话。电话接通后，她点了他要的酒。

"你给实验室打电话，问一下瓦尔特在不在那里，"她接着说道，"他们不会听出你的声音的。"

他拿起听筒，跟她要了电话号码拨了过去，电话接通后，他询问费恩医生在不在办公室，稍后便放下了听筒。

"他吃过午饭就离开了，"他说道，"问一下男仆他是否来过这里。"

"我不敢。要是他真的来过，而我却没见到他，这是不是太滑稽了。"

男仆端来了白兰地，唐森（查理·唐森）毫无拘谨地接了过来。他倒了一杯给她递过来，她摇了摇头。

"如果那个人真是瓦尔特，我们该怎么办？"她问道。

"有可能他根本就不在乎。"

"瓦尔特吗？"

她的声音充满了疑惑。

"我一直觉得他是一个很腼腆的人。你也知道，有些男人爱面子，无法容忍自己当众受辱。如果他足够理智，应该明白弄出丑闻来对他没有任何好处。我一点都不觉得那个人会是瓦尔特，不过就算是他，依我对他的了解，他绝对不可能搞出什么事来，只会揣着明白装糊涂，睁一只眼闭一只眼，忽略这件事。"

她思忖片刻。

"他疯狂地爱着我。"

"好，那更有利于你说服他。"

他冲她微微一笑，这种摄人心魄的笑容，让她神魂颠倒，多少次彻底沦陷。那是一种缓慢的笑容，最先隐含在他那双清澈的蓝眼睛里，而后又一路下滑，展露在他那圆润饱满的嘴唇上。他还有一口小巧玲珑、洁白整齐的牙齿。这种性感十足的微笑让她的心在体内彻底融化。

"我却不怎么在乎他，"她心中闪过一丝欢快，继续说道，"这一切都是值得的。"

"都是我的错。"

"你怎么突然来了？见到你，我很惊讶。"

"我控制不住对你的思念。"

"亲爱的。"

她向他微微靠了靠，乌黑明亮的眼睛深情地望着他，嘴唇也情不自禁地微微张开。他将她搂入怀中，她痴迷地娇喘一声，忘情地倒在他的怀里，仿佛漂泊的船只找到了避风的港湾。

"你要知道，我永远是你的依靠。"他说道。

"跟你在一起，我真的很快乐，希望我也能带给你同样的快乐。"

"你不再害怕了？"

"我讨厌瓦尔特。"她回答道。

他一时不知道该怎么回应她，便又吻了吻她，她柔软光滑的脸颊轻轻磨蹭着他的脸。

而后他拉过她戴有金表的手腕，看了看时间。

"你知道我现在该干什么了？"

"迅速溜走？"她笑着说道。

他点了点头。有那么一瞬间她把他抱得更紧了，但感觉到他执意要走，便又松开了他。

"你不好好工作，来我这里偷香窃玉，也不害臊。赶紧走吧。"

他从来无法抵制这种调情的诱惑。

"看来你是急着想摆脱我。"他轻轻说道。

"你知道我有多舍不得你。"

她的声音低微细小却又严肃认真。他满心欢喜地笑了。

"关于那个神神秘秘的来访者,你漂亮的小脑袋瓜也不要一个劲地胡思乱想了,我敢肯定那一定是女佣。如果出现任何问题,我一定会站出来护你周全的。"

"你是不是已经身经百战、胸有成竹了?"

他的笑声里充满了得意与自豪。

"没有,但我自认为脑子还是比较灵活的。"

3

跟着他来到走廊,她一直目送着他走出房子。看着他朝她挥了挥手,她不禁心潮澎湃,胸口小鹿乱撞;他虽然已经四十一岁,却依旧身材轻盈,步伐矫健,俨然一个活力四射的小伙子。

走廊逐渐变得幽暗;她漫不经心地游荡在走廊上,回味着和心上人之间的柔情蜜意,心中感到无比舒适惬意。他们的房子位于欢乐谷,坐落在半山腰上,相形之下,山顶的房子会更加舒适,但比较昂贵,他们支付不起。她的目光游离散漫,很少留意蔚蓝的大海和港口拥挤的船只。她心里只有朝思暮想的情人。

当然,那天下午,被欲望冲昏头脑的他们犯下了愚蠢的错误。然而,只要是他想见她,她总会毫不犹豫地扑进他的怀抱,哪里还管什么安全不安全!他已经来过这里两三次了,都是在午饭之后。正午时分,烈日炎炎,这个时候谁都懒得出来在太阳底下走动,甚至连那些男仆也没有发现他来过这里。在香港,他们生活得很艰难,她讨厌这座中国城市。他们经常见面的地方是靠近域多利道的一间脏兮兮的小屋，每次踏进这间屋子，她总会感到紧张不安。那是一家古玩店，店里三五围坐的中国人目不转睛地盯着她看个没完没了，让她感觉浑身不自在；她讨厌那个满脸谄笑的老头子，每次他都会领着她来到古玩店的后面，再经过一段昏暗的楼梯，最后来到他们经常见面的地方。房间凌乱不堪，散发着一股刺鼻的霉臭味，墙边触目惊心的大木头床让她不寒而栗。

"这里实在是太脏了，不是吗？"和查理第一次在这里见面时她说。

"走进来就不会有那种感觉了。"他回答道。

当然，被他搂进怀里的那一瞬间，她就已经把这一切抛到九霄云外了。

唉，可恨的是，她一点都不自由，他也一样，他们不能光明正大、随心所欲地在一起。她不喜欢他的妻子。凯蒂的思绪天马行空，随意飘荡，有片刻停留在了多萝西·唐森的身上。多萝西，这是一个多么不幸的名字，听上去就那么俗气。她至少已经有三十八岁了，可查理从来没有提起过。当然，他根本不在乎她；他已经彻底厌倦了她，可他是位有教养的绅士。满含爱意而又略带讥讽的微笑浮上了凯蒂的面颊：他就是一个笨头笨脑的小傻瓜。他可以对多萝西不忠，但绝不会出言诋毁她。多萝西是一位身材高挑的女人，身高比凯蒂高一些，体形匀称，不胖也不瘦，顶着一头浅棕色的头发；除了还算有点年轻之外，她几乎不可能和"美丽"这个词沾上边；她的容貌还算可以，但并不引人注目。她蓝色的眼睛里透着冰冷的光，皮肤暗沉，面无血色，让人看过之后绝不想再看第二眼。还有她的穿着——好吧，这点倒是和她的身份非常匹配，即香港助理辅政司的妻子，凯蒂笑着微微耸了耸肩。

当然，不能否认的是，多萝西·唐森有一副清脆悦耳的好嗓音，她还是一位不折不扣的好母亲，这一点查理常常挂在嘴边。而且她还是凯蒂妈妈眼中标准的淑女。然而凯蒂并不喜欢她。她不喜欢她那漫不经心的态度；要是她请你喝杯茶或者吃顿晚餐，那满不在乎的随意态度就会让你怒火中烧，因为你能感觉到她根本就不想接待你。凯蒂认为，实际上她唯一在乎的只有她的孩子。她的两个大一些的儿子在英格兰读书，另外还有一个六岁的小儿子，她打算明年就把他带回英国去。她的脸似乎只是一张面具。她面带笑容，高兴的时候，会彬彬有礼地跟人们谈论她感兴趣的话题；但热情客套的背后是拒人于千里之外的傲气。她在殖民地有几个亲密的好友，她们都非常仰慕她。凯蒂好奇唐森太太会不会觉得她太过普通了，这样想着，她不觉红了脸。尽管如此，多萝西也没有理由摆架子。毋庸置疑，她的父亲曾经是一位殖民地总督，在位期间的确风光无限——他进入一间房后，在场的所有人都会起身恭迎；当他准备乘车离开时，所有男人无不脱帽致敬——但如今他已卸任总督之位，一切辉煌已成过往，还有什么比这更微不足道的吗？多萝西·唐森的父亲如今栖身在伯爵府区的一间小房子里，靠养老金度日。凯蒂的母亲是一个很强势的女人，每次跟凯蒂通话时，总表现出一副盛气凌人、气势汹汹的样子。凯蒂的父亲伯纳德·贾斯汀是一名英国王室法律顾问，以他的资质，完全有希望成为一名法官。他们住在南肯辛顿。

4

凯蒂婚后便随丈夫移居到了香港，她慢慢发现自己的社会地位完全取决于丈夫所从事的职业。她对此心有不甘，一时难以接受。当然，这里的人们对他们还是比较友好的，刚来的时候，有那么两三个月，他们几乎每天晚上都会出席各种宴会活动；去总督府就餐时，总督大人热情隆重地接待了他们。但是她很快就意识到，作为一名为政府服务的细菌学家的妻子，她没有任何独特的自身价值，这让她深感愤愤不平。

"这也太荒谬了，"她跟丈夫说道，"为什么这里的人成天宅在家里，却很少有人会感到烦躁呢？母亲是绝对不会邀请这些人来家里就餐的。"

"你没必要为了这些无关紧要的事劳心费神。"他回答道，"你知道，这些并不重要。"

"当然，这根本不重要，只能说明他们是多么愚昧无知。但滑稽的是，过去常常来我们这里做客的那些人也完全没把我们当回事。"

"从社交的角度看，科学家是被人们遗忘的群体。"他笑着说道。

跟他结婚的时候，她根本不知道这些，现在总算明白了。

"我也不知道，恰恰是在那些被热情招待的晚宴上，那种众星捧月的感觉，让我身心愉悦、陶醉其中。"她笑着说道，试图让自己的话听起来没那么势利。

也许是注意到她佯装轻松背后的不满，他拉过她的手，羞涩地紧紧握住。

"亲爱的，真的很抱歉，让你受委屈了，但千万不要因为这件事烦心。"

"噢，我才不会让这些小事扫了我的兴致。"

5

那天下午拧把手的那个人不可能是瓦尔特，一定是某个仆人。即便他们知道也无所谓，尽管这些中国仆人无所不知，但他们通常都守口如瓶。

一想起那个白搪瓷把手缓慢转动的情形，凯蒂就不由得心跳加快。他们以后绝对不可以再冒这样的险了，去古玩店见面会更好些。就算有人看到她进去，也不会往这方面想，他们在那儿幽会是绝对安全的。古玩店的老板知道查理的身份，他绝对不会傻到跟助理辅政司作对的地步。只要查理爱她，她还有什么好在乎的呢？

她离开走廊，回到客厅，躺在了沙发上，伸手拿出一支烟。这时，她看到一张便条赫然躺在茶几上面的一本书上。她打开便条，只见上面用铅笔字写着：

亲爱的凯蒂：

这是你想要的那本书，我正准备亲自拿给你时，碰到了费恩博士，他说自己正好回家，可以顺路给你带回去。

她摇响了传唤铃，仆人进来之后，她询问是谁把这本书送过来的、什么时候。

"是先生拿回来的，太太，在午饭之后。"仆人回答道。

看来门外那个人毫无疑问就是瓦尔特了！她立刻给辅政司办公室打电话，查理接通电话后，她把刚才的事情告诉他，电话那头，迟疑了片刻。

"我该怎么办？"她焦急地问道。

"我正在开一个重要的磋商会议，现在不方便跟你说太多，我建议你先按兵不动，静观其变。"

她把电话放下，想到他身边一定有其他人，不觉开始厌烦起他那些琐碎的事务来。

她再次在茶几前坐了下来，双手托腮，苦思冥想，试图寻找摆脱眼下困境的方法。当然，也许瓦尔特只是觉得她在午睡，没有理由不让她关着门窗睡觉吧。她绞尽脑汁，竭力回忆着他们当时有没有一直在说话。可以肯定的是，他们的声音并不大。还有楼下那顶帽子，查理简直是疯了才把它忘在了楼下。现在责怪他也没有用，这么做其实很正常，再说，也没有什么事情可以说明瓦尔特就注意到了那顶帽子。他有可能很匆忙，仅仅把书和便条放下，便立即赶回去处理事务了，他的工作性质就是这样，整天忙忙碌碌的。但奇怪的是，他竟然推了一下门把手，又转了转那两扇窗户的旋钮。如果他知道她在午睡，依他一贯的做事风格，是绝对不会来打扰她的。她真是一个愚蠢的笨蛋！

她的身体微微一颤，跟查理欢爱时的那种甜蜜的痛楚再一次涌上了心头。一想到查理，这种感觉就像洪水一样朝她席卷而来。她觉得这一切都是值得的。查理曾经说过，他会永远陪在她身边。如果真到了山穷水尽、无计可施的地步，那么……如果瓦尔特愿意，就让他大闹一场吧，她有查理就足够了，还有什么好在乎的呢？也许让他知道实情，是最好的选择。她从来都没有喜欢过瓦尔特，自从爱上查理后，她就对丈夫的亲密接触特别反感，她恨不得立马跟他划清界限。眼下还看不出他能找到什么证据，要是他站出来指控的话，她就矢口否认。如果他铁了心要追根究底，那她也不会再隐瞒了，好吧，那就直接把真相甩给他，随便他怎么处理！

6

结婚不到三个月的时间，凯蒂就意识到自己犯了一个很大的错误，但这一切都是母亲一手造成的，不能怪她。

房间里有一张她母亲的照片，凯蒂用厌恶的目光看过去。她也不知道自己为什么要把它摆在那里，因为她不是很喜欢自己的母亲。家里也有一张她父亲的照片，不过放在楼下的大钢琴上了。这是他被任命为王室法律顾问时拍的。照片上，他头戴假发，身着长袍，这身行头丝毫没有让他看上去仪表堂堂。他个子矮小，面容消瘦，眼神倦怠，嘴唇单薄，上唇修长。照相时，幽默的摄影师让他摆一个轻松愉快的表情，但他却成功地将表情变得更加严肃了。他嘴角明显下弯，目光沮丧呆滞，这给他本就落寞的脸上增添了几分忧郁。贾斯汀太太却认为这恰恰使他看上去更加公正严明，和他的职业身份相得益彰，于是便从众多的底片中选中了这一张。而她自己的这张是丈夫就职王室法律顾问时在王宫里拍的。她身穿天鹅绒长裙，身后拖着的长裙摆恰到好处，这让她看上去更显雍容华贵。她头上插着羽饰，手里捧着鲜花，身子挺得笔直，周身散发着一种高贵典雅的气质。彼时她已年近五十，比较清瘦，胸部平平，颧骨突出，鼻子大而有型，乌黑浓密的头发柔顺而有光泽。凯蒂一直觉得，她那头发就算没有染色，至少也是精心修剪过的。她那双漂亮的黑眼睛总是不停地转动着，一刻也不安分，这是她身上最引人注目的特征；因为当她跟你说话时，那双不安分的眼睛会在她那冷漠单薄而又蜡黄的脸上不停地转动着，让你感觉惶恐不安。她的目光在你全身上下挪动，不停扫射，继而又转向屋内的其他人，然后不知不觉又回到你身上；你会觉得她是在评判你、总结你，同时她又密切关注着周围发生的一切，保持着绝对高度的警惕。你会觉得她心口不一，嘴上说一套，心里盘算的却是另一套。

7

贾斯汀太太是个冷酷无情、尖酸刻薄的女人，她有极强的控制欲，野心勃勃，却又吝啬抠门，愚蠢至极。她出生于利物浦的一个七口之家，姐妹五人，父亲是一位律师。初见伯纳德·贾斯汀是在伦敦北部的巡回法庭上。彼时的他看上去是一个朝气蓬勃的年轻人，她的父亲认为他前途无量，可事实并非如此。他勤奋刻苦，也颇有能力，但却缺少突破自我、加官进爵的决心和意志。贾斯汀太太恨铁不成钢，很是瞧不起他。但她很快就意识到，尽管心存怨恨不满，但她只能依靠丈夫出人头地。她处心积虑地迫使丈夫在自己设计的理想道路上一路前行，稍有不从，她就会喋喋不休地训斥责骂，不留半点情面。她慢慢发现，如果她所安排的事遭到丈夫本能的反抗，她只需要胡搅蛮缠，让他心烦意乱、寝食难安，丈夫在精疲力尽之后，就会低头服软。她这边也没闲着，整日费尽心机去结交那些可能对她有价值的人。她挖空心思去巴结那些委托丈夫辩护的律师，和这些人的太太们也打得火热；她对法官们趋炎附势，在其太太们面前也是阿谀逢迎；她使出浑身解数去吹捧那些前途有望的政客。

二十五年来，贾斯汀太太从来没有因为喜欢某个人而宴请他，所有入了她法眼的人，无一不是她如意算盘上的一颗珠子。每隔一段时间，她就要大摆宴席，她的吝啬抠门丝毫不亚于那蓬勃的野心。她视钱如命、一毛不拔，自认为花一半的钱，就可以办出跟别人同等效果的宴席来。她的晚宴烦琐而周到，却又精打细算、数米而炊。她自作聪明地认为，人们在享用菜肴、高谈阔论的时候，根本无暇顾及他们喝的是什么，于是，便用餐巾纸将冒着泡沫的摩泽尔白葡萄酒包裹起来，试图掩人耳目，让客人们误以为那是名贵的香槟酒。

伯纳德·贾斯汀经常可以接到一些委托案件，但量不是很大。很多以前不如他的人，如今已经远远地超过了他。贾斯汀太太让他去竞选国会议员，选举费用由政党方面承担，但她骨子里的吝啬再一次阻碍了她那勃勃的野心。她还是执迷不悟，不肯拿出足够的钱来拉拢选民，伯纳德·贾斯汀用于竞选基金的会费总是比通常的候选人所需要的少那么一点点，结果他落选了。尽管如此，贾斯汀太太还是故作镇定，用坚韧的外表强行掩盖了内心的失落。能够作为候选人的妻子参加竞选也是一件令人愉快的事，她自我安慰着。她丈夫在竞选中的实际支持率也给了她接触更多重要人物的机会，这将会大大提升她的社会影响力，这些都是她非常重视的东西。她知道伯纳德永远不可能踏进国会的大门，她只希望他能够参加竞选，这样他就有机会在竞选声明中表达自己对支持者们的感激之情。确实，在他努力争取那两三个失去的议会席位时，就已经深有体会，这是非常值得的。

当伯纳德还是个初级律师时，很多比他年轻的人就已经被任命为王室法律顾问了。他也理所应当成为一名王室法律顾问，否则，晋升大法官的梦想就有可能会落空。另一方面的压力毫无疑问是来自贾斯汀太太；赴宴时，一群比她小十多岁的女人竟然跟她平起平坐，这让她感到颜面无存、羞愧得无地自容。但在这件事情上，她又遭到了丈夫的顽固抵抗，在一起生活了这么多年，她仍然没有习惯这一点。丈夫所担心的是，一旦做了王室法律顾问，他就会失去很多赚取外快的机会，双鸟在林不如一鸟在手。可她反驳对方，精神空虚的人才把这些谚语当成最后的避难所。丈夫提醒她，这么一来，收入有可能会减半，他清楚对她而言，没有什么比收入问题更有说服力了。她却不以为意，反过来斥责丈夫优柔寡断，懦弱无能。她整天在他面前絮絮叨叨，不停施压，他忍无可忍，终于放弃抵抗，再一次被迫屈服。于是他顺理成章地申请了王室法律顾问的职位，很快就获得了批准。

丈夫的担忧很快就变成了现实。他没有在这个职位上谋得任何实质性的利益，反而止步不前，接手的案子也越来越少。他把所有的失落统统压在了心底，只在内心深处默默地埋怨着妻子。

他变得越发沉默寡言，在家里总是一言不发，可全家没有一个人注意到他心里的微妙变化。女儿们从来没有把他这位父亲放在眼里，在她们眼中，他只不过是家中收入来源的保障；他给她们提供衣食住行，为她们的吃喝玩乐以及日常琐事买单，这一切都是那么理所应当，似乎他理所应当给她们当牛做马。如今，她们认为，家中的经济不再那么宽裕，都是他一手造成的，于是她们对他的态度变得更加冷漠，甚至带着明显的怨恨与鄙视。她们从来不会扪心自问一下，这个被压抑的小个子男人内心到底是什么感受。他每天摸黑起床，早早地出去工作，晚上很晚才回家，连换衣服、吃饭都是争分夺秒、匆匆忙忙的。对她们来说，他完全是一个熟悉的陌生人，因为他是她们的父亲，所以她们就想当然地认为，他应该宠爱她们、珍惜她们。

8

　　贾斯汀太太身上有一个令人钦佩的品质，那就是百折不挠的勇气。社交圈就是她的一切，她绝不允许这里面的任何一个人看到她希望破灭时的窘态。无论发生什么事，她的生活方式都不会发生一丁点改变。经过精打细算，她一如既往地举办着各种华丽的晚宴，接待朋友时，依然保持着似火的热情和欢快的喜悦，这是她多年练就的真功夫。她伶牙俐齿、能说会道，这是她与人攀谈交往的通行证，也是她在社交圈内引以为傲的资本。对于那些不善言谈的人来说，她就是他们的救星，因为她能够轻松拿捏任何一个新话题，信手拈来、侃侃而谈；通过察言观色，她可以迅速赢得人们的信任，从而巧妙地化解僵局。

现在看来，伯纳德·贾斯汀是不可能成为一名最高法院的法官了，不过，还有希望进入县法院，情况再坏，也能在殖民地谋个一官半职。与此同时，令她颇为满意的消息传来，丈夫被任命为威尔士一座小城的刑庭法官。不过，这时候她已经把飞黄腾达的希望转移到了女儿们身上。她幻想着通过给女儿们安排好的婚姻来弥补自己这辈子希望一次次破灭的失落。她有两个女儿，一个是凯蒂，另一个是多丽丝。多丽丝相貌平平，毫无姿色，鼻子过长，身材粗壮。贾斯汀太太对她没抱任何希望，只要她能嫁一个家境殷实、有合适工作的年轻人，她就谢天谢地了。

凯蒂却长得很漂亮，从小就是个美人坯子，一双乌黑深邃的大眼睛清澈明亮，顾盼生辉，一头棕色的波浪卷发泛着红光，牙齿整齐洁白，皮肤细腻光滑。当然，她的长相也不是无可挑剔，她的下巴宽大，鼻子没有多丽丝的长，但也很大。她的美丽一定程度上依赖于她正值妙龄。贾斯汀太太意识到，必须在女儿如花似玉的少女时代，抓紧时间给她钓个金龟婿。凯蒂一进入社交圈，就光芒四射、惊艳全场：细嫩柔滑的皮肤是她身上最美的焦点，长长的睫毛下面，一双会说话的眼睛柔情似水、闪闪发光，只要看上一眼，便会彻底沦陷。她就像一个快乐的精灵，活力四射，光彩照人。贾斯汀太太将全部的情感都倾注在凯蒂身上，这份情感是她尖酸刻薄、精明能干、老谋深算的真实写照；她在脑海里为凯蒂的未来绘制了一幅宏伟的蓝图，她的目标不是为女儿安排一桩美好却平凡的婚姻，而是一桩能够助他们脱离苦海、平步青云的显贵婚姻。

她终将出落成一位倾国倾城的大美人，这是凯蒂从小就被灌输的思想。她也从未质疑过母亲的野心，因为这恰恰和她的心愿不谋而合，于是她便正式踏入了社交圈。贾斯汀太太凭借着三寸不烂之舌，频频受邀参加各种舞会，这样她女儿就有机会在那里觅到如意郎君。凯蒂果然不负所望，一炮而红，她美丽大方，幽默风趣，在社交场上如鱼得水，很快就有十几个男人疯狂地迷恋上了她，但却没有一个令她中意的。凯蒂对每个人都百般诱哄，却又礼貌相待，她小心翼翼地游走于各种男人中间，却从不委身于他们中的任何一个。每逢周日下午，他们家南肯辛顿的客厅里就聚满了前来示爱的年轻人。贾斯汀太太面带赞许的狞笑，冷眼旁观，她根本不需要出手去阻止那些人过分接近女儿，凯蒂一个人就轻松搞定了。她故意与他们每个人打情骂俏，然后又穿梭于他们中间，故意挑拨离间，惹得这些人相互争风吃醋，彼此猜疑忌恨。可是当他们向她求婚时（几乎没有一个人不这样做），她却机智而果断地拒绝了。

凯蒂社交活动的第一年结束了，可是理想中的完美追求者始终没有出现，第二年也是如此；好在她还年轻，等得起。贾斯汀太太跟她的朋友们说，她认为一个女孩如果到二十一岁还没有把自己嫁出去，那就有点遗憾了。可是，第三年过去了，紧接着第四年也跟着溜走了。两三个她曾经的仰慕者又向她求婚了，但这些人依然一贫如洗。一两个年龄比她小的男孩也来向她示爱；有一位印度退休官员也向她表达了爱慕之情，可他已经五十三岁了。凯蒂还是一如既往地出去跳舞，她经常出没于温布尔登和洛兹贵族板球场，去爱斯科特马场和亨利市的赛船大会，她彻底陶醉其中，玩得不亦乐乎；但依旧没有一个地位尊贵且收入丰厚的人向她深情告白。贾斯汀太太开始惴惴不安起来，她注意到，凯蒂开始有意吸引四十岁以上的男人了。她提醒女儿，再过一两年，她就青春不再、靓丽难寻了，而年轻漂亮的姑娘会不时涌现出来跟她竞争。贾斯汀太太当着家人的面直言不讳，她尖刻地警告女儿，再这样荒废下去，她就要错过最佳机会了。凯蒂不以为意地耸耸肩，她觉得自己不但丝毫没有减少一点点美丽，反而比以前更有女人味了。因为在过去的四年中，她学会了如何正确地穿着打扮，更何况她还有大把的时间。如果单纯只是为了结婚而结婚，那么抢着要娶她的人一抓一大把，她坚信自己的白马王子迟早有一天会到来。但贾斯汀太太对形势的判断更加敏锐——漂亮女儿一而再，再而三地错失良机，她感到怒火中烧、心急如焚，不得不稍微降低了择婿的标准。她将目光转回到那些她曾经不屑一顾的职业阶层的人身上，现在她只希望女儿找一个年轻的律师或者商人，给她提供一个值得依靠和信任的未来。

直到二十五岁，凯蒂仍然没有嫁出去。贾斯汀太太怒不可遏，动不动就对凯蒂恶语相向、挖苦讽刺。她质问她到底还要让父亲养她多久，为了给她创造机会，他花费了大把的钱，几乎倾家荡产，可她却让机会一次次溜走。贾斯汀太太从来都没想过，或许是她的过分热情，吓跑了那些富家子弟和爵位继承者。每次这些人来访，她总是极尽夸张地热情吹捧着他们每一个人，她把屡次的失败归咎于凯蒂自身的愚蠢。这时，多丽丝也步入了社交圈。她的鼻子还是那么长，身材糟糕，舞姿差劲，可是第一个社交季，她就和杰弗里·丹尼森订了婚。杰弗里是家中的独子，父亲是位成功的外科医生，战争期间被授予男爵爵位。杰弗里将会继承他父亲的爵位，虽说做一个医学男爵不是很威风，可爵位终究还是爵位，更何况还有非常丰厚的家产。

惊慌失措的凯蒂无奈之下便匆匆嫁给了瓦尔特·费恩。

9

她认识瓦尔特的时间非常短暂，也从来没有好好注意过他。就连他们初次见面的时间和地点，她都没有一点印象。直到他们订婚后，瓦尔特才告诉她，那是在朋友带他去的一个舞会上，她当时确实没有注意到他，就算跟他跳过舞，那也是出于她的好脾气，她乐于跟每一个邀请她的人翩翩起舞。直到一两天后的另一个舞会上，他主动上前跟她攀谈，她这才恍然大悟，蓦然发觉，她参加过的每一场舞会，几乎都有他的身影。

"你要知道，到目前为止，我已经和你跳过十几次了，你是不是应该告诉我你的尊姓大名了。"她用一贯打趣的口吻对他说道。

他明显被她的话震惊到了。

"你的意思是说，你还不知道我的名字？有人向你介绍过我的。"

"哦，但人们总是含糊其词，要是你不知道我的名字，我也丝毫不会感到惊讶的。"

他朝她微微一笑，脸色深沉而又略带严肃，可是笑容却很温和。

"我当然知道你的名字。"他若有所思，随后问道，"你不好奇我是谁吗？"

"跟大多数女人一样好奇。"

"你就没想过向别人打听我的名字？"

凯蒂觉得有点好笑。她实在搞不懂，他竟然认为她会对他的名字感兴趣；不过，她喜欢哄人开心，于是她带着灿烂的微笑看向他，那双漂亮的大眼睛，犹如碧波荡漾的池水，在浓密修长的睫毛下面闪烁着耀眼的光芒，给人一种迷人的亲切感。

"好吧，你叫什么名字？"

"瓦尔特·费恩。"

她不清楚他为什么要来参加舞会，他不怎么会跳舞，舞场上似乎也没有多少熟人。她脑海中突然闪过一个念头：莫非这家伙爱上她了！但她随即便打消了这个念头，自嘲地耸了耸肩，她认识的不少女孩都曾被这些天真的想法蒙蔽，觉得遇见的每个男人都对自己一见钟情，可事实证明她们是多么滑稽可笑。不过，她还是给了瓦尔特·费恩更多的关注，跟之前追求过她的那些人相比，他确实与众不同。那些人毫不掩饰他们对她的爱慕之情，坦然表白，大胆索吻——十有八九都会这么做。可瓦尔特·费恩却从来不谈论她，也很少鼓吹自己。他相当安静；但她并不介意这一点，因为她自己就是一个话匣子，她的俏皮话经常引得他哈哈大笑，她非常享受这种自我陶醉的感觉。其实，他说起话来并不像看上去的那么木讷，只是性格过于腼腆罢了。他似乎生活在远东地区，现在正好回国度假。

一个周日的下午，瓦尔特突然出现在凯蒂南肯辛顿的家中，当时家里有十几位客人，他坐了一会儿，似乎有些心神不宁，随后便起身离开了。母亲问她这个人是谁。

"我一概不知。是你邀请他来家里的吗？"凯蒂问。

"是的，我是在巴德利家认识他的。他说他在很多舞会上都遇见过你。我告诉他，我们星期天下午通常都在家。"

"他叫瓦尔特·费恩，在远东地区有一份工作。"

"是的，他是个医生。他是不是看上你了？"

"说真的，我也不清楚。"

"我认为，到目前为止，当一个男人爱上你时，你是完全能够感觉到的。"

"即使他真的爱上了我，我也不会嫁给他的。"凯蒂轻蔑地说道。贾斯汀太太没有接话，她闷声不语，心中五味杂陈、怏怏不乐。凯蒂尴尬地涨红了脸，她心里清楚，母亲现在已经不再关心她嫁给谁了，只要能尽快摆脱她，怎么着都行。

10

在接下来的一个星期，她又在三场舞会上遇见了他。他不再那么拘谨害羞了，似乎也健谈了许多。他的确是一名医生，但不直接从事医疗工作，而是一名细菌学家（凯蒂对这个职业毫无概念）。他在中国香港有一份工作，秋天就要返回，他给她讲了很多关于中国的事情。一直以来，凯蒂都有一个习惯，那就是，不管别人跟她说什么，她都会表现出一副很感兴趣的样子。不过，香港的生活听起来似乎也很惬意；在那里，你可以进俱乐部、打网球、赛马、打马球，还可以打高尔夫球。

"那儿的人经常跳舞吗？"

"哦，是的，我觉得他们会。"

她怀疑他跟她讲这些是否有什么其他的目的。他好像很喜欢和她交往，但却从未有过一点点示爱的举动，比如牵一下手、抛个媚眼，或者说句浪漫的情话。她感觉他根本没把她当回事，她似乎只是他舞会上偶遇的一个舞伴而已。在接下来的一个星期日，他又去了她家，这时她的父亲也刚好走了进来，因为那天下雨，打不成高尔夫，他便跟瓦尔特·费恩进行了一番长谈。事后她问父亲他们都聊了些什么。

父亲说："看来他的确驻扎在香港，那里的首席法官曾是我的一位老搭档。看得出，他是个天资聪颖的小伙子。"

她知道，父亲早已烦透了那些前来献媚的年轻人，以前是因为她，现在又加上了她妹妹，他多年来一直在被迫招待客人，内心自然是憋气窝火。

"父亲，您似乎很少喜欢那些追我的年轻人。"她说道。

父亲和善而又疲惫的眼神停留在她身上。

"你会嫁给他吗？"

"当然不会。"

"他爱上你了吗？"

"他没有表现出任何迹象。"

"你喜欢他吗？"

"我想我不是很喜欢，甚至还有点厌烦他。"

瓦尔特根本不是她喜欢的类型。他身材矮小，体格并不健壮，看上去有点单薄瘦弱。他皮肤黝黑，下巴的胡子刮得干干净净，脸型匀称，线条棱角分明，眼睛不大，却异常乌黑，目光从不游离，神情专注，目光所到之处，透着一股坚定和执着，眼神犀利，让人感觉很不舒服。他的鼻子精致而挺拔，眉毛细长黝黑，嘴唇圆润饱满。五官如此鲜明独特，他应该长得很帅才对，可令人感到意外的是，他根本谈不上英俊潇洒。凯蒂将他从头到脚仔细打量了一番，她惊讶地发现，他的五官每一个都独具特色，可圈可点，但拼在一起就没那么好看了。他的表情总是略带嘲讽，随着频繁接触、了解加深，凯蒂觉得跟他在一起很不自在，他沉闷无趣，毫无激情和活力。

那一年的社交季已经接近尾声，其间他们经常见面，彼此已经非常熟悉，但瓦尔特还是对她若即若离，让人捉摸不透。和她在一起时，他已经不再害羞，更多的是尴尬和局促；他的言谈还是一如既往地冷漠生疏。凯蒂由此判定他根本就不爱她，只是觉得她这个人性格随和，平易近人，单纯喜欢跟她聊天而已，等十一月份回到中国，他很快就会把她忘得一干二净。她寻思着，说不准他早已和香港医院里的某个护士有了婚约，也许是个牧师的女儿，长相平淡无奇，手脚略显笨拙，性格沉闷无趣；这种女人才适合做他的妻子，跟他简直是天造地设的一对！

紧接着便迎来了多丽丝与杰弗里·丹尼森的订婚典礼。年仅十八岁的多丽丝已经找到了自己理想的归宿，可她已经二十五岁了，依然孤身一人，再这样耗下去，万一她结不了婚怎么办？那个社交季唯一向她求过婚的人是一个二十岁的小伙子，还在牛津大学上学，她绝对不可能嫁给一个比自己小五岁的男孩。她把一手好牌打得稀巴烂，把事情搞得一团糟。去年她拒绝了一个丧偶的骑士，他有三个孩子，如今回想起来，凯蒂后悔得肠子都青了，她多么希望自己没有拒绝那段姻缘，这下可麻烦了，母亲一定会大发雷霆。这么多年来，母亲一直对她的婚姻寄予厚望，坚信她可以飞上枝头变凤凰，而一贯被忽略且逆来顺受的多丽丝，这下终于可以扬眉吐气了，她或许正在幸灾乐祸呢。想到这里，凯蒂的心沉到了谷底。

11

　　一天下午，从哈罗德百货公司步行回家的途中，凯蒂在布兰普顿路上偶然遇到了瓦尔特·费恩。瓦尔特停下来跟她打招呼，然后随口问她要不要到公园里转一圈，她正好也不怎么想回家，待在那个家里只会让她心烦意乱。于是，他们便沿着公园小道溜达，像往常那样随意闲聊，瓦尔特问她夏天通常都去哪里度假。

　　"哦，我们一般都会到比较僻静的乡下去。你也看到了，经过一季度的辛苦工作，我父亲必然会感到疲惫不堪，所以我们会尽可能选择最清静的地方去避暑。"

　　凯蒂假惺惺地说着一些言不由衷的话。她很清楚，父亲的工作还不至于忙到让他疲惫不堪的地步，即便父亲真的要去度假，选择去什么样的地方，也不是他说了算，只是因为去僻静的乡下相对比较省钱而已。

　　"你不觉得那边的椅子在召唤我们过去吗？"瓦尔特突然说道。

　　她顺着他的目光望去，只见不远处大树底下的草坪上，有两把绿色的椅子。

"那我们就过去坐坐吧。"她回应道。

但当他们坐下后，瓦尔特似乎变得异常局促不安。他这个人真是奇怪，她继续兴致勃勃地喋喋不休着，然而心里却在默默地盘算着，这个男人为什么要请她到公园里散步？也许是想跟她诉说他和那个香港护士之间的感情。忽然，他转过身来打断了她说的话，他面色苍白如纸，神情紧张慌乱，她这才发现，自己说了老半天，他压根儿就没在听。

"我有话要跟你说。"

她快速瞥了他一眼，只见他的眼睛里充满了痛苦的焦虑。他的声音哆哆嗦嗦，因紧张而略显低沉沙哑。凯蒂正在纳闷他为何如此焦虑不安，他接着又开口了。

"我想问一下你是否愿意嫁给我。"

"这太突然了，你让我措手不及。"她神情慌张地回答道，一脸茫然地看着他。

"难道你没感觉到我已经深深地爱上了你？"

"可你从来没有表露出来。"

"我这个人笨嘴拙舌，不善表达，总觉得很难酣畅淋漓地将自己的想法表达出来，生怕一不小心大脑短路，词不达意。"

凯蒂的心开始怦怦直跳。她曾经无数次被人求婚，无论对方是满心欢喜，还是饱含深情，她都以同样的方式回应他们。从来没有一个人用如此粗鲁，甚至有些糟糕的方式向她求婚。

"你是个很好的人。"她嘴上说着，心中却迟疑不决。

"第一次见面，我就深深地迷恋上了你。一直想对你表白，却总是没有勇气开口。"

"我不确定你的用词是否得当。"她轻笑着说。

好不容易有机会笑上一笑，她当然不会放过。因为那天虽有灿烂的阳光，空气中却弥漫着一股令人窒息的凝重气息，一种突如其来的尴尬不安笼罩着他们，瓦尔特眉头紧锁，表情阴郁。

"噢，你应该明白我的意思，我不想放弃这次机会，不想失去你。可是现在，你马上就要去度假了，一到秋天，我也不得不返回中国，我怕我们会就此擦肩而过。"

"我从来没有想过你会这么想。"她不知所措地说道。

他没有再说什么，低头默默地看着草坪，表情沉闷。他真是个古怪的家伙，表白了半天，竟然还是那么呆呆地坐在那里，没有任何行动，也难怪她一直没有感觉到他的爱。对于他的突然表白，凯蒂虽有点惊慌，但内心却有点小得意，他的不露声色给了她颇为深刻的印象。

"你得给我一点考虑的时间。"

他仍然一声不吭，一动不动地坐在那里，丝毫没有要走的意思。难道他打算一直待在这里，直到她做出决定吗？这也太荒谬了，她总得和母亲商量一下吧。她刚才说话的时候，就应该站起来的；可她在等待，以为他会做出回应，但他却悄无声息地坐在那里。现在她也不知道自己着了什么魔，脚僵在原地，无法挪动一步。她没有看他，内心却反复琢磨着他的长相；她从未想过自己会嫁给一个如此矮小——仅仅比她高一点点的男人。靠近他坐下，你会发现他的五官是如此清秀，表情却异常冷漠。一想到他那埋藏于内心深处的强烈情感，她就感到局促不安、六神无主。

"我不了解你，一点儿也不了解。"她哆嗦着说。

他看了她一眼，她的目光也转向了他，四目相对，她从他眼睛里看到了一丝以前从未有过的柔情，他的眼睛中隐约流露出一种恳求似的神情，他犹如一条被鞭挞过的狗在摇尾乞怜，这让她内心不免有些恼火。

"相处熟悉了，你会慢慢了解的。"他说道。

"当然，你很腼腆，对吧？"

这无疑是她经历过的最古怪的一次求婚。即使到现在，她仍然觉得在那种场合下他们相互之间说了一些言不由衷的话。她一点都不爱他，可她自己也不明白当时为什么不果断地拒绝他。

"我真的是太笨了，"他说道，"明明想要告诉你，我爱你胜过这世间的一切，但多少次话到嘴边却又羞于开口。"

说来也奇怪，他的这番话反倒莫名其妙地触动了她的心弦。当然，他这个人并不像看上去的那样冷漠，只是不善于表达而已。那一瞬间，她好像没那么讨厌他了，反而对他多了一分喜欢。多丽丝即将在十一月份举办婚礼，那个时候，瓦尔特应该已经在去往中国的路上，如果真的嫁给他，她就能和他一起离开这里了。她可不愿意在多丽丝的婚礼上充当伴娘，让别人看笑话，如果有机会躲过去，她当然求之不得。到那时，多丽丝喜嫁良人，而她却还是孤身一人。多丽丝正值妙龄，相比之下，她俨然已成明日黄花。这么一对比，别人肯定会认为她是嫁不出去的老姑娘。尽管这不是她梦寐以求的理想婚姻，但总归是一场婚姻，更何况，结婚后她会离开这里，远赴万里之外的中国，眼前的这一大堆烦心事就顺理成章地解决了。她害怕母亲那张刻薄的嘴。为什么跟她同时进入社交圈的女孩子们都早已结了婚，甚至大部分还有了孩子。她已经厌倦了去看她们，听她们絮絮叨叨地聊着生儿育女的琐事。而瓦尔特·费恩正好可以给她提供一种全新的生活。她转过身来，朝他嫣然一笑，她非常清楚这种笑容的魅力。

"如果我如此轻率地答应你的求婚，你打算什么时候娶我？"

他顿时喜不自禁，如释重负般地长舒了一口气，苍白的双颊也泛起了红晕。

"现在，立刻，马上，越快越好！我们正好可以在八月和九月去意大利度蜜月。"

这样这个暑期她就不用跟随父母躲到乡下，挤在每周五个基尼（英国旧货币名）的牧师房里度过夏天了。她的脑海里瞬间闪现出《晨邮报》上的消息：新郎因公务在身必须返回远东，婚礼将马上举办。她太了解自己的母亲了，她会借此大肆炒作一番，引起一阵轰动；至少目前多丽丝尚在闺中，难出风头，等她的盛大婚礼举办之时，她早已随瓦尔特远走异国他乡了。

她朝他伸出了手。

"我觉得我也是很喜欢你的，但你得给我一点时间，让我慢慢适应。"

"这么说，你同意了？"他急不可待地打断了她的话。

"我想是这样的。"

12

那时她对他不甚了解。如今结婚都快两年了，她对他的了解仍然只限于皮毛，没有一丝增进。起初，他的善良诚恳让她深受感动，受宠若惊；他的一往情深带给她意想不到的惊讶和惊喜。他将自己最无微不至的体贴和关怀都给了她，生怕她受一丁点委屈。他对她有求必应，只要是他能办到的，哪怕是一件微不足道的小事，他也会一本正经地立刻满足她。他会时不时送她一些别致的小礼物。如果她偶尔感觉不舒服，他会全心全意地照顾她，比任何人都细致温柔、体贴周到。即使她让他做的是一些无聊烦人的小事，他也会欣喜若狂、甘之如饴，仿佛得到了莫大的恩赐。他的礼节讲究到令人瞠目结舌。当她开门进屋时，他总要起身相迎；当她准备下车时，他会立刻伸手扶上一把；当他们在大街上不期而遇时，他习惯性地脱帽相迎；她动身出门时，他会抢先一步为她开门；他从来不会随意闯入她的卧室或化妆间。他对待妻子的方式跟凯蒂看到的大多数男人截然不同，似乎她只是跟他同住一个屋檐下的客人。如此大献殷勤，让她内心不免有些窃喜，同时还觉得有点好笑。如果他能多一分随和，少一些客套，他们相处起来可能会更加舒适自在。即使亲密的夫妻关系也丝毫没能拉近两人之间的距离。洞房花烛夜，他激情澎湃，如饥似渴，也青涩懵懂，有些过度兴奋。

　　他生性敏感，过度的情绪化让她很是尴尬。他的自我控制力是性格腼腆所致还是长期训练而成，她也无从知晓。让她隐约感到鄙夷不屑的是，每次激情过后，她躺在他的怀里，如此暧昧的气氛，他却羞于说出缠绵的情语，生怕被人嘲笑，可又像个孩子似的，说些不解风情的话。曾有一次，她忍不住笑话他说话不着边际、大煞风景，没想到却严重伤到了他的自尊心。她感觉到他搂着她的双臂瞬间瘫软下来，他板着脸沉默了一会儿，然后松开了她，一声不吭地下了床，径直走回自己的卧室。她不想伤害他的感情，一两天之后，便主动跟他说话。

"你这个大傻瓜，我根本就没有介意你说的那些胡话。"

他不好意思地笑了。她很快就发现，他还有一个令人讨厌的缺陷，那就是自我麻痹、自我孤立。与人交往时，他就像受到束缚一样拘谨别扭。社交聚会时，大家齐声欢唱，他却从来不会加入其中。他坐在一旁，面带微笑，俨然一副自得其乐的陶醉表情，但那微笑却是勉强挤出来的，看上去更像是一种略带嘲讽的哂笑。你会不由自主地产生这样的想法：在他眼里，这些自娱自乐、尽情欢笑的人就是一群傻瓜。他从来都不屑扎堆玩圆桌游戏，而凯蒂却玩得兴致盎然、乐此不疲。在他们去中国途中，他果断拒绝了穿花里胡哨的奇装异服，更让她扫兴的是，他竟然觉得这一切都是无聊的闹剧，烦人至极。

而凯蒂的性格却截然相反，她生性活泼，喜欢一天到晚说个不停，不时发出轻松爽朗的笑声。他的沉默不语让她很是局促不安，对于她随口说出的某些话，他总是无动于衷、不置一词，这种冷漠的态度每次都能成功将她激怒。尽管有些话确实无须回答，但只要他能应和一声，也会让她感到舒服些。倘若外面下雨，她会说："外面正下着倾盆大雨。"她很想听到他这样的回应："是的，的确下得很大！"可他却像个木头人似的，一声不吭，她恨不得冲上去推他一把。

"我是说外面的雨下得可真大。"她重复着说道。

"我听见了。"他生硬地回答，同时给了她一个深情的微笑。

看得出，他并非有意让她生气，不说话是因为他不知道该说些什么。可是凯蒂心想，如果非要等到有话要说时才开口，那人类很快就会失去运用语言的能力。

13

事实上，他是一个毫无魅力的人。这或许就是他一直以来默默无闻、平淡无奇的主要原因。她来香港没多久便发现，他的人缘并不好，人们根本没把他当回事。尽管她对他的工作依然保留着模糊的概念，但这已经足以让她意识到，为政府服务的细菌学家完全是一个无足轻重的小角色，这一点她已经清楚地感受到了。他似乎很不愿意谈及与他工作有关的那一部分。起初她对什么都表现出浓厚的兴趣，缠着他问这问那，可他却总是开个玩笑便顺势搪塞过去。

"这工作枯燥乏味，专业性很强。"他在另一个场合解释道，"而且工资还特别低。"

他这个人不善言辞，寡言少语。他的家族来历、出身经历、教育履历，以及认识她之前的生活阅历，所有这些都是她直接抛出问题，从他嘴里探询出来的。令人感到诧异的是，唯一让他感到心烦意乱的似乎只有别人的提问。而她偏偏天生好奇，当她连珠炮似的向他抛出一连串的问题时，他的回答一个比一个生硬敷衍。她机智地发现，他不愿意回答，并不是因为他要故意隐瞒什么，而是天性使然。他讨厌谈论自己，这会使他感到羞涩和不悦，他不知道该如何敞开心扉。他喜欢读书，可是他所读的书在凯蒂看来却是那么索然无味。他不是忙着研究一些科学论文，就是阅读一些关于中国的书籍或者历史著作。他似乎从来不知道给自己放松一下。她认为他根本就放松不下来。他还喜欢参加一些比赛，如打网球、玩桥牌等。

她很好奇他为什么会爱上她，他们两个格格不入、水火不容，她真的想象不出世界上还有谁比她更不适合嫁给这个内敛、冷漠而又克制的男人。但可以肯定的是，他俨然已经疯狂地爱上了她，只要能够取悦她，他愿意做任何事情。他就像她手里的一块蜡，任由她揉捏，只是他所表现出来的那一面常常不能令她满意，有时她甚至有点鄙视他。她怀疑，他那嘲讽的态度，以及对她所钦佩的人和事给予轻蔑、包容和迁就，不过是一种伪装，旨在掩盖他内心深处的脆弱。她认为他是聪明的，其他人似乎也是这样认为的。但这仅仅是在极个别的情况下，他和三两个志同道合的人在一起，而且心情恰巧还很不错时，才会有说有笑、通情达理。除此之外，她从来没有发现他有任何情趣。她倒也不怎么讨厌他，只是受不了他把她晾在一边，不闻不问。

14

在见到查理·唐森之前，凯蒂已经和他的太太碰过几次面了，那是在她刚来香港几周内的各种茶会上。但真正和他相识，是在她和丈夫去他家赴宴的时候，丈夫将她介绍给了他，凯蒂当时处于身心戒备状态。查理·唐森是殖民地助理辅政司，尽管他的太太也表现得热情好客、彬彬有礼，但她并不打算逢迎他那居高临下的傲慢嘴脸。接待他们的房间很宽敞，这间客厅的陈设舒适安逸、朴实无华，和她在香港见过的其他客厅没什么两样。这是一个很大的聚会，他们是最后来的，一进门，就看到身穿制服的中国仆人在分发鸡尾酒和橄榄果。唐森太太随意地跟他们打了个招呼，随后看着一份名单，告诉瓦尔特她需要招待哪些人去就餐。

凯蒂看见一个高大英俊的男人快步向他们走来。

"这是我丈夫。"多萝西介绍道。

"非常荣幸能够坐在你旁边。"他说。

她紧绷的神经顿时松懈了下来，心中的敌意也消失得不知踪影。尽管他的眼里满含笑意，但她还是捕捉到那双眼睛里飞速闪过一丝惊艳。她知道自己的魅力依然不减当年，心中暗自窃喜，不由得想笑。

"我完全吃不下任何东西了，"他说，"如果我了解多萝西的话，就知道晚餐有多丰盛了。"

"为什么吃不下？"

"应该有人事先告诉我的，怎么就没有人给我提个醒呢？"

"关于什么？"

"没有人向我吐露一个字，我怎么知道自己会遇到一个愤怒的大美人呢？"

"接下来我该怎么回答你呢？"

"你什么都不用说，我一个人说就够了。我会一遍又一遍地重复这句话。"凯蒂不为所动，她好奇他的太太到底跟他说了些什么，他一定问过她了。查理微笑着低头望向她，突然陷入了回想中。

"她长得怎么样？"当妻子告诉他已经和费恩博士的太太见过面时，他本能地询问道。

"哦，人长得倒是小巧可人，就是行为举止有点矫揉造作。"

"她在舞台上吗？"

"哦，不，我觉得她不在那里，她的父亲可能是个医生或者律师什么的，要不咱们请他们过来就餐吧。"

"时候还早着呢，不用那么着急，对吧？"

当他们并排坐在桌旁吃饭时，他告诉她，瓦尔特·费恩刚来殖民地那会儿，他们就认识了。

"我们经常一起打桥牌。他是俱乐部远近闻名的桥牌高手。"

回家的路上，她跟瓦尔特谈论起了这件事。

"你知道，这说明不了什么。"

"他玩得怎么样？"

"一般般。他有好牌时打得很好，但一有坏牌，他就会自乱阵脚，节节败退。"

"他玩得过你吗？"她接着问道，"你喜不喜欢他呢？"

"我对自己的比赛没抱任何幻想。我把自己定位成一个非常优秀的二级选手，而唐森却认为他是一级的，显然他并不是。"

"我对他谈不上喜欢，也没那么讨厌，我猜想，他工作应该干得很不错，听人说，他还是一名优秀的运动员，我对他不太感兴趣。"瓦尔特这种不偏不倚的中庸态度让她心里很是恼火，这已经不是第一次。她不免在心里暗自发问：有必要这么谨小慎微吗？喜欢就是喜欢，不喜欢就是不喜欢，应该痛痛快快地说出来。她就非常喜欢查理·唐森，这一点是她自己也没有料到的。放眼望去，整个殖民地最受欢迎的人应该非他莫属。据说殖民地总督很快就会退休，查理顺利上位几乎是众望所归。他热爱运动，擅长网球、马球以及高尔夫球，长期保持着赛马的习惯。他总是乐于帮助每一个人，从不拘泥于繁文缛节，也没有一点官架子，凯蒂不明白自己为什么会这么讨厌听到他有如此好的口碑。她不禁暗自盘算着，这个人一定很自以为是，但转念一想，又觉得自己滑稽可笑，这是绝对不可能的，他看上去完全不像是那种高傲自大的人。

她度过了一个愉快的夜晚。他们畅谈伦敦的剧院，闲聊发生在爱斯科特和考斯的趣事，几乎将她所知道的所有事情都说了个遍。所以她真有可能在伦诺克斯花园的某个漂亮房子里见过他。后来，男人们吃过晚饭都陆续来到客厅，他也溜达过去，又顺势坐在了她的旁边。尽管没有说什么有趣的话，但他还是把她逗笑了。他说话的方式独具一格：一股亲切而又性感的声音从他嗓子里传出，那双明亮的蓝眼睛里满含善意，让人看一眼便顿觉身心愉悦，跟他在一起，你会感觉非常舒适自在。他无疑是个魅力十足的男人，这也是他为什么那么讨人喜欢的主要原因。

他身材高大，她估摸着至少应该有一米八几，而且体形优美健壮。显然，他的身体状况特别好，身上没有一块多余的肥肉。他很讲究穿着，是整个屋子里穿得最像样的人，而他似乎也是天生的衣架子，穿出了衣服所特有的品位。她喜欢衣着得体的男人，她的目光扫射到瓦尔特身上：他真的应该好好注意一下自己的穿着打扮。她注意到查理的袖扣和马甲纽扣都很精致名贵，她曾在卡地亚珠宝店见到过同款，看得出，查理的家底是相当丰厚的。

他脸上有明显的晒伤痕迹，但那古铜色的健康肤色却给他的双颊增添了一抹阳光帅气。她喜欢他那修剪整齐的卷曲小胡子，完美地包裹着他那红润饱满的嘴唇，一头乌黑的短发，梳得锃亮。不过，最引人注目的就是那双闪耀在浓密眉毛下面的眼睛了，湛蓝色的眼睛里荡漾着一丝温柔的微笑，使你打心眼里认为他就是一个性情温和的人。长着这双蓝眼睛的人是绝对不忍心去伤害任何人的。

她心里清楚，她已经给查理留下了非常深刻的印象。即使他没有说那些溢美之词，那双饱含爱慕之情的眼睛也会将他出卖。他的平易近人让人心情愉悦，他没有刻意去伪装自己，凯蒂就喜欢这种舒适自在、无拘无束的相处环境。他们谈天说地，畅所欲言，在戏谑调侃中，他不时巧妙地穿插几句撩人的奉承话，这种谈话方式让她心醉神迷、春心荡漾。当他们握手道别时，他别有深意地紧紧握了握她的手，直觉告诉她，他心里已经有了她。

"希望我很快还能再见到你，"他若无其事地说着，但那眷恋不舍的眼神分明暗含着另外一层深意，久经情场的她一眼便看穿了他的心思。

"香港很小，不是吗？"她说道。

15

当时，谁能想到在不到三个月的时间里，他们的关系竟然发展到这种地步？后来他告诉她，从那天晚上第一眼见到她起，他就不可救药地疯狂迷恋上了她。她是他见过的最美丽的女人。他依然清晰地记得她穿的那件长裙，那是她的结婚礼服。他眼中的她清婉可人，宛如幽谷中的百合。在他向她表白之前，她就已经觉察到他对自己一见倾心，由于有点害怕，她故意和他保持着一定的距离。他猛烈追求，步步紧逼，让她有点难以招架。她不敢接受他的吻，一想到被他那宽厚结实的双臂搂进怀里，她的心就不由自主地怦怦直跳。她以前从未尝到过爱情的滋味，这种感觉简直太美妙了。真正体会到了什么叫怦然心动、尝到爱情甜头的她，突然开始理解瓦尔特对自己的那份卑微的爱了，她调皮地戏弄他，他却一副十分享受的样子。起初她似乎还有点怕他，但随着了解的深入，她逐渐变得胸有成竹、自信满满。她跟他开玩笑，看着他开始渐渐接受她诙谐的戏耍，脸上慢慢浮现出淡淡的微笑，她心里乐开了花。看着她孩子般淘气的模样，他心里既惊讶又高兴。她想，总有一天，他会脱胎换骨，变得更加有人情味。针对他们之间的感情现状，她决定转变策略，利用他对自己的爱慕之情，玩得更轻松愉快一些，就像竖琴师用手指行云流水般滑过琴弦，奏出美妙动听的音乐一样。看着他满腔柔情，对自己心醉神迷的样子，她会不由自主地笑出声来。

当查理闯进她的世界之后，她和瓦尔特之间的关系似乎显得太过荒谬。每次看到他那古板而又克制的脸，她就不由得想笑，她因心情大好而没有对他过于刻薄。毕竟，要不是他，她根本不可能认识查理。在迈出最后一步之前，她曾有过片刻的迟疑，倒不是因为她不想屈服于查理的柔情——她的欲望也和他一样强烈，而是她严格的家庭教育和传统的生活习惯使她感到害怕。激情过后，她惊讶地发现（最后一步的发生纯属意外。他们谁也没有想到会有单独碰面的机会，四目相对，干柴烈火，事情就这样顺理成章地发生了），她和以前相比并没有什么不同。她原以为这会使她内心发生一些奇妙的变化，她也说不准到底是什么，或许她可能会变成另外一个陌生的人。但她拿着镜子照过去，却困感地发现，里面出现的依然还是前一天见到的那个女人。

"你生我的气了吗？"他问道。

"我非常喜欢你。"她低声回答。

"浪费这么多时间在我身上，你不觉得自己很傻吗？"

"我的确是一个十足的大傻瓜。"

16

前所未有的幸福感排山倒海般涌入了她的心间，有时她甚至有种飘飘欲仙的感觉，她重新变得耀眼夺目、美丽动人。结婚之前，她曾一度陷入消沉低谷，失去了往日的蓬勃朝气，整个人看上去懒散疲惫、异常憔悴。一些无情冷酷的人幸灾乐祸地议论着她那即将凋谢的容颜。但是，一个二十五岁的闺中少女和一个二十五岁的已婚妇女是截然不同的。之前的她，就像一朵边缘已经开始泛黄的玫瑰花蕾；如今的她，俨然已成一朵怒放的娇艳玫瑰。那双明亮的大眼睛秋波荡漾、顾盼生辉，表情更加意味深长。她的皮肤光滑细嫩，晶莹剔透，似乎连桃花都有意出来跟它一决高下，这也是她一直以来最引以为傲的资本。她看上去仿佛回到了十八岁，容光焕发、迷人可爱，颜值再创历史巅峰。这难免就会招来周围人艳羡的目光，她的女性朋友们亲切地询问她是不是要有宝宝了。还有人对她嗤之以鼻、评头论足，说他们一开始还以为她只是一个长鼻子的漂亮女人，没想到他们看错人了，她就是查理第一次见面时所称呼的愤怒的美人。

他们巧妙地策划着这场地下恋情。他对她说："我不允许你炫耀自己的身材。"她轻巧地打断了他的话，打趣地回答说这与他无关。但是为了她，他们绝对不能掉以轻心，哪怕是一丁点的风险也不能冒。他们不经常单独见面，他自身倒没什么好担心的，最主要的是她，得替她考虑周到。他们约好碰面的地点，有时去古玩店，偶尔也去她的家，但仅限于寂静无人的午休时间。不过她倒是经常可以看到他的身影。当看到他在公众场合彬彬有礼、谈笑风生地跟自己说话时，她就觉得非常好笑。他对待每个人都是这样，举手投足之间，尽显绅士风范。人们只听到他用那特有的迷人幽默感打趣她，谁又能想到，他刚刚还搂着她耳鬓厮磨呢？

她特别崇拜他。打马球时，他身穿时尚整洁的高筒靴和白色马裤，看上去气宇轩昂、英姿飒爽。穿上网球服，他顿时年轻了十几岁，俨然一个邻家大哥哥。当然，他也为自己的身材感到骄傲，这是她所见过的最挺拔健壮的身材。为了保持这样的身材，他煞费苦心，从来不吃面包、土豆或者黄油等淀粉和脂肪含量高的食物，并且每天坚持做大量的运动。他每周修剪一次指甲，细心地呵护着自己的双手，她很是喜欢他的这一习惯。他还是一名非常出色的运动员，一年前，他赢得了当地的网球冠军。毫无疑问，他的舞技也非常了得，他是所有跟她跳过舞的人当中跳得最好的一个。跟他一起跳舞，你会有一种恍若置身梦幻般仙境的美妙感觉。没有人会认为他已经四十岁了。她告诉他，她简直不敢相信他看上去竟然如此年轻气盛、活力四射。

"我相信这都是虚张声势，你其实只有二十五岁。"

他笑了，内心欣喜若狂。

"哦，亲爱的，我有一个十五岁的儿子。我已经步入不惑之年，用不了两三年，就会变成一个油腻的中年大叔了。"

"等你到了一百岁，也照样会这么讨人喜欢的。"

她喜欢他那乌黑浓密的眉毛，她怀疑或许就是这对眉毛给他那湛蓝色的眼睛增添了些许不安和焦虑。

他多才多艺，能歌善舞，弹得一手好钢琴，能够熟练演奏拉格泰姆，还可以用变幻莫测的嗓音和幽默风趣的语气轻松愉快地演唱出一首喜剧歌曲。她坚信这个世界上就没有他办不到的事，他在工作上也是如鱼得水、成就斐然。当因圆满解决某些工作难题而受到总督的特殊嘉奖时，他就会迫不及待地跟她分享自己的喜悦，而她也会跟着一起欢呼雀跃。

"不是我自夸，"他笑着说，那双饱含爱意的眼睛越发勾魂摄魄，"在整个政府服务部门里，还真没有一个人能够比我做得更好。"

啊，她多么希望自己是他的妻子，而不是瓦尔特的！

17

当然，她还不能确定瓦尔特是否知道了真相，如果他还不知道，她最好就先静观其变，不轻举妄动。但如果他已经知道，那好吧，这对他们彼此来说，也许是最好的解脱。起初，尽管心不甘情不愿，她至少也可以委曲求全，偷偷摸摸地跟查理私会。但随着时间的推移，他们的感情升温，她的思念愈加强烈。她急切地渴望能够与他朝夕相处，对挡在他们中间的重重障碍越来越不耐烦。她曾多次在他面前抱怨，指责他那烦人的职位，迫使他不得不处处谨慎小心；她大骂那些挡在他们中间的人和事，恨不得将所有的阻碍斩草除根。他也慨叹说，要是他们都能自由自在地拥有彼此，那该是一件多么神奇美好的事啊！她明白他的言外之意。毕竟谁也不想身陷丑闻，当然，在你转动人生的方向盘之前，必然会经历一番激烈的思想斗争，经过深思熟虑、权衡利弊之后做出决定。但是，如果人们可以无所顾忌地选择自由，那么，世间的一切将会变得多么简单而纯粹啊！

似乎并不是每个人都会经历这么多痛苦。她很清楚查理和他妻子的关系。那是个冷漠的女人，多年以来，他们之间的感情早已荡然无存，是习惯、孩子以及彼此之间的利益关系将他们强行捆绑在了一起。就这一点而言，查理可比她容易多了。瓦尔特深爱着她，但他毕竟疯狂痴迷于自己的工作，一个男人总得有他自己化解忧愁的渠道。一开始他可能会难过，但他很快就会走出这段阴影。他完全可以再娶一个爱他的女人。查理曾跟她说过，他不能理解她为什么会委身于瓦尔特·费恩。

她半带微笑地寻思着，不久前她为什么一想到被瓦尔特逮个正着，心中就感到莫名的恐慌。当然，看到门把手没来由地悄然转动也着实能吓人一跳。但毕竟他们已经做好了最坏的打算，无论瓦尔特怎么做，他们都已经准备好接招了。她相信查理也会像她一样如释重负，他们即将迎来一直以来梦寐以求、心驰神往的美好生活。

从公正的角度讲，她承认瓦尔特的确是一位绅士，而且他很爱她。他会做出正确的选择，允许她和他离婚的。他们走到一起就是一个错误，幸运的是，他们及时发现了这一错误，现在迷途知返，还为时未晚。她在心里已经盘算好具体跟他说些什么，以及怎样对待他。她会友好协商、微笑面对、坚决抵抗。他们没有必要争吵，好聚好散，以后还能高高兴兴地做朋友。她真心希望他们在一起的两年时光能成为他脑海中珍贵的回忆。

"我觉得多萝西·唐森肯定一点儿也不介意和查理离婚，"她在心里对自己说，"如今最小的儿子也马上要回到英国了，她自己也跟着回去是再好不过的了。因为她在香港根本无事可做，回到英国就可以和她的儿子们一起度过所有的假期，况且，她的父母也都在英国。"

一切都很简单，似乎都尽在掌控之中，他们会化干戈为玉帛，没有丑闻，也没有敌意，然后她和查理就可以顺理成章地步入婚姻殿堂了。凯蒂松了一口气，他们会从此幸福快乐地生活下去。为了达到这个目的，付出再大的努力也是值得的。一幅幅画面接连不断地在她脑海中涌现，她漫无目的地构想着他们即将生活在一起的种种场景，他们将会拥有很多快乐，一起享受浪漫而又甜蜜的旅行，他们也许会搬进一间豪华的大房子，在她的帮助下，他很快就会加官进爵，从此事业风生水起、一路长虹。他会为她感到骄傲，而她则对他崇拜至极。但是，这些天真幻想的背后，似乎有一股焦虑的暗流在涌动。它是如此滑稽，仿佛是管弦乐队演奏着田园式的动人乐曲，而与此同时，低音部的鼓却发出一阵阵节奏鲜明的急促撞击声，给人一种阴森凄凉感，看似轻柔动作的背后却仿佛夹杂着一种不祥。瓦尔特迟早会回来的，一想到马上就要见到他，她的心就不由得怦怦乱跳。奇怪的是，那天下午他一句话也没跟她说就走了。当然，她并不怕他，毕竟，他也做不出什么事来，她反复地自我安慰着。但她还是无法完全消除内心的不安。她又重复了一遍自己想要对他说的话。当众大吵大闹有什么好处？她很抱歉，天知道她有多不想给他带来痛苦，但她不爱他，能有什么办法？假装相爱是不会有好结果的，倒不如实事求是，遵从各自的内心。她希望他不会因此而不高兴，但他们确实不应该走到一起，一开始就是一个错误，现在唯一明智的做法就是承认这一点，并及时回头，给彼此最好的祝福，她会在脑海中一直保留着他善良友好的形象。

正当她自言自语的时候，一阵突如其来的莫名恐惧感朝她席卷而来，她手心直冒冷汗。因为害怕，她胸中的一腔怒火直接对准了他。如果他想大吵大闹，那他最好还是考虑清楚。如果最终得不偿失，赔了夫人又折兵，他也不要感到惊讶，因为这是预料之中的事。她要告诉他，她从来没有对他有过一丁点的感情，自从他们结婚以来，她没有一天不生活在后悔当中。他这人真是枯燥无聊、无趣至极。啊，他真是烦人，烦人，烦人！可笑的是，他还自命不凡，觉得自己比任何人都强。他毫无幽默感，她讨厌他那傲慢的态度、冷漠的表情，以及克制的隐忍。当一个人以自我为中心，对周围的一切人和事都毫无兴趣的时候，自我控制就是一件非常容易做到的事了。她对他很是反感，非常讨厌他吻她。他有什么好自负的呢？他舞跳得很糟糕，聚会上也常常令人扫兴，不懂乐器，更不会唱歌；他不擅长打马球，网球技术也一塌糊涂。桥牌吗？谁还对那玩意儿感兴趣？

凯蒂越想越激动，看他怎么敢责备她，一切的一切都是因他而起。谢天谢地，他终于知道了真相。她讨厌他，希望永远不要再见到他。是的，她很感激这一切终于可以结束了。他为什么不能放过她呢？他死缠烂打着让她嫁给他，现在她已经受够了。

"受够了，"她歇斯底里地重复着，身体因愤怒而不住地颤抖，"受够了！受够了！"

她听见汽车驶向他们花园的大门。他很快就会上楼来。

18

他走进房间，她的心开始疯狂乱跳，双手也不由自主地颤抖。幸运的是，她正躺在沙发上，手里拿着一本打开的书，好像一直在认真地看着书。他在门口站了一会儿，当他们的目光相遇的一刹那，她的心瞬间沉入了谷底。似乎有一股突如其来的寒意穿透她的四肢，她不禁打了个寒战。一种死亡般凝重阴冷的气息笼罩着她，压得她喘不过气来。他脸色死一般苍白，这种表情她以前只见过一次，那是他们一起坐在公园里，他向她求婚的时候。他深邃的黑眼睛如同一潭死水，呆滞无神，让人难以捉摸，眼珠瞪得像铜铃一般大。他什么都知道了。

"你今天回来得挺早。"她随口说道。

她的嘴唇不住地颤抖着，她几乎说不出话来，内心感到极度恐慌，她甚至怀疑自己下一秒可能就会昏厥。

"我想我每天应该都是这个点回来的。"

他的声音听来是那么陌生，可能是为了使他的话听上去更随意一些，他在说最后一个词时故意提高了嗓门。她不知道他是否已经看到了她浑身发抖的窘态。她好不容易才控制住想要尖叫出声的冲动。他双眼空洞无神，眼帘低垂。

"我去换一下衣服。"说着他便离开了房间。

她顿时感觉四肢无力，瘫倒在沙发上，有那么两三分钟，几乎动弹不得，但最后，她吃力地从沙发上挣扎着起身，仿佛久病初愈的病人，浑身依然虚弱无力，最后她终于还是站了起来。不知道自己的双腿能否支撑得起身体的重量，她扶着桌椅摸索着来到走廊上，然后一只手扶着墙回到了自己的房间。她换上了一件休闲长袍，当她再次回到卧室（只有在举行宴会的时候，他们才会用到客厅）时，他正站在桌旁无精打采地浏览着画报上的一些素描图片，她硬着头皮走了进去。

"我们可以下楼去了吗？晚餐准备好了。"

"我让你久等了吗？"

糟糕的是，她竟然无法控制自己颤抖的嘴唇。

他打算什么时候跟她摊牌呢？

他们坐了下来，好半天谁也没有说一句话。随后他打破了沉默，这种太过寻常的聊天方式反而让她有种不祥的预感。

"皇后号今天没有来，"他说道，"我怀疑它可能是遇上暴风雨耽搁了。"

"应该是今天要来吗？"

"是的。"

她看向他，发现他的眼睛正盯着面前的盘子。他又说了一件同样无关紧要的事——关于今年即将举行的一场网球比赛，他详细地描述着，声音听上去还是那么温和愉悦，语气变化无常，但所说出来的话却几乎都是一个调子，这实在是太不正常了。这让凯蒂觉得他们近在咫尺，却似乎相隔了万水千山。他的眼睛要么呆呆地盯着手里的盘子，要么空洞地望着旁边的桌子，抑或是茫然地瞅着墙上的画像，始终不愿和她正面对视。她意识到他这是不忍心直视她。

"我们上楼去吧？"吃完晚饭后他说道。

"听你的。"

她站起身来，他为她开了门。她从他身边走过时，看到他眼睛里充满了沮丧。来到客厅后，他又拿起那份画报。

"这是新一期的《简报》吗？我还没看过呢。"

"不知道，我还没注意到呢。"

这份画报放在那里有两个星期了，她知道他已经翻看了很多遍。他拿着它坐了下来，她又躺回到沙发上，拿起了她的书。在晚上独处的时间，他们通常会玩一种牌戏或者单人纸牌游戏。这会儿他正靠在一张扶手椅上，姿势看上去很舒服，注意力似乎被手中的插图所吸引，他一直没有翻页。她试着读取上面的文字，但却发现字迹模糊不清，她眼前一片混沌，头开始剧烈地疼痛。他打算什么时候说正事呢？

他们沉默地坐了一个小时。她放弃了读书的伪装，把小说摊在膝盖上，凝视着半空，不敢做出任何轻微的动作，也不敢发出哪怕是非常微弱的声音。他一动不动地坐着，姿态一如既往地从容淡定，他用那呆滞无神的大眼睛直勾勾地盯着那幅画。他沉静的背后隐藏着一种怪异的威胁。这让凯蒂觉得，他似乎是一只凶猛的野兽，随时准备朝她飞扑过来。

他突然站起身来，她吓了一跳，紧握双手，感觉自己的脸色顷刻间变得惨白。

"我有一些工作要做。"他用那种安静而又平和的语调说，眼晴转向别处，"如果你不介意的话，我要到我的书房去。估计等我忙完，你早已经上床睡觉了。"

"今天晚上我很累。"

"好吧，晚安。"

"晚安。"

说完他便离开了房间。

19

第二天早上，等瓦尔特一出门，她就立马拨通了查理办公室的电话。

"是的，什么事？"

"我想见你。"

"亲爱的，我现在很忙。我是个为工作奔波的劳动者。"

"这件事非常重要，我能去办公室找你吗？"

"哦，不，如果我是你，我绝对不会这么做的。"

"好吧，那你到我这边来。"

"我现在走不开，今天下午怎么样？你不觉得我不去你家会更好些吗？"

"我必须马上见到你。"

电话那边沉默了片刻，她担心电话已经被挂断了。

"你还在听吗？"她焦急地问道。

"是的，我在思考，到底发生什么事了？"

"我在电话里跟你说不清楚。"

他又陷入了沉默，半天才开口说话。

"好吧，听着，如果可以的话，我会在一点钟抽出十分钟和你见个面，你最好还是去古舟那里等我，我会尽快处理完手头的工作过去找你。"

"那家古董店吗？"她沮丧地问道。

"是的。我们不能在香港酒店的休息室见面，那样不太好。"他回答道。

她注意到他的声音中夹杂着一丝烦躁。

"那好吧。我这就去那儿。"

20

她坐上了一辆人力车，在域多利道下了车，随后穿过一条陡峭而又狭窄的小路，来到了古董店。她在门外逗留了好一会儿，似乎在全神贯注地欣赏着门口琳琅满目的小摆设。但站在一旁接待顾客的小伙计认出了她，对她露出了微笑，他对着里面的人说了几句中文，只见一个身穿黑色长袍、身材矮小、脸蛋肥胖的男人从里面走出来和她打招呼，这便是这家店的主人。随后她跟随这个人快速走进店里。

"唐森先生还没有来。您先到上面去等他，好吧？"

她来到店堂后面，走上那摇摇晃晃、黑暗阴冷的楼梯。那个中国人一直跟在她身后，帮她打开了通往卧室的门。里面潮湿阴闷，一股刺鼻的鸦片气味扑面而来。她在一个檀木箱子上坐了下来。

不一会儿，她就听见咯吱作响的楼梯上传来了沉重的脚步声，接着查理走了进来，随手关上了门。在见到她的一瞬间，他脸上阴郁的表情一扫而空，取而代之的是那一贯迷人的微笑。他迅速将她揽入怀中，吻了吻她的嘴唇。

"现在说说看到底发生什么事了？"

"只要看到你，我的心情就好了很多。"她笑着说。

他坐在床上，点燃了一支烟。

"你今天早上看起来很疲惫。"

"这一点都不奇怪，"她回答道，"我昨天晚上几乎彻夜没有合眼。"

他看了她一眼，脸上仍然在微笑，但笑容却有点僵硬和牵强。她觉察到他眼里闪过一丝焦急。

"他已经知道了。"她说道。

他沉默了片刻，才开口说话。

"他说什么了？"

"他什么也没说。"

"什么！"他严厉地看着她，"那你凭什么认为他已经知道了？"

"所有的一切。他的表情，以及他吃饭时说话的样子。"

"他发脾气了吗？"

"没有，恰恰相反，他非常有礼貌，而且我们结婚以来他第一次没有给我晚安之吻。"

她垂下眼帘。她不确定查理是否能明白。瓦尔特通常会把她揽在怀里，深深吻上她的嘴唇，那火热的双唇紧紧贴着她的嘴唇，一刻也不肯松开，他的身体随着他的吻变得异常温柔而狂热。

"你觉得他为什么不说呢？"

"我也不知道。"

又是一阵沉默。凯蒂一动不动地坐在檀木箱子上，焦虑不安地望向查理。他的脸色再次变得阴沉起来，他眉头紧锁，嘴角略微下垂。突然，他抬起头来，眼里闪过一丝得意的狞笑。

"我认为他什么都不会说的。"

她没有回答，因为她不明白他话里的意思。

"在这种情况下，很多人会选择睁一只眼闭一只眼。吵吵闹闹对他有什么好处？如果想闹的话，他会强行闯进你的房间。"他的眼中闪耀着异样的光芒，嘴角露出了灿烂的微笑，"我们看起来就是一对十足的傻瓜。"

"我真希望你能仔细看看昨晚他脸上的表情。"

"我估计瓦尔特一定非常失落，这件事对他而言，自然是晴天霹雳。这对任何男人来说都是奇耻大辱。他看上去总是傻头傻脑的，依我看，他不像是那种喜欢在大庭广众之下大肆宣扬家丑的人。"

"我也认为他不会，"她若有所思地回答道，"他很敏感，我早就发现这点了。"

"就我们而言，这都是好事。你知道，当你站在别人的立场上换位思考，问问自己遇到这种情况会怎么做时，答案就显而易见了，这确实是一个解决问题的好方案。当一个人处于那种境地时，只有一种办法可以保全他的面子，那就是假装什么都不知道。我敢跟你打赌，他心里就是这么想的，也必然会这么做。"

查理越说心情越轻松，整个人开始飘飘然起来。他蓝色的眼睛里放射出夺目的光彩，似乎又找回了那个快乐活泼的自己，浑身闪耀着自信的光芒。

"天知道，我不想说任何诋毁他的话，但当触及实际问题时，细菌学家确实不是什么重要人物。西蒙斯回国后，我极有可能接替他成为下一任辅政司，到时瓦尔特也会听命于我，看我的脸色行事。跟大多数人一样，为了保住他的饭碗，他是绝对不会轻举妄动的。你认为殖民政府会去袒护一个身陷丑闻的人吗？相信我，保持沉默，他将赢得一切，大吵一架，他可能满盘皆输，他应该知道如何权衡利弊。"

凯蒂心神不安地来回走动着，瓦尔特有多腼腆，她心里比谁都清楚。她完全可以相信，害怕当众出丑，讨厌引起公众的注意，这些都有可能会让他有所顾忌。但她绝不相信他会因为物质上的利益而忍辱负重、委曲求全。也许她对他的了解还不够深，但查理对他却是一无所知。

"你有没有考虑过他疯狂地爱着我？"

他没有正面回答，只是满眼顽皮地朝她微微一笑。她心领神会，他那迷人的笑容令她心醉神迷、不能自已。

"好吧，你想说什么呢？肯定不是什么好听的话。"

"好啦，你也知道，女人经常会想当然地认为，男人疯狂地爱着她们，但事实却并非如此。"

被他那绝对的自信感染，她终于笑出了声。

"你这话说得太可怕了。"

"我要告诉你的是，最近你并没有花太多心思在你丈夫身上，他也许已经不像过去那么爱你了。"

"无论如何，我永远不会自欺欺人地认为你在疯狂地爱着我。"她反驳道。

"这样说就是你的不对了。"

他能这么说，她心里真的是太高兴了！她清楚并坚信他对自己一往情深，这使她内心感到无比温暖。他说着便起身下床，来到她身边，和她并排坐在檀木箱子上，伸手搂住了她的腰。

"别再折磨你那傻傻的小脑袋瓜了，"他说道，"我向你保证，没什么好担心的，我敢非常确定地告诉你，他会假装什么都不知道。你也知道，这种事很难找到确切的证据。你说他爱上你了，也许他并不想彻底失去你。我发誓，如果你是我的妻子，我也会将所发生的一切全盘接受的。"

她向他靠过去，她的身体开始变得柔软无力，瞬间瘫倒在他的怀里。她对他的爱几乎是一种折磨，让她备受煎熬。他最后几句话倒是说在了她心坎上：也许瓦尔特是如此热烈执着地爱着她，以至于他甘愿接受任何屈辱，只要能把她留在身边继续宠爱。她完全可以理解这一点，因为这正是她对查理的感觉。一阵强烈的自豪感涌上了她的心头，同时，她不免对这个爱得如此卑微的男人产生了一丝淡淡的轻蔑感。

她深情地搂住查理的脖子。

"你真是太棒了，我来的时候吓得全身发抖、六神无主，而你轻而易举就把我所有的问题都解决了。"

他伸手捧住她的脸，吻了吻她的嘴唇。

"亲爱的。"

"你真是我的心理疏通剂。"她叹息道。

"我确定你根本不需要紧张，而且，你知道的，我会一直站在你身边，绝对不会让你失望的。"

她把所有的恐惧都抛在了脑后，但有那么一瞬间，她竟然无端地为自己美好幻想的破灭而感到遗憾。一切危险都已经过去，她几乎迫不及待地希望瓦尔特坚持要跟她离婚。

"我就知道你永远是我避风的港湾。"她说道。

"我也希望自己能够成为你的依靠。"

"你是不是应该去吃午餐了？"

"哦，该死的午餐。"

他把她搂得更紧了，现在她被他牢牢地锁在怀里，他低头吻向她的嘴唇。

"哦，查理，你必须放开我，让我走。"

"永远不会。"

她微微笑了笑，那笑容里写满了爱情的甜蜜和胜利的狂喜。他满眼充斥着渴望，把她扶起身来，没有放她走，而是把她紧紧地抱在胸前，然后锁上了门。

21

整个下午，凯蒂的脑海中都在不停地回荡着查理所说的关于瓦尔特的话。那天晚上他们要去外面吃饭，当瓦尔特从俱乐部回来时，她正在穿衣服，他敲了敲她的门。

"进来。"

他没有打开门。

"我直接去换衣服,你还需要多长时间?"

"十分钟。"

他再没说什么,径直回到了自己的房间。他的声音听上去还是那么压抑拘谨,跟昨天晚上一样,她现在已经非常确定自己的猜想了。她的速度比他还快,当他下楼时,她已经坐在车里了。

"我恐怕让你久等了。"他说道。

"我有的是耐心。"她回答道,说话时她竟然露出了微笑。

他们开车下山的途中,她说了一两句话,但他的回答却很生硬简短,她无奈地耸了耸肩。她有点不耐烦了,如果他想生闷气,那就随他去吧,她才不在乎呢。就这样,一路上他们谁也没再吭声,沉默不语,直到来到目的地。这是一个盛大的晚宴,人山人海,菜品丰盛。与邻座的人聊得起劲时,凯蒂注意到了瓦尔特,他脸色惨白,面容消瘦憔悴。

"你丈夫看上去很疲惫,我以为他不介意高温呢。他一直都是那么努力工作吗?"

"他对工作认真负责,整天埋头苦干。"

"我想你应该很快就要离开这里了吧?"

"哦,是的,我想我应该会像去年一样去日本,"她说道,"医生说,如果我不想彻底崩溃,就必须离开这个高温炎热之地。"

他们外出就餐时,瓦尔特不再像往常那样时不时地朝她深情一瞥、微微一笑,他甚至没有再看过她一眼。她还注意到,当下楼朝车这边走来的时候,他总是把眼睛移向别处,刻意躲避她的目光。下车时,他一如既往地伸出手,彬彬有礼地扶她,但眼神却异常冰冷落寞。现在,他跟周围的妇女们交谈时,脸上不再有微笑，而是目光呆滞无神地看着她们。他的眼睛看起来很大，皮肤黝黑也掩盖不住那异常苍白的脸色，他的表情坚定而严肃。

"他无疑是个讨人喜欢的伴侣。"凯蒂略带讽刺意味地寻思着。

那些不幸的女人对着他那张冰冷严肃的面孔兴致勃勃地说东道西，她却丝毫不在意。

他当然知道，这是毫无疑问的。他很生她的气，可为什么不说出来呢？真的是因为爱她太深，害怕她会离他而去，所以甘愿忍辱负重、委曲求全吗？一想到这里，她就有点瞧不起他了。但是平心而论，毕竟，他是她的丈夫，给她提供食宿。只要他不干涉她，放手让她去做自己喜欢的事，她也会对他很好的。另一方面，也许他的沉默只是源于内心深处某种病态的胆怯。查理说得没错，瓦尔特比任何人都讨厌丑闻，不到万不得已，他是绝对不会发表任何演讲的。他曾告诉她，有一次他被法庭传唤去为某案件做专家证人，在开庭前一周，他就已经紧张得彻夜难眠了，他的羞怯几乎成了一种疾病。

换个角度讲，人人都有虚荣心，只要这件事没有闹得满城风雨、人尽皆知，瓦尔特也许就不会去理会它。随后她又开始琢磨，是否有一种可能，正如查理所说，瓦尔特会对查理的权势有所顾忌，从而权衡利弊，做出让步。查理是殖民地最有人脉的男人，很快就会成为下一任辅政司，他对瓦尔特是很有利用价值的。从瓦尔特自身的角度看，如果他惹查理生气的话，他可能会因小失大、得不偿失。一想到自己的情人是一个实力雄厚、英明果断的风云人物，凯蒂就不由得心潮澎湃起来。面对他那阳刚健壮的臂弯，她几乎毫无抵抗力。男人真是奇怪。她从来没有想到瓦尔特会做出这种卑劣的事来，也许他的一本正经都是装出来的，骨子里其实是吝啬刻薄、阴险狡诈的。她越想越觉得查理的话似乎都是对的，她把目光再次转向了自己的丈夫，满眼都是嫌弃。

　　就在这时，他身旁的妇女们去跟她们的邻居们攀谈，又只剩下了他一个人。他直勾勾地盯着前面，似乎忘记了自己正在参加一场聚会，眼睛里充满了无尽的悲伤，这让凯蒂大吃一惊。

22

　　第二天，午饭过后她躺在床上打盹，突然被一阵敲门声惊醒了。"谁呀？"她不耐烦地问道。

　　她不习惯在休息的时候被人打扰。

　　"是我。"

　　她听出是瓦尔特的声音，赶紧坐了起来。

　　"进来。"

　　"我吵醒你了吗？"他进门时问道。

　　"事实上，你确实吵到我了。"她若无其事地回答道，这两天她一直就是用这种平和淡定的语气跟他说话。

　　"你可以到隔壁房间来一下吗？我想和你谈一谈。"

　　她的心顿时提到了嗓子眼。

　　"我披一件睡衣就来。"

　　他说完便离开了。她光着脚迅速套上拖鞋，随手穿上睡衣，然后照了照镜子，发现自己面色苍白，于是便涂了些胭脂。她在门口犹豫了一会儿，随后鼓起勇气，从容淡定地走向他。

"你怎么会在这个时候离开实验室呢？"她说道，"一般在这个时间段我都看不到你的。"

"你不坐下来吗？"

说这话时他并没有看她，表情也异常严肃。她很乐意地按他的要求坐了下来。她的膝盖不听使唤地微微颤抖着，她无法继续保持那幽默风趣的语调，只好沉默不语。他也坐了下来，点燃了一支烟。他用眼睛焦躁不安地扫视着整个房间，似乎有什么难言之隐，不知道该如何开口。

突然，他一反之前的刻意逃避，目不转睛地盯着她，这种直勾勾的注视着实吓了凯蒂一跳，她差点失声尖叫出来。

他问："你听说过湄潭府吗？最近报纸上有很多关于这个地方的报道。"

她惊讶地盯着他，犹豫了片刻。

"就是霍乱横行的那个地方吗？昨晚阿布斯诺特先生跟我谈到了这件事。"

"这种疾病正在迅速蔓延，我猜想这可能是多年以来最严重的一次。三天前，一个医学传教士染上霍乱，不幸去世。那里有一个法国女修道院，当然，还有一些海关收税员，其余的人能逃的都逃走了。"

他的眼睛仍然死死地盯着她，她也只得硬着头皮看向他，试图通过面部表情窥探他内心的想法，但她实在是太紧张了，只能勉强看出一丝怪异的警惕。他怎么能够纹丝不动地注视这么长时间，甚至连眼睛都没眨一下？

"法国修女们正在竭尽所能跟病魔抗争，她们已经把孤儿院改成了医院，但每天还是有大批的人像苍蝇一样死去。我主动提出前往该地，负责控制疫情扩散。"

"你吗？"

她猛地跳了起来，第一个念头便是，如果他去了，她就自由了，从此就可以无拘无束地跟查理约会了。但这个想法还是震惊到了她，她感觉自己的脸都涨得通红了。为什么他会用那种眼神看着她？她尴尬地移开了目光。

"必须要去吗？"她结结巴巴地问道。

"那里连一个外国医生也没有。"

"但你不是医生，你只是个细菌学家。"

"你知道，我是一个医学博士，在从事专业化的研究之前，我在一家医院做过大量的普通医疗工作。我首先是一名细菌学家，这一事实给我提供了进入科学研究领域的绝佳机会。"

他几乎是满不在乎地说着，她瞥了他一眼，惊讶地发现他眼里竟然流露出一抹嘲弄的神色，她百思不得其解。

"可是去那里不是很危险吗？"

"确实非常危险。"

他笑了，那是一种嘲讽的笑。她手托额头陷入沉思，这简直就是自寻死路，这种行为除了自取灭亡，几乎没有什么其他的目的了，太可怕了。她没有料到他竟然会有这么极端的想法，她绝对不能让他那么做，这太残忍了。如果她没有爱上他，那并不是他的错。她无法忍受他为了她而自杀，眼泪悄无声息地顺着她的脸颊滑落下来。

"你为什么哭泣？"

他的声音异常冷淡。

"你并不是非去不可，是吗？"

"不，我是自愿去的。"

"请不要这样，瓦尔特，去了如果有个三长两短，后果不堪设想，想象一下，如果死在那个地方该怎么办？"

尽管他脸上依然毫无表情，但眼里却分明闪过一丝笑意，他没有回答她。

"那个地方在哪里？"她停了一会儿问道。

"湄潭府吗？它位于西江的一条支流上。我们应该先到西江上游去，然后再坐轿子到达那里。"

"我们是谁？"

"你和我。"

她迅速地看了他一眼，以为自己听错了。但现在，他眼中的微笑已经下滑到了嘴角，黝黑的眼睛紧紧地注视着她。

"你希望我也去吗？"

"我想你会愿意的。"

她的呼吸开始急促起来，身体不由得打了个寒战。

"但那里肯定不是女人该待的地方，传教士几周前把他的妻子和孩子送到安全的地方了。石油公司经理和他的妻子也撤回香港，我在一次茶会上遇见过他妻子。"

"那儿有五个法国修女。"

她惊慌失措。

"我不明白你的意思，让我去那里，简直是太疯狂了。你知道我有多脆弱，海华德医生说了，我必须离开香港这么炎热的地方，这里的高温不适合我。还有霍乱，我会被吓得神志不清的，这简直是自讨苦吃，我没有理由非得去那里，我会死掉的。"

他没有回答，她绝望地看向他，几乎忍不住要哭出来了。他苍白的脸阴森暗淡，她从那里看到了仇恨。有没有可能他想要置她于死地？她回答了自己这种荒唐离谱的想法。

"这太荒谬了，如果你认为你应该去，那是你自己的事，但你确实不应该拉上我去送死。我讨厌疾病，这是一场肆意蔓延的霍乱，我不会假装自己很勇敢，也不介意告诉你，我没有勇气去面对它。在有机会去日本之前，我会一直待在这里。"

"我原以为，当我将要踏上一次危险的征程时，你会心甘情愿地陪在我身边。"

他现在开始明目张胆地嘲笑她了，她很困惑，她摸不清楚他到底是来真的，还是危言耸听。

"我认为任何人没有理由责怪我拒绝去一个危险的地方，在那里我没有任何业务，也没有任何用处。"

"你的用处最大了，你可以为我加油打气，替我排忧解难。"

她的脸色变得更加苍白。

"我不明白你在说什么。"

"我不认为它有多深奥，这么浅显易懂的道理不需要太高的智商。"

"我不去，瓦尔特。你要求我去实在是太残忍了。"

"那么我也不去了，我将立即撤回我的申请。"

23

她茫然地看着他。他的话太出乎意料，她一时间竟难以理清头绪。

"你到底在说什么？"她颤抖着支吾道。

她的回应甚至连她自己都觉得有点虚伪。她看到瓦尔特坚定不移的脸上流露出鄙夷的神情。

"我恐怕没有你想象的那么愚蠢。"

她一时语塞，僵在原地，不知道该说些什么。她还没有决定到底是愤愤不平地坚守自己的无辜，还是理直气壮地发泄出满腹的牢骚。他似乎读懂了她的心思。

"我已经掌握了所有必要的证据。"

她开始哭泣，眼泪如断了线的珠子夺眶而出，她任凭眼泪肆意流淌，内心早已麻木不仁，感觉不到任何特别的痛苦。她趁着哭泣的工夫，迅速整理了一下自己的情绪，但大脑依旧一片空白。他冷若冰霜地看着她，神情淡定得让她感到害怕。他渐渐变得不耐烦了。

"你知道，哭是解决不了任何问题的。"

他的声音是那么冰冷，那么生硬，这种态度激发了她内心深处的某种愤怒。她逐渐恢复了勇气。

"我不在乎，我想你一定不会反对和我离婚的，这样的婚姻对于一个男人来说已经没有任何意义。"

"请允许我问一下，为什么我要为了你给自己带来麻烦呢？"

"对于你这种人来说，问不问都一样，要求你表现得像个绅士简直是痴人说梦。"

"我太关心你的幸福了。"

她坐直了身子，擦了擦眼泪。"你这是什么意思？"她问道。

"只有在因通奸罪被告上法庭的情况下，唐森才有可能娶你，而且这个案件可能会闹得沸沸扬扬，他的妻子难以忍受奇耻大辱，才会被迫和他离婚。"

"简直是一派胡言，"她大吼道，"你这个笨蛋。"

他的语气如此轻蔑，她气得涨红了脸。也许她的愤怒更多是因为他以前从来没有对她说过如此粗鲁轻蔑的话，有的只是甜言蜜语、奉承迎合、百般宠爱。她已经习惯了他对她言听计从，屈从于她的一切。

"如果你想要知道真相，我现在就可以告诉你。唐森迫不及待地想要娶我，多萝西·唐森也完全愿意和他离婚，我们一旦自由就会马上结婚。"

"这些话是他亲口跟你说的，还是你从他的言行举止中感觉出来的？"

瓦尔特的眼睛里闪烁着尖刻的嘲讽，这让凯蒂内心感到些许不安，因为她也不太确定查理有没有亲口跟他许诺过这么多。

"这件事他说过无数遍了。"

"那是一个谎言，你知道他是在骗你。"

"他全身心地爱着我，他对我的爱就像我对他的一样热情激烈。你已经发现了，我不会否认任何东西，为什么呢？因为我们已经相爱一年了，我为此感到自豪。他就是我的世界、我的一切，我很高兴你终于知道了真相。我们早已厌倦了偷偷摸摸和委曲求全，受够了束缚我们的一切。我嫁给你就是一个错误，我原本就不应该答应你的求婚。我是一个傻瓜，从来都不关心你，我们完全就是两个世界的人，毫无共同之处。你钦佩的人，我不喜欢；你感兴趣的事，我却觉得索然无味。我很感激这一切即将结束。"

他一动不动地看着她，脸色阴沉，看不到一丝情感。他刚才听得很仔细，表情竟然没有发生任何变化，这表明她所说的话震撼到了他。

"你知道我为什么会嫁给你吗？"

"因为你想在你妹妹多丽丝出嫁之前结婚。"

这的确是真的，不过通过这个有趣的小插曲，她才了解到他竟然知道这一点。说来也奇怪，在这恐惧和愤怒相互博弈的时刻，她居然还对他萌生了同情之心。他微微一笑。

"我对你没抱任何幻想，"他说，"我知道你愚蠢、轻浮、头脑简单，然而我爱你；我知道你目标低俗、理想平庸，然而我爱你；我知道你是二流货色，然而我爱你。我竭尽所能讨你欢心，挖空心思逗你开心，绞尽脑汁迎合你的喜好，努力把自己塑造成你心目中理想的模样，急切地想要隐藏，我并非无知、粗俗、八卦、愚蠢之人。一想到这些，我就觉得好笑。我知道你对聪明之人心存忌惮，我便使出浑身解数让你认为我和你认识的其他男人一样是个大傻瓜。我知道你是为了自身方便才嫁给我。但我是如此爱你，甚至可以完全不在乎这些。据我所知，当爱上一个人，全身心付出却没有任何回报时，大多数人会心怀不满，继而愤愤不平、痛苦不堪，而我却不是那样。我从来没有奢求你会爱上我，也没有找到任何你会爱上我的理由。我从来不觉得自己有多讨人喜欢，只要允许我爱你，我就万分感激、心满意足了。当我偶尔感觉到你对我很满意，或者在你的眼睛里发现一丝愉快情感的时候，我是多么欣喜若狂。我努力不让自己的爱给你带来负担，但我知道我根本做不到这一点，我总是密切关注着你的一举一动，甚至一个小小的表情，生怕你会对我的爱心生厌倦。大多数丈夫习以为常的正当要求，我却把它当作莫大的恩赐。"

凯蒂早已习惯阿谀奉承，以前从来没有听人对她说过这样的话。莫名的愤怒排山倒海般朝她席卷而来，内心的恐惧也瞬间被驱散。她感到快要窒息了，鬓角两端的血管迅速膨胀，剧烈地跳动着。一个女人的虚荣心要是受到伤害，其报复心完全不亚于一只被抢走幼崽的母狮。她那太过宽阔的下巴，异常凸显，分外可怕，漂亮的黑眼睛里充斥着浓浓的怨恨。但她还是控制住了自己的脾气。

"如果一个男人没有能耐让一个女人爱上他，那完全是他的错，而不是她的。"

"显然是这样。"

他那嘲弄的语气使她怒火中烧，她觉得保持镇定的姿态或许会让他更加难过。

"我既没有受过良好的教育，天资也不是很聪颖，只是一个非常普通的年轻女人。从小到大的生活圈子决定了我的兴趣爱好，我喜欢这个圈子里的人所喜欢的东西。我热衷于跳舞、网球和戏剧，欣赏那些擅长玩游戏的人。的确，你让我觉得很无聊，你所感兴趣的那些事更让我感到无比厌烦，它们对我没有任何意义，我也不想参与其中。你拽着我在威尼斯那些没完没了的画廊里游走穿梭，而我的心却早已飞向了桑威奇的高尔夫球场，在那里我才能找寻到真正的快乐。"

"我知道。"

"如果没有达到你心中所期望的标准，我感到很抱歉。不幸的是，我一直觉得你在身体欲望方面的表现也很冷淡，这也不能怪我。"

"我没有。"

如果他大发雷霆，凯蒂应付起来可能会更加容易，她完全可以以暴制暴，可他的自控力偏偏超乎常人。她现在很恨他，从来没有像现在这样恨过他。

"我觉得你根本就不是个男人。你知道我和查理在一起，为什么不直接闯进房间呢？至少可以狠狠地揍他一顿，你不敢吗？"

但话一出口，她就脸红了，因为她感到很羞愧。他没有回答，但从他的眼睛里，她看到了一丝冰冷的蔑视，一抹血红的笑意掠过他的嘴角。

"也许是吧，就像一个历史人物，我骄傲到不屑与之争斗。"

凯蒂不知道该如何回答，只好耸了耸肩。他又目不转睛地盯着她看了良久。

"我认为该说的我都说了。如果你拒绝去湄潭府，我会撤回申请。"

"为什么你不同意跟我离婚？"

他终于把目光从她身上移开，靠在椅背上，点燃了一支烟，一声不吭地抽到最后，然后，随手扔掉了烟头。他朝她微微一笑，目光再一次紧紧地锁定她。

"如果唐森太太向我保证，她愿意和自己的丈夫离婚，同时唐森书面承诺他会在一周之内娶你，具备这两个条件，我就答应跟你离婚。"

他说话的方式似乎夹杂着某种令她感到不安的因素，但强烈的自尊心迫使她不得不大方地接受了他的提议。

"你真是太慷慨了，瓦尔特。"

令她感到吃惊的是，他突然放声大笑起来，她愤怒得涨红了脸。

"你在笑什么？我并没有觉得哪里好笑。"

"请你原谅，我敢说，我的幽默感很特别。"

她皱着眉头看向他，本来想说些尖刻、伤人的话，但一时又想不出该如何反驳。他看了看表。

"如果你想赶在唐森下班之前从办公室拦住他，最好动作快点。要是你决定跟我一起去湄潭府，那么后天我们就可以出发了。"

"你想让我今天告诉他吗？"

"没有比现在更合适的时间了。"

她的心跳开始加快，充斥着她内心的不是不安，而是她自己也说不清楚的某些东西。她真希望留给自己的时间可以再长点，她想让查理做好充足的准备。但她对他信心满满，她相信他一定也和她爱他一样，疯狂痴迷地爱着她。甚至仅仅让这个想法在脑海中闪过，似乎也是一种背叛，她再也不想忍受这种强贴在他们身上的标签了。她严肃地转向瓦尔特。

"我认为你根本不知道什么是爱，你永远不会理解我和查理之间那种刻骨铭心的爱，我们不顾一切地爱着彼此，这一点是最重要的，在它面前，其他任何牺牲都显得微不足道，我们会一一克服。"

他向她微微鞠了一躬，什么也没有说，一直看着她迈着缓慢而均匀的步伐走出房间。

24

她给查理传了一张小纸条，上面写着："请让我见你，事情非常重要。"一个中国男孩让她稍等，进去汇报之后告诉她，唐森先生会在五分钟后见她。她的内心莫名其妙地紧张不安起来，当她终于被领进他的房间，查理走上前来客气地跟她握手，但当男孩一关上门，只留下他们两个人的时候，他立刻卸掉了客套友好的伪装。

"我说，亲爱的，你真的在上班时间到这儿来了。我有一大堆事情要处理，我不想给别人讲闲话的机会。"

她用那双漂亮的眼睛深深地看了他一眼，试图微笑，但她的嘴唇僵硬，怎么也笑不出来。

"若非必要，我是绝对不会来的。"

他微笑着挽起她的胳膊。

"好吧，既然来了，那就坐下吧。"

这是一个空荡荡的房间，屋内空间狭小，天花板很高，墙壁被刷成了赤褐色。里面只有一张大桌子、一把供查理办公坐的旋转椅和一把招待客人的皮扶手椅。凯蒂坐在上面有些害怕，而他则坐在他的办公桌前。她以前从来没有见过他佩戴眼镜，她不知道他会用到它。当注意到她正盯着自己的眼镜时，他便把它取了下来。

"我只是在阅读的时候才佩戴它。"他说道。

她的眼泪止不住地往下流，现在，她也不知道为什么，竟然开始哭泣起来。她并没有刻意欺骗的意思，只是本能地想要激起他的同情心。他茫然地看着她。

"出什么事了吗？哦，亲爱的，别哭了。"

她拿出手帕，强忍住自己的抽泣。他按了传唤铃，当男孩来到门口时，他走了过去。

"如果有人问起我，就说我出去了。"

"好的，先生。"

男孩关上了门。查理坐在椅子扶手上，用胳膊搂着凯蒂的肩膀。

"好了，亲爱的凯蒂，告诉我到底是怎么一回事吧。"

"瓦尔特想离婚。"她说道。

她感到他的胳膊压在她肩上的力道消失了，他的身体顿时变得僵硬。沉默了一会儿之后，查理站起身来，重新坐回到他的椅子上。

"你到底是什么意思？"他问道。

他的声音听上去有些沙哑，她迅速看了他一眼，只见他神情沮丧、面色暗红。

"我已经跟他谈过了，刚才就是直接从房子里出来的。他声称已经掌握了他想要的一切证据。"

"你没有把自己供出去，是吧？你什么都没承认吧？"

她的心一沉。

"没有。"她回答道。

"你确定吗？"他严厉地看着她问道。

"很确定。"她又撒了个谎。

他靠在椅子上，神情茫然地盯着挂在面前墙上的中国地图。她焦急地看着他，他听到这个消息时的态度让她深感慌乱不安。她原以为他会把她抱在怀里，向她表达感激之情，因为现在他们终于可以永远在一起了。当然，男人也很难捉摸。她轻轻地哭泣着，现在不是为了博得同情，而是本能的情感流露。

"我们现在的情况是一团糟，"他终于开口说话，"但我们不能失去理智，冲动对双方都没有好处。你知道，哭泣也解决不了任何问题。"

注意到他声音里的恼怒，她擦干了眼泪。

"这不是我的错，查理，我也无法控制自己的情绪。"

"你当然不能控制，真是倒霉透了。这次的事我和你都有责任，当务之急是看看我们如何摆脱这一困境。我想你应该也和我一样，绝对不想离婚。"

她憋住一口气，用探询的目光看了他一眼，他完全没有考虑她的感受。

"我好奇他手头到底掌握了哪些证据，他如何能证明我们当时就在那个房间。总的来说，我们已经比任何人都小心谨慎了，我确信古董店的那个老家伙是绝对不会出卖我们的。即使瓦尔特看到我们一起进了古董店，那我们也有可能是去搜寻古董。"

他似乎只是在自言自语，而不是跟她说话。

"提出指控很容易，但要找到确凿证据证明就显得异常困难，任何一个律师都会这样告诉你。我们的原则是否认一切，如果他以起诉来威胁，我们会抗争到底，让他的计划彻底泡汤。"

"我不能上法庭，查理。"

"为什么不能呢？恐怕你必须这么做。天知道，我并不想吵架，但我们不能就这么躺倒认输。"

"我们为什么要捍卫它？"

"瞧你问的这是什么问题。毕竟，不只是你在担心，我也很焦急。但事实上，我认为你不需要害怕，我们总有办法解决你丈夫的问题。唯一困扰我的是如何把这件事处理得天衣无缝。"

他似乎想到了一个主意，因为他突然转向她，脸上带着迷人的微笑，语调也从刚开始的生硬古板变成了逢迎讨好。

"可怜的小妇人，恐怕你一直都很难过，这样可不太好。"他伸手握住了她的手，"我们陷入了困境，但我们一定会挺过去的。这不是……"他停了下来，凯蒂猜测他可能要说，他已经不是第一次战胜窘境、转危为安了，"最重要的是保持头脑清醒，你知道我是永远不会让你失望的。"

"我一点都不害怕。我不在乎他做什么。"

他仍然微笑着，只是这种微笑看上去多少有些勉强。

"如果事情发展到最坏的程度，我就不得不告诉总督了。他会狠狠地骂我一顿，但他是个好人，心胸宽广，通情达理，他会想办法帮我妥善解决，毕竟闹出丑闻，对他也没有任何好处。"

"他能做什么？"凯蒂问道。

"他可以给瓦尔特施加压力。如果不能通过野心、抱负来对付他，那他就会选择通过责任心来感化他。"

凯蒂感觉一阵寒意袭遍全身，她似乎无法让查理明白目前的形势有多严峻。他那自以为是的姿态让她深感厌烦，她很后悔到他的办公室来见他，周围的环境使她感到害怕。如果能搂着他的脖子，钻进他的怀里，那她就可以轻而易举地说出她内心深处的渴望。

"你不了解瓦尔特。"她说道。

"我知道每个人都有他自身的价值。"

她全心全意地爱着查理，但他的回答却让她深感困惑，如此聪明的一个人竟然会说出这么愚蠢的话。

"我想你根本就不了解瓦尔特有多生气。你没有看到他那消沉沮丧的面孔，以及他那绝望无助的眼神。"

他沉默了片刻，只是微笑着看向她，她知道他心里在想什么。瓦尔特是一名细菌学家，处于从属地位，他不会贸然让自己成为殖民地上层官员讨厌的对象。

"自欺欺人是没有用的，查理，"她郑重其事地说道，"如果瓦尔特下定决心要提起诉讼，你或者其他任何人说什么都于事无补。"

他的声音再次变得忧伤而沉闷。

"让我成为通奸罪中的共同被告是他的主意吗？"

"起初是这样，但后来我设法让他同意跟我离婚。"

"哦，好吧，那也没那么可怕。"他再次松了一口气，她从他的眼睛里看到了些许宽慰，"在我看来，这是一条很好的出路。毕竟，这是一个男人最不愿意做的，但却是唯一体面的事情。"

"但他提出了一个条件。"

他用疑惑的目光看向她，似乎在沉思。

"当然我也不是很有钱，但我会竭尽所能去弥补。"

凯蒂陷入了沉默。查理说了一些令她始料未及的话，她猝不及防，一时竟无言以对。她原本打算扑进他温暖的怀抱，把灼热的脸埋入他宽厚的胸膛，一口气把这些话和盘托出。

"他同意我跟他离婚，前提是你妻子向他保证会跟你离婚。"

"还有别的吗？"

凯蒂几乎说不出话来。

"还有——这太难开口了，查理，听起来很可怕——如果你答应在判决生效的一个星期内娶我，他就同意跟我离婚。"

25

他沉默了好一会儿，然后又拉住她的手，轻轻地揉捏着。

"你知道，亲爱的，"他说道，"无论发生什么事，我们都不能把多萝西扯进来。"

她茫然地看着他。

"但是我不明白，我们为什么不能这样呢？"

"好吧，人生在世，我们不能只想着自己。你知道，在其他条件不变的情况下，这个世界上没有什么比跟你结婚更让我高兴的了。但这是完全不可能的，我了解多萝西，她是无论如何也不会跟我离婚的。"

凯蒂感觉越来越害怕，一时惊慌失措，又开始哭泣起来。他站起身来，走到她身边坐下，搂着她的腰。

"亲爱的，尽量不要让自己难过，我们必须保持头脑清醒。"

"我以为你爱我……"

"我当然爱你，"他温柔地说道，"这是毋庸置疑的，你现在不要再怀疑这一点了。”

　　“如果她不跟你离婚，瓦尔特会以通奸罪将你告上法庭的。”

　　他迟疑了良久才开口回答，语气干巴巴的。

　　“当然，这可能会毁了我的事业，但恐怕对你也没什么好处。如果事情真的到了一发不可收拾的地步，我会向多萝西坦白。她肯定会伤心难过，但她一定会原谅我。”他突然心生一计，“最好的办法莫过于守口如瓶、矢口否认，但如果事情已经败露，那我心里也没底了。如果多萝西去找你丈夫，我敢说她一定能说服他保持沉默。”

　　“这是不是意味着你不想让她跟你离婚？”

　　“哎呀，我还得为孩子们着想呢，不是吗？当然，我也不想让多萝西难过，我们一直相处得很融洽。你知道，她一直都是我的贤内助。”

　　“你不是告诉我，她对你来说什么都不是吗？”

　　“绝对没有这回事，我只说过我不爱她。我们已经分居很多年了，除了偶尔，比如圣诞节，或者她回国的前一天，以及她回来的那天，我们会在一起，总共也就那么屈指可数的几次。她对男女之事不太上心，但我们一直都相敬如宾。我不介意告诉你，我对她的依赖超过了任何人的想象。”

　　“你不觉得当初不要来打扰我会更好些吗？”

　　她也觉得很奇怪，自己都吓得喘不过气来了，却还能这么心平气和地说话。

　　“你是我这么多年来见过的最妩媚动人的小东西，我只是疯狂地爱着你，你不能因此而责怪我。”

　　“毕竟，你说过你永远不会让我失望的。”

"但是，天哪，我确实不会让你失望，可是当下我们深陷如此可怕的窘境，我一定会竭尽所能帮你渡过难关的。"

"除了一件明显而又自然的事情。"

他站起身来，回到自己的座位上。

"亲爱的，你得通情达理，我们最好坦然地面对现实。我不想伤害你的感情，但我真的必须告诉你实话，我非常热爱自己的事业。总有一天我将登上总督之位，而殖民地总督实在是一份美差。除非我们能把这件事掩盖起来，否则我一点机会都没有。我也许不会丢掉工作，但这始终是我人生道路上的一个污点。如果我被迫离职，那么我只好下海经商，留在人头熟悉的中国了。不管怎样，我平步青云的唯一机会就寄托在多萝西身上，我必须得到她的大力支持。"

"那你有必要告诉我，除了我，你在这个世界上什么都不想要吗？"

他气恼地耷拉下嘴角。

"哦，亲爱的，当一个男人爱上你的时候，他所说的话不能光从字面上理解。"

"你不是认真的吧？"

"目前是。"

"如果瓦尔特跟我离了婚，我该怎么办？"

"如果我们真的站不住脚，当然没必要去盲目辩解，不应该到处宣扬，心胸要开阔点，现在的人们思想都很开放的。"

凯蒂第一次想起了自己的母亲，她颤抖着，再次看了看查理，现在她的痛苦中夹杂着怨恨。

"我相信，我所遭受的任何麻烦对你来说都是无关痛痒的小事。"她说道。

"我们不要再相互说些不愉快的话来中伤对方了。"他回答道。

她发出了一声绝望的低吼。她原本是那么全心全意地爱着他，此刻却只剩下满腔怨恨，这巨大的反差让她痛不欲生、心如死灰。他永远也不可能理解他对她有多重要。

"噢，查理，你不知道我有多爱你吗？"

"当然，亲爱的，我也爱你。但是我们并非生活在一个荒无人烟的孤岛上，我们必须想尽一切办法，努力走出摆在我们面前的困境，你必须沉着冷静，保持理智。"

"你叫我如何保持理智？对我来说，我们的爱就是一切，你是我生命的全部。当我意识到你仅仅把它当作一段可有可无的小插曲时，我的心都碎了一地。"

"这当然不是一个小插曲，但是你知道，如果你要求我跟我一直以来都非常依赖的妻子离婚，为了娶你而毁掉我的事业，这样的代价实在是太大了。"

"跟我愿意为你做的事比起来差远了。"

"情况相当不同。"

"唯一的区别就是你根本就不爱我。"

"一个男人可能会非常爱一个女人，但未必希望与她共度余生。"

她飞快地看了他一眼，痛苦和绝望吞噬着她，沉甸甸的泪水顺着她的脸颊滚落下来。

"啊，太残忍了！你怎么可以这么铁石心肠、冷酷无情？"

她开始歇斯底里地抽泣起来，他焦急地扫视着门外。

"亲爱的，试着控制一下自己的情绪吧。"

"你不知道我有多爱你，"她喘着气哽咽道，"没有你我活不下去。难道你一点也不同情我吗？"

她再也说不出话来，情不自禁地放声痛哭起来。

"我绝非刻薄之人，天知道我有多不想伤害你的感情，但我必须告诉你实话。"

"这将会毁了我的一生，你为什么就不能放过我？我对你做了什么伤天害理的事吗？"

"当然，如果把所有的责任都推到我一个人身上对你有好处，你完全可以这么做。"

凯蒂顿时火冒三丈。

"你一定以为我会死皮赖脸地缠着你，闹得你焦头烂额、不得安宁，直到完全屈服于我的恳求。"

"我没有那个意思，不过，如果你没有明确的暗示，不是心甘情愿地投怀送抱，我是绝对不会想到要跟你发生关系的。"

啊，真是奇耻大辱！她知道他所说句句属实。现在他脸色阴沉、满面忧愁，双手不安地搓揉着，时不时还长吁短叹地朝她瞥上一眼。

"你丈夫不会原谅你吗？"过了一会儿，他问道。

"我从来没有问过他。"

他本能地紧握双手，她看到他正努力克制着想要发飙的冲动。

"你为什么不去找他，乞求他的同情呢？如果他真像你说的那般爱你，就一定会原谅你的。"

"你根本就不了解他！"

26

她擦掉眼泪，努力使自己振作起来。

"查理，如果你抛弃我，我会死的。"

她现在不得不低三下四地乞求他的怜悯，她一开始就应该立刻把自己的处境告诉他，她相信当他看到她面临的艰难抉择时，他的宽宏大量、正义感，以及男子气概就会被强烈地激发出来，他会首先考虑到她的安危，甘愿舍弃一切来护她周全。啊，她是多么热切地想要投入他那宽厚温暖的怀抱，尽情享受他的疼爱和庇护！

"瓦尔特想让我去湄潭府。"

"哦，但那个地方暴发了霍乱，传染病正在迅速蔓延，这是五十年来最严重的一次。那不是女人该待的地方，你最好还是别去那儿。"

"如果你让我失望，我就毫无退路，只能去那里。"

"你是什么意思？我不太明白。"

"瓦尔特接替了去世的传教士医生的职位，他想让我和他一起去。"

"什么时候？"

"现在，立刻。"

查理把椅子往后推了推，用疑惑的眼神看着她。

"也许是我太笨，但我完全听不懂你在说什么，如果他想让你和他一起去那个地方，为什么不离婚呢？"

"他给了我选择的机会，要么跟他去湄潭府，要么就对簿公堂。"

"哦，我明白了。"查理的语气略微有了变化，"我认为他这样做很体面，你说呢？"

"体面？"

"好吧，他选择去那里确实是一件非常冒险的事，我可不喜欢那样。当然，等他凯旋，一定会获得卓越的勋章。"

"可是我怎么办呢，查理？"她哽咽道，声音里夹杂着痛苦和无助。

"好吧，我觉得，既然他想让你去，在目前这种情况下，我也看不出你有什么理由可以拒绝。"

"这意味着死亡，毫无疑问我将必死无疑。"

"哦，该死，这也太夸张了。如果真有这么可怕，他就不会带你去了，你和他都不会有危险。事实上，只要你小心，就不会有很大的风险。发生霍乱的时候我也去过那里，但我毫发无伤、安然无恙。最重要的是不能吃任何生的东西，比如未处理的水果或沙拉，并确保你的饮用水是煮沸的。"他越说越来劲，话说得行云流水、滔滔不绝，身上顿时少了几分阴沉，多了些许机警。说这些话的时候，他几乎是轻松愉快的。"毕竟，这是他的工作，不是吗？他对微生物感兴趣，仔细想想，这对他来说，是一次不可多得的机会。"

"可是我怎么办呢，查理？"她又问了一遍，现在已经不再痛苦，取而代之的是惊愕和恐惧。

"好吧，了解一个男人最好的方法就是设身处地地为他着想。从他的角度来看，你是一个相当没规矩的小东西，他想让你远离危险。我一直觉得他从来都不想和你离婚，他给我的印象不是那种人。他提出了一个自认为很慷慨的提议，而你拒绝了，这让他很生气。我不是想责怪你，但为了确保我们大家都相安无事，我认为你有必要慎重考虑一下。"

"可是你看不出来这会要了我的命吗？难道你不知道他带我去那里的目的就是置我于死地吗？"

"哦，亲爱的，别这样说，我们现在的处境非常尴尬，真的没有时间去夸大其词。"

"看来你已经下定决心对我不管不顾了。"啊，痛苦和恐惧犹如狂风暴雨肆无忌惮地席卷着她，她克制住了想要大声尖叫的冲动，"你不能让我去送死，如果你不爱我，也不同情我，最起码的人情味你总该有点吧。"

"你这样说就让我很为难了。据我所知，你丈夫表现得很慷慨，如果你愿意低头服软，他一定会原谅你的。他想带你离开，这时正好出现了这么一个机会，你可以由此轻松摆脱当前的困境，去一个陌生的地方，用几个月的时间忘却一切烦恼和伤痛。我没有假设湄潭府是一个疗养胜地，我也从来没有听说过这个中国城市。但是，你也没必要惊恐不安，这其实也是不得已而为之的下策，我相信，在一场流行病中，死于恐惧的人远远多于死于感染的人。"

"但我现在真的很害怕。当瓦尔特跟我说起这件事时，我差点昏了过去。"

"一开始，我也感觉很震惊，但当你静下心来，心平气和地去看待它，就会觉得它是完全可以接受的，这是一种独特的人生体验，并不是每个人都有机会经历这些。"

"我还以为，我还以为……"

她痛苦地前后摇晃着。他没有说话，脸上又浮现出了那种阴沉的表情，这是她最近两次见面才发现的。凯蒂现在已经不再哭泣，她擦干了眼泪，恢复了镇定，声音虽然低沉，却很平稳。

"你想让我去那里吗？"

"这是你唯一的选择，不是吗？"

"是吗？"

"只有告诉你，就算你丈夫提起离婚诉讼并胜诉，我也完全不可能跟你结婚，你才会觉得公平。"

他焦急地等待着她的回答，仿佛过了一个世纪，她慢腾腾地站起身来。

"我认为我丈夫从未想过要提起诉讼。"

"那么，看在上帝的分儿上，你为什么要把我吓得魂飞魄散呢？"

她冷冷地看着他。

"他知道你会让我失望。"

她陷入了沉默，茫然若失，就像学习一门外语，面对一篇文章，刚开始什么也看不懂，直到从某个词语或句子上发现了线索。突然间，她灵光一闪，仿佛一下子茅塞顿开，混乱的大脑也似乎有了一些头绪，她隐约对瓦尔特的想法有了一点了解，就像一处阴森而凶险的风景突然暴露在一道闪电之中，顷刻间又被黑暗吞噬。她被眼前的景象吓得瑟瑟发抖。

"他之所以那样威胁你，是因为他算计好你会因此而屈服，查理。奇怪的是，他对你的判断竟然如此准确，就像他把我暴露在如此残酷的幻灭当中一样。"

查理低头看着面前的吸墨纸，微微皱了皱眉头，紧绷着嘴，一副闷闷不乐的样子，但他没有回答她。

"他知道你爱慕虚荣、胆小懦弱、自私自利，想让我亲眼见证一下。他知道你一遇到危险就会像野兔一样逃之夭夭，他知道我天真地以为你爱我是多么具有欺骗性的假想，因为他知道你不会爱上任何人，你爱的只有你自己。他知道你会冷酷无情地将我抛弃，通过牺牲我来挽回你自己的颜面。"

"如果用恶毒的语言攻击我能使你满意的话，我想我也没有资格抱怨。女人总是不客观的，她们总是理所当然地认为男人应该对她们负责，但无论从哪一方面看，这都说不过去。"

她没有理会他的打岔。

"现在我终于看清了你的真实面目。完全不出瓦尔特所料，你冷酷无情、铁石心肠、自私自利，自私到无法用语言形容。你胆小如鼠，简直就是缩头乌龟。你还是一个谎话连篇的骗子，你更是个卑鄙无耻的小人，而可悲的是……"突然间她面如死灰，一股撕心裂肺的痛穿透她的身体，犹如万箭穿心，令她痛不欲生，"可悲的是，尽管如此，我依然还是那么全心全意地爱着你。"

"凯蒂。"

他仍然用那种温柔而浑厚的声音呼唤她的名字，叫得那么轻松自如，却又是那么毫无意义。她苦笑了一声。

"你这个笨蛋。"她说道。

他立刻退了回去，一时间面红耳赤，心中怅然若失，他也无法猜透她的心思。她意味深长地看了他一眼，眼中闪过一丝笑意。

"你开始讨厌我了，是不是？好吧，尽情地讨厌吧，现在对我来说已经没有什么区别了。"

她开始戴手套。

"你打算怎么办？"他问道。

"哦，别害怕，你不会受到任何伤害，你是绝对安全的。"

"看在上帝的分儿上，别那样跟我说话了，凯蒂，"他回答道，低沉的声音里透着焦虑，"你必须清楚，一切与你有关的事都和我有关，我非常想知道会发生什么事，你打算怎么跟你丈夫说？"

"我要告诉他，我准备和他一起去湄潭府。"

"也许你一同意，他就不会再坚持起诉了。"

他也不知道，当他说这些话的时候，她为什么会用那么奇怪的眼神看着他。

"你不是真的害怕吧？"他问她。

"不，"她说道，"你用勇气鼓舞了我，进入霍乱蔓延的中心地带将会是一次独特的体验，如果我死了——好吧，死就死了。"

"我一直在竭尽所能关心体贴你。"

她再一次深深地看了他一眼，泪水又不由自主地涌上了眼眶，痛苦和委屈填满了她的心。她有一种冲动想要扑倒在他的怀里，深深吻上他的嘴唇，这种冲动几乎无法抗拒，犹如汹涌奔腾的浪潮在她内心翻滚着，但她很快又清醒过来，这样也没有任何意义了。

"如果你想知道，"她说道，努力使自己的声音保持镇定，"我的心和恐惧都已随死亡而去。不知道瓦尔特那黑暗扭曲的脑袋里到底在策划些什么，但我已经被吓得瑟瑟发抖，我想死亡或许真的是一种解脱。"

害怕自己再多停留一会儿就会彻底失去控制，她快步走到门口，不等他从椅子上站起身，就匆忙夺门而出。查理长舒了一口气，他现在迫切地想要一杯白兰地。

27

她回到家时，瓦尔特也在，她本来打算直接溜回自己的卧室，但他却在楼下的客厅里给其中一个伙计安排工作。她是如此狼狈不堪，在他面前几乎颜面无存，索性停下来直接面对他。

"我要和你去那个地方。"

"哦，好的。"

"我们什么时候出发？"

"明天晚上。"

她也不知道自己哪来的勇气逞强好胜。他的冷漠犹如长矛刺穿她的心尖。她说了一些令她自己都感到吃惊的话。

"我想我只需要带一些夏天用的东西和一件寿衣就可以了吧？"

她留意着他的面部表情，知道自己尖刻的话语激怒了他。

"我已经将你需要的东西告诉你的女佣了。"

她点了点头，随后便回到了自己的房间。她的脸色异常惨白。

28

　　他们顺利抵达了目的地。一路上，他们坐在轿子上，沿着一条狭窄的堤道，穿梭于无边无际的稻田之间。日复一日，他们每天天刚亮就出发，一直走到烈日炎炎的正午时分才被迫在路边的小旅馆里避一会儿热，然后继续前行，一直到达他们计划过夜的那个城镇。凯蒂的轿子走在队伍的最前面，瓦尔特紧随其后，最后面是一队散乱的苦力，搬运着他们的物资和设备。一行人马不停蹄地穿过一个又一个的村庄，凯蒂的眼神始终都是那么空洞迷茫。漫漫长途中，只有一两个人偶尔说几句话，或唱几段粗俗的歌曲，打破这种沉默。查理办公室那令人心碎的一幕时不时在她脑海里翻腾着，每一个细节都让她肝肠寸断。回想起他们相互说过的那些话，她沮丧地发现，他们之间的谈话竟变得如此尖酸刻薄、枯燥乏味。她想说的话没有说出来，想用的语气也没有用上。如果早点让他看到她对他无限的爱恋、她心中汹涌澎湃的激情和她那失魂落魄的无助感，他也许就不会这么冷酷无情，任她听天由命了。她被打了个措手不及。当他一字一句无比清楚地告诉她，他根本不在乎她时，她简直不敢相信自己的耳朵，整个人一直处于蒙圈状态，这也是为什么她当时没有哭得那么死去活来。从那以后，她就经常哭泣，哭得撕心裂肺、悲痛欲绝。

　　晚上，她和瓦尔特同住小旅馆的一间主客房，她能明显地感觉到瓦尔特躺在离她只有几英尺远的行军床上，没有睡着。她蜷缩在枕头上咬紧牙关，尽量不让自己发出任何声音。只有到了白天，在轿帘的庇护下，她才能任由自己放纵一会儿。她痛苦得想要扯开嗓子放声尖叫，她从来不知道一个人竟然会遭遇这么多痛苦。她绝望地问自己，究竟做错了什么事，竟要承受这样的报应。她还没有弄明白查理为什么不爱她，她猜想这可能是她的错，但她已经在竭尽全力讨他欢心了。他们一直都相处得很好，在一起的日子也都充满了欢声笑语，他们不仅是亲密的情人，还是知心的好友。她实在是百思不得其解，她几乎要崩溃了。她告诉自己要恨他、鄙视他。但如果真的再也见不到他，她不知道自己该如何继续生活下去。如果瓦尔特带她去湄潭府是为了惩罚她，那他就是自讨苦吃，因为她现在对自己的死活还有什么好关心的？她已经丧失了活下去的动力，二十七岁就结束人生是一件相当残酷的事。

29

在沿西江而上的轮船上，瓦尔特不停地看书，但在吃饭期间，他会尽力找一些话题。他跟她说话时，仿佛她只是一个碰巧跟他同行的陌生人，所聊的也都是一些无关紧要的事，这是出于礼貌，或者是为了更明显地划清他们之间的界限。

她当时灵机一动，告诉查理，瓦尔特让她来找他，以离婚作为备选条件，威胁她陪他去那个灾难横行的城市，这样她就可以亲眼目睹查理的冷漠无情、胆小懦弱和自私自利。这一切都是真的，这也非常符合瓦尔特嘲讽幽默的做事风格。他似乎对事态的发展了如指掌，知道接下来会发生什么事，在她回来之前，他已经让女佣做了一些必要的准备。她从瓦尔特的眼睛里看到了一种轻蔑，这不仅是对她情人的蔑视，也是对她本人的鄙夷。也许他在心里默默地自言自语，如果他处在查理的位置上，他愿意做任何牺牲来满足她哪怕是最微小的心愿，世界上恐怕没有什么能阻止他，她知道这也是真的。可是，当睁开眼睛的时候，她又陷入了困惑，瓦尔特怎么忍心让她去做这么危险的事呢？难道他不知道这会把她吓坏吗？起初，她还以为他只是在和她开玩笑，直到他们真正出发，不，直到他们离开河道，坐上了轿子，踏上穿越乡村的旅途。她以为瓦尔特会冲她微微一笑，告诉她不必跟他去冒险了，可她全然不知道他的心里在想什么。瓦尔特不可能真的想要她死，他曾经那么不顾一切地爱着她。她现在知道什么是爱了，他无数次对她表达爱慕之情的场景仍然历历在目。对他来说，她可以使他心情愉悦，让他如痴如醉，他绝对不可能这么轻易就放弃对她的爱。你是否会因为受到某个人的残酷对待而停止爱他？比起查理给她带来的痛苦遭遇，他的处境根本不算什么。可是，只要查理一个手势，即使清楚他是怎样一个人，即使已经被他折腾得遍体鳞伤，她依然会义无反顾地放弃全世界，无怨无悔地投入他的怀抱。尽管查理牺牲了她，毫不关心她的死活，尽管他冷酷无情、自私刻薄，但她还是不可救药地爱着他。

　　起初她还以为只要等待时机，瓦尔特迟早会原谅她的。她过于相信自己对他的控制力了，以至于不愿意承认这种能力已经永远消失。再多的水也难以浇灭爱情之火，如果瓦尔特爱她，那他也太不坚定了。曾经的她可以毫无疑问地确定他深深地爱着她，但现在她的心里彻底没底了。晚上，当瓦尔特坐在旅馆里那张直背的粗布椅子上看书的时候，一盏防风灯照在他的脸上，透过灯光，她可以安心自在地看着他。她躺在阴暗处一张简陋的小床上，这种床收放起来轻而易举。他那棱角分明的五官给他的脸上增添了几分严肃。你很难相信，这张严肃的面孔上有时还会绽放出甜美的微笑。他如此心平气和地读书，仿佛她远在千里之外。她看到他翻动着书页，眼睛有规律地从一行转向另一行，完全没有考虑到她。当桌子摆好，饭菜端上来的时候，他把书放在一边，朝她看了一眼（不知道照在他脸上的光是如何让他的表情变得更加清晰的），她惊讶地发现他的眼睛里流露出厌恶的神情。是的，她吃了一惊。难道他对她的爱已经完全消失了吗？有没有可能他想要置她于死地？这也太荒谬了，简直是丧心病狂。奇怪的是，当想到瓦尔特也许不太正常时，她不禁打了个寒战。

30

突然，长时间沉默的轿夫们开始说话，其中一人转过身来，说了一些她听不懂的话，并且做了一个手势，试图引起她的注意。她朝他所指的方向望去，看到那里有一座山，山顶上耸立着一座牌坊。她现在明白了，那是用于表彰纪念某位幸运学者或某个贞洁寡妇的。自从他们离开西江以后，她一路上碰到过好多这样的牌坊。但是，在西斜太阳的映衬下，这一座显得尤为奇异挺拔、美丽壮观。然而，这让她感到惶恐不安，她也不知道为什么。总觉得它蕴含着某种深层次的意义，但她无法用言语将其表达出来，这究竟是她隐约感觉到的一丝危险，还是一种嘲弄？她穿过一片竹林，茂密的竹叶怪异地倚在道上，似乎想要挡住她的去路。尽管夏天的傍晚并没有风，但这些牌坊上面散布的细长绿叶却还是在微微颤抖着。这让她感觉到似乎有人正躲在暗处窥视着她。现在他们来到了山脚下，已经完全走出了成片的稻田。轿夫们迈开大步，摇摇摆摆地向前行进。山上密密麻麻的，都是绿油油的小山丘，一个挨着一个，犹如退潮时布满了纹路的海滩。她知道这是墓地，因为他们每走进或者离开一个人口稠密的城市时，都会看到这样的地方。现在她终于明白为什么轿夫要她留意山顶上的牌坊了——他们已经抵达这次旅程的终点了。

穿过牌坊，轿夫们停下来把轿杠从一个肩膀换到了另一个肩膀，其中一个人用一块脏兮兮的破布擦了擦满是汗水的脸。堤道蜿蜒而下，两边坐落着一排排破烂不堪的房子。现在夜幕已经降临，但轿夫们却突然开始激动地议论纷纷起来，他们摇摇晃晃地抬着她，快速躲闪到路边，尽可能地往墙边上缩。不一会儿，她就弄清楚了让他们如此惊讶的原因。刚才他们站在那里聊天的时候，有四个农民抬着一口未上漆的新棺材，迅速而沉默地从他们身边走过，新棺材的木头在暮色中放射出刺眼的白光。凯蒂顿时感觉毛骨悚然，心脏在胸中剧烈地跳动着。抬棺材的队伍走远了，但是轿夫们却呆呆地愣在原地。他们似乎一下子无法鼓起勇气继续前进了，这时后面传来一声喊叫，他们立刻动身继续前行，队伍一时间陷入了沉默。

他们又走了几分钟，突然从一个敞开的大门拐了进去，轿子被放了下来，她到了。

31

这是一间平房，凯蒂走进客厅，坐了下来，苦力们将他们的随行物品一件接一件地拖了进来。瓦尔特在院子里忙前忙后地指点着东西的具体摆放位置。经过一路的颠簸，她已经疲惫不堪，这时，门外突然传来一个陌生的声音，着实吓了她一跳。

"我可以进来吗？"

她的脸一下子红了，脸色却显得异常苍白，她太紧张了，见到陌生人时，总是紧张得不知所措。那间狭长而又低矮的房间里只有一盏带阴影的罩子灯，屋内一片昏暗，只见一个男人从黑暗中走出来，向她伸出了手。

"我叫维丁顿，是这里的副关长。"

"哦，海关署的，我知道，我听说过你在这里。"

在昏暗的灯光下，她只能看见他是一个瘦小的男人，个头还没有她高，光着头，一张小脸锃亮。

"我就住在山脚下，但你从这条路进来是看不到我的房子的。我以为你旅途太过劳累，不能来和我一起吃饭，所以就在这儿为你订了份晚餐，顺便把我自己也请来了。"

"听你这么说我很高兴。"

"你会发现这里的厨师手艺很不错。我一直在帮忙照看着沃森的孩子们。"

"沃森就是来这儿的那个传教士吗？"

"是的，一个非常好的家伙。如果你愿意，明天我可以带你去看看他的坟墓。"

"你真的太好了。"凯蒂微笑着说道。

正说着瓦尔特走了进来，在来见凯蒂之前，维丁顿已经向瓦尔特介绍过他自己了，这时他说道："我刚才正告诉你太太，我要和你一起吃饭，自从沃森死后，除了修女们，我就没有什么可以交谈的人了，但我却不能用法语流利地表达自己，而且能和她们谈论的话题也非常有限。"

"我刚刚告诉那个童仆让他拿些饮料进来。"瓦尔特说道。

童仆端来威士忌和苏打水，凯蒂注意到维丁顿毫不拘谨地自己拿着喝了起来。他进来时的说话态度和他那自如的轻笑让她觉得他并不太清醒。

"祝你们好运！"他说道，随即转向了瓦尔特，"你的专业在这里正好可以派上用场。人们像苍蝇一样死去，地方治安官也都惊恐万分、不知所措，指挥部的虞上校正在努力控制着局面，防止人们随意抢劫。如果不尽快采取措施，我们都会死在自己的床上。我试图让修女们离开，但她们不愿意，都想当烈士，该死的。"

他说起话来轻言细语，声音里夹杂着一种幽灵般的笑声，你听他说话也会不由自主地想笑。

"你为什么不离开？"瓦尔特问道。

"好吧，我已经失去了一半的员工，其他人随时都有可能倒下，甚至死去，总得有人留下来，维持局面。"

"你打过疫苗吗？"

"是的，沃森给我打的，但他自己也打了，这似乎对他没起作用，可怜的家伙。"他转向凯蒂，那张有趣的小脸皱成一团，却洋溢着喜悦，"我认为只要采取适当的预防措施，就不会有很大的风险，一定要喝煮沸的牛奶和水，不要吃新摘的水果或生蔬菜。"

"你们带留声机唱片了吗？"

"我们没有带。"凯蒂说道。

"太遗憾了，真希望你们能带上一些，我已经很久没有听了，那些旧唱片也都听腻了。"

童仆进来问他们是否一起吃晚饭。

"你今晚不穿礼服，是吧？"维丁顿问道，"我的童仆上周死了，现在身边还有一个童仆笨手笨脚的，所以我晚上一般都不会穿正式服装。"

"我去把帽子摘下来。"凯蒂说道。

她的房间就在隔壁，几乎没有家具，一个女佣正跪在地板上，在昏暗的灯光下，拆解凯蒂的行李。

32

餐厅很小，里面有一张巨大的桌子，占据了很大一部分空间。墙上雕刻着来自《圣经》及其说明文本中的场景画面。

"传教士们总是有很多大餐桌，"维丁顿解释说，"他们每年都会给新增的孩子们提供一些桌椅，结婚的时候，他们也会买桌子，这样就有足够的空间给即将出生的孩子。"

天花板上挂着一盏石蜡灯，在灯光的照射下，维丁顿整个人更加清楚地呈现在了凯蒂面前。他那光秃秃的头顶向她传递了错误的信号，让她误以为他已经不再年轻，但现在近距离一看，她感觉他最多也就四十岁。他那高高隆起的圆润额头下面是一张单薄的小脸，脸上容光焕发。面相丑陋得像极了猴子的脸，但也不是完全没有魅力，那是一张有趣的脸。他的五官并不比孩子的大多少，那双湛蓝色的小眼睛熠熠生辉，淡淡的眉毛很是稀疏，看上去犹如一个有趣的小男孩。他不断地给自己倒酒，晚餐还在继续，他却明显有些神志不清了。但如果他喝醉了，那就无所谓冒犯了，大家酣畅淋漓，就像森林之神从熟睡的牧羊人那里偷了酒囊一样。

他聊到了香港，说那里有很多他的朋友，他想了解关于他们的情况。一年前，他曾去那里看过赛马，他还谈到了那些马和它们的主人。

"顺便问一下，唐森怎么样了？"他突然问道，"他会成为下一任辅政司吗？"

凯蒂顿时觉得自己面红耳赤，但瓦尔特并没有看她。

"我不觉得奇怪。"瓦尔特回答道。

"他是那种能出人头地的人。"

"你认识他吗？"瓦尔特问道。

"是的，我很了解他。我们曾经一起从家乡出发去旅行。"

这时，他们听到从河的另一边传来了敲锣打鼓的咚咚声和噼里啪啦的鞭炮声。而就在离他们不远的地方，这座城市被恐惧的阴影笼罩，突如其来的死亡残酷无情，不断有死者的遗体从曲折的街道上匆匆而过。但维丁顿却把话题转向了伦敦，谈到剧院，他对当时演奏的所有曲子如数家珍，他还跟他们讲了上次休假回家时他又听了哪些曲子。当回忆起那位低俗喜剧演员的幽默时，他哈哈大笑；当回想起那位歌舞喜剧演员的优美舞姿时，他长叹一声。他的一个表亲就娶了这个领域的一名显赫人士，说起这一点他很是得意自豪，他们一起共用午餐，她还把自己的照片留给他。等他们去海关和他一起吃饭时，他一定会拿出来给他们看。

瓦尔特用冷漠而又嘲讽的眼神望着他的客人，很显然他一点也不觉得他有趣，但他却竭力迎合着这些话题，凯蒂很清楚他对这些东西一无所知。他嘴角始终挂着一抹微笑，不知道为什么，凯蒂心里对他产生了一种敬畏之情。在传教士去世的那间房子里，面对着这座灾难横行的城市，他们三个孤独的外来者似乎与世界隔着无法估量的距离。

晚饭吃完了，她从餐桌前站了起来。

"你不会介意我跟你道晚安吧？我得去睡觉了。"

"我也要走了，我想医生也希望我早点休息。"维丁顿回答道，"我们明天还必须早点出去。"

他和凯蒂握了握手，他站立得很稳，眼睛比之前更亮了。

"我明天来接你，"他对瓦尔特说，"带你去见治安官和虞上校，然后我们一起去修道院。我可以告诉你，你的工作任务很艰巨。"

33

每个夜晚，她都会被一些奇怪的梦折磨着。梦中的她坐在轿子上，明显地感觉到轿子在不停地摇摆颠簸，轿夫们迈着杂乱的步伐快速向前赶路。她进入了一座广阔而又昏暗的城市，一大群人簇拥在她周围，用好奇的目光打量着她。街道狭窄而曲折，在那些开着门的店铺里，陈列着五花八门的商品。当她经过时，所有的车辆都停了下来，那些买东西的和卖东西的都驻足观望。接着她便来到了牌坊前，那壮观的轮廓似乎突然之间有了生命，变得狰狞可怕，那变幻莫测的轮廓就像印度教神灵挥动的手臂。当她从牌坊下面走过时，一阵阴森恐怖的嘲笑声穿透她的耳膜，此起彼伏，久久回荡。这时查理·唐森向她走来，把她抱在怀里，将她从轿子上解救出来，跟她解释说这一切都是一个错误，他从来没有想过要这样对待她，因为他爱她，没有她他就活不下去，说着便吻上了她的嘴唇，她喜极而泣，责问他为什么要残忍地将她抛弃。虽然问了，但她知道这已经没那么重要了。正当他们互诉衷肠、难舍难分之际，突然传来一阵声嘶力竭的叫喊声，他们被硬生生地分开了，几个穿着粗糙蓝色破衣的苦力默默地从他们中间匆匆穿过，抬着一口棺材。

她猛然惊醒。

她所住的房子位于一个陡峭山坡的半山腰上，透过窗户，可以看到下面流淌着一条狭窄的河流，河对岸就是城市。天刚刚破晓，河面升起一层白茫茫的薄雾，笼罩在了那一排排整齐停泊的帆船之上，几百条一模一样的船只在阴森的灯光下，显得异常寂静冷清、神秘莫测。你会觉得船员们仿佛都被施了魔法，因为这种非比寻常的沉寂似乎不是由于人们的睡眠，而是来自某种怪异而又可怕的力量。

太阳照在薄雾上，发出耀眼的白光，就像死亡之星上面的幽灵之雪。透过河面上昏暗的光线，你只能勉强分辨出一排排拥挤不堪的帆船以及船上密密麻麻的桅杆，但在前方，眼睛无法穿透之处，却是一堵闪闪发光的墙。突然间，从那团白色的雾中浮现出一座高大、阴森、结实的堡垒，它似乎不只因普照万物的太阳光而出现，更像是通过挥动魔杖，凭空变化而来的。它耸立在河面上，俨然一个残酷野蛮种族的堡垒，负责建造它的魔术师动作敏捷、干脆利索，堡垒顶上顷刻间就多了一层五颜六色的瓦片。刹那间，一缕金黄色的阳光赫然耸现，穿透层层迷雾，照亮了世间的一切，一片片绿色和黄色的屋顶映入眼帘。它们似乎很庞大，却看不出任何规律，对于它的类型，你更是一头雾水。毫无规则，几近奢侈，却不失精美豪华，其丰富程度令人难以想象。这不是城池，也不是寺庙，而是某位神明、帝王的魔法宫殿，任何人不得入内。如此虚幻缥缈、诡异离奇的作品完全不可能出自人类之手，它是在梦中编织出来的魔幻场景。

眼泪顺着凯蒂的脸颊流了下来，她目光呆滞，双手紧紧地抱在胸前，极力屏住呼吸，嘴微微张开着。她的心情从来没有这么轻松过，对她而言，身体似乎已经成了一个躯壳，如同行尸走肉，支撑在双脚上，心中已无凡尘杂念。至于自己的美貌，她把它当作上天的垂怜，就像虔诚的信徒将圣饼含在嘴里。

34

瓦尔特一大早就出去了，中午回来吃饭也只待半个小时，然后就匆匆离开，一直到晚饭准备好才回来。凯蒂发现自己很孤独，好几天她都没离开过平房。天气异常炎热，大部分时间她都躺在窗户边上的一把长椅上，窗门大开，她试图通过看书打发时间。正午刺眼的强光夺去了这座魔法宫殿的神秘感，现在它不过是城墙上的一座寺庙，花里胡哨，破旧不堪。但由于她曾经在梦幻般的狂喜中见过它一次，所以它便不再显得那么普通。常常在黎明、黄昏或者夜深人静的时候，她发现自己仍然能够重新捕捉到那种美。其实她眼中所谓的坚固堡垒，只不过是一堵巨大而黑暗的城墙，她经常盯着这堵墙发呆，高高的城墙后面，可怕的瘟疫正笼罩着整座城市，肆意蹂躏着每一个无辜的生命。

她隐约知道，可怕的事情正在那里发生，这并不是从瓦尔特口中得知的，对于她的每一次提问，他都会以一种滑稽而冷漠的态度回应，除此之外，几乎不跟她说话，这一盆盆的冷水浇得她浑身打颤、脊背发凉。她只能通过维丁顿和女佣打探消息。每天死亡的多达上百人，一旦感染，几乎无人能够生还。人们把神像从废弃的庙宇中搬了出来，供奉在大街上，在神灵们面前摆上供品并献祭，却始终没能止住瘟疫。人们死亡的速度是如此之快，甚至几乎没有时间去埋葬他们。在一些房子里，一家人全部死去，没有人来举办葬礼。疫区军队的指挥官颇有手腕，果断专横，这座城市之所以没有发生暴乱和火灾，完全归功于他当机立断的决心。他强迫士兵们去埋葬那些无人理会的死者，曾亲手射杀了一名拒绝进入受灾房屋的官员。

凯蒂有时吓得心直往下沉，身体止不住地颤抖。人们总是说如果你采取合理的预防措施，感染的风险就会很小，但实际情况远非这么简单。她整天提心吊胆、失魂落魄，脑子里盘算着各种疯狂的逃跑计划。离开这里，只要能够离开这里。她已经做好了独自前行的准备，没有任何行装，只需要坚定的决心，逃到一个安全的地方去。她甚至想利用维丁顿的怜悯之心实现自己的逃亡计划，如果她把自己的遭遇全部告诉他，必能激起他的同情，她甚至愿意跪下来恳求他帮助她回到香港。倘若她跪在瓦尔特面前，承认她很害怕，那么即使他现在恨她，他也一定会软下心来去同情她的。

这是毫无疑问的，但如果真这么做了，她又能去哪里？绝对不能去找她母亲。她母亲肯定会直白地告诉她，既然把她嫁出去了，就指望着能够摆脱她，况且她也不想去找母亲。她想去找查理，而查理却不想要她，她很清楚如果她突然出现在他面前，他会说些什么。他脸上阴沉的表情，以及那迷人的眼睛背后隐藏的精明诡诈和冷酷无情已经深深地印在了她脑海中。他说出来的话更是让人惊掉下巴、悔不当初。她攥紧了拳头，她本来可以付出一切代价来羞辱他，就像他羞辱她一样。有时她甚至被一种莫名的狂怒主宰，她真希望自己当初能够狠下心来，让瓦尔特跟她离婚，只要能让查理身败名裂，她情愿毁掉自己。一想起查理对她说过的那些话，她就羞愧得满脸通红、无地自容。

35

第一次和维丁顿单独在一起时，她把话题转向了查理。维丁顿在他们到达的那天晚上提到过他，她假装查理不过是她丈夫认识的一个熟人。

"我一直都不太喜欢他，"维丁顿说道，"我总觉得他是一个很无聊的家伙。"

"你一定是一个很难被取悦的人，"凯蒂尽量以一种欢快而又幽默的口吻说道，"我想他无疑是香港最受欢迎的人吧。"

"我知道。那是他惯用的手段，他把人气研究成了一门学问。他有一种天赋，能让遇到的每一个人都觉得他是这个世界上自己最想见到的人。只要不触及他的实际利益、不会给他带来麻烦，他总是愿意为别人提供帮助。即使没有达到你的要求，他也会想方设法让你觉得，他之所以没有做到，完全是因为事情本身的不可逆转性，而非人力所能改变。"

"这无疑是一个吸引人的特质。"

"除了魅力以外，他一无所有，我想，这种魅力最终还是会让人感到有些厌烦。和一个不那么讨人喜欢但却更加真诚的人打交道才是一种解脱。我认识查理·唐森很多年了，有那么一两次，我看到了他摘掉面具后的本来面目——你知道，我从来都不是什么重要人物，只是海关的一个下级官员——我知道，除了他自己，他内心深处不会真正去在乎世界上的任何一个人。"

凯蒂轻松地躺在椅子上，笑眯眯地望着维丁顿，她把结婚戒指在手指上转了一圈又一圈。

"他当然会大展宏图，他对官场规则了如指掌。相信在有生之年，我完全有机会尊称他为阁下，并在他走进房间时站起身来致敬。"

"大多数人认为他应该得到提拔，他的能力是有目共睹的，也得到了人们普遍认可。"

"能力？简直是一派胡言！他是个非常愚蠢的人。他给你的印象是，他似乎不费吹灰之力就干脆利索地完成了手头的工作，但事实远非如此，他跟欧亚大陆的其他职员一样勤奋刻苦。"

"那他聪慧过人的名声是从何而来的？"

"世界上有很多愚蠢的人，当一个人身居高位，却从不摆官架子，平易近人地拍拍人们的背，告诉他们他愿意为他们做世界上的任何事情时，人们很可能就会认为他很聪明。当然，他的妻子也不容小觑，她确实是一个聪明能干的女人。她头脑清醒，提出的建议也总是很有实用价值，非常值得采纳。只要有她作为依靠，查理·唐森就会很安全，永远不会做出傻事，而这恰恰是一个人在政府工作中不断取得成就的首要条件。他们不需要聪明人，聪明人都会有想法，想法会招来麻烦。他们需要的是一个充满魅力、机智乖巧、值得信赖且从不招灾惹祸的人。哦，是的，查理·唐森就是这样的人，他的上升之路无疑将会畅通无阻。"

"我想知道你为什么不喜欢他？"

"我并不讨厌他。"

"但你明显更喜欢他的妻子？"凯蒂微笑着说。

"我是一个传统的小个子男人，我喜欢有教养的女人。"

"我希望她的穿着打扮也跟她的教养一样得体。"

"她的穿着打扮不得体吗？我从没注意过。"

"我总听说他们是一对彼此恩爱的忠实夫妻。"凯蒂说着，透过她那长长的睫毛看向他。

"他很喜欢她，这一点是值得称赞的，我认为这是他最体面的地方。"

"中肯的赞美。"

"他也有不少风流韵事，但那都是一时兴起、逢场作戏。他是如此老谋深算，绝不会让事情发展到给他带来不便的程度。当然，他也绝非有情有义之人，而是个爱慕虚荣的家伙。他喜欢赞美别人，他体形微胖，现在大概也有四十岁了，他把自己包装得太好了，但他确实长了一副好皮囊，刚来殖民地时，我经常听到他的妻子拿他的痴迷者们开玩笑。"

"她完全不在乎他和别人调情？"

"哦，不是，她清楚他们不会走多远。她说她希望能和那些栽在查理手中的可怜小家伙交朋友。她说爱上她丈夫的女人都是不折不扣的二流货色，这对她来说实在不是什么光彩的事。"

36

当维丁顿离开时，凯蒂仔细回想着他对查理那粗俗轻蔑的描述，这些话听得她心中五味杂陈，她竭力压制着内心汹涌澎湃的情感，努力掩饰着这些话对她产生的强大冲击。她不得不痛苦地承认他所说的一切都是真的。她知道查理既愚蠢又虚荣，渴望别人的奉承。她还记得他自作聪明地给她编造各种小故事时，那自鸣得意的样子，他为自己的卑劣狡诈而自豪。如果她把自己如此真诚热烈的情感寄托在这样一个男人身上，只因为——因为他有一双漂亮的眼睛和一个美好的身材，那她该有多么低贱卑微啊！她希望自己可以鄙视他，因为如果只是恨他，那就证明她依然还爱着他。他如此薄情寡义地对待她，她本应该幡然醒悟，痛改前非。瓦尔特就一直瞧不起他。啊，她多么希望自己能够把他彻底忘掉！他的妻子是不是也曾拿她对他明显的迷恋开玩笑呢？多萝西本来想和她做朋友，但又觉得她是个二流货色。要是母亲知道了这事，一定怒不可遏！念及此，凯蒂苦涩地一笑。

但这天夜里她还是再一次梦见了查理。她感觉到他用双臂紧紧地搂着她，他那滚烫热烈的双唇深深地吻上了她的嘴唇。即使他是四十岁的胖子又有什么关系呢？她温柔地笑了，因为她太在意他了。他有着孩子般的虚荣心，但这反而让她更加爱他了，她会为他伤心难过，用她炽热的爱去安慰他。当她醒来时，眼泪已经从她的眼睛里夺眶而出，在脸上肆意横流。

她不知道自己为什么会在睡梦中哭得那么撕心裂肺、悲痛欲绝。

37

她每天都能见到维丁顿，因为他在完成一天的工作后，就会漫步到山上的平房，拜访费恩夫妇。一个星期后，他们已经建立起了深厚的友谊，在其他情况下，恐怕一年之内都无法达到这种熟络关系。有一次，凯蒂告诉他，如果没有他，她真不知道自己会在那里做什么，他笑着回答：

"你瞧，在这片土地上，你和我是唯一可以在坚实的地面上平静而安然地行走的人。修女们行走在天堂里，而你的丈夫则行走在黑暗中。"

她随意附和地笑了笑，却不知道他的话到底是什么意思。她感觉到他那双欢快的小蓝眼睛正用一种和蔼而又令人不安的目光打量着她，她深知他是一个非常精明的人，她隐约感觉到她和瓦尔特之间的关系已经激起了他愤世嫉俗的好奇心，她突然觉得把他弄糊涂也是一种乐趣。

她对他颇有好感，她知道他对自己的友好和善意。他既不风趣幽默，也不出类拔萃，但却能将一些有趣的东西一本正经地深刻地描绘出来。他那锃亮的秃脑门下面那张搞笑的娃娃脸一下子就会戳中人的笑点，这使得他说出来的话有时显得极其滑稽。他在边远村落住了很多年，由于长期没有同种族的人可以说话，他逐渐养成了自由散漫、偏激古怪的个性，他追求时尚，我行我素。他的真诚率直令人耳目一新，他似乎是以一种戏谑的态度来看待人生的，他对香港的奚落是尖刻的。他也嘲笑在湄潭府工作的中国官员，以及摧毁这座城市的霍乱病魔。无论是悲剧故事，还是英雄事迹，他都会以一种近乎荒谬的方式讲述出来。在中国二十年来的探险游历中，他经历了许多奇闻异事，你可以从中得出结论：地球是一个非常怪诞、离奇、可笑的地方。

尽管他否认自己是一位中国学者（他痛斥汉学家们就像三月的兔子一样狂暴不驯），可他却可以很轻松地说出一口流利的汉语。他很少读书，所学知识大都来自实践交流，但他却经常给凯蒂讲述一些中国小说以及中国历史中的故事，他的语气中自然流露出轻松的打趣，给人一种愉快，甚至温柔的感觉。她似乎觉得，也许他已经潜移默化地接受了中国人的思想观念，认为欧洲人是蛮夷、他们的生活愚蠢荒唐。只有在中国才会被灌输这样的思想，一个聪明的人善于明察秋毫，能够轻松洞穿事物的本质。这是一种发人深思的精神食粮：凯蒂之前听过的关于中国人的描述大都是颓废堕落、诡计多端、阴险狡诈。通过维丁顿的视角，窗帘的一角似乎顷刻间被掀开，她瞥见了一个做梦也不曾想到的五彩斑斓、意义非凡的世界。

他坐在那里，有说有笑，举杯畅饮。

"难道你不觉得自己喝得太多了吗？"凯蒂大胆地对他说道。

"这是我生活中的巨大乐趣，"他回答道，"再说，它还可以预防霍乱的暴发。"

每次离开时，他通常都喝得酩酊大醉，却从不忘记带上自己的酒，这让他显得有些滑稽可笑，但并不令人讨厌。

一天晚上，瓦尔特比平时回来得早，请他留下来吃晚饭。一件奇怪的事情发生了，他们点了汤和鱼，然后又要了一份鸡肉，男仆将一份新鲜的沙拉递给了凯蒂。

"天哪，你不能吃那个的。"维丁顿看见凯蒂吃了一些时惊叫道。

"哦，我们每天晚上都吃它。"

"凯蒂很喜欢它。"瓦尔特说道。

当盘子被递给维丁顿时，他摇了摇头。

"非常感谢，但我现在还没想过要自杀。"

瓦尔特冷冷地笑了笑，自顾自地吃了起来。维丁顿没有再说什么，事实上，他变得出奇地静默，晚饭后不久就离开了。

他们的确每天晚上都会吃沙拉。他们到达两天之后，厨师用一种漠不关心的态度送过来一盘沙拉，凯蒂毫不犹豫地吃了一些，瓦尔特迅速向前倾了身子。

"你不应该吃这个的，那仆人是疯了才将它送过来。"

"为什么不能吃呢？"凯蒂直勾勾地盯着他的脸问道。

"这个一直都是很危险的，现在更是疯狂传播病毒，你会没命的。"

"我觉得这倒是个不错的主意。"凯蒂说道。

她开始沉着冷静地吃起来，不知道自己哪来的勇气在那里虚张声势。她用嘲弄的眼神望着瓦尔特，本以为他会大惊失色，但当她把沙拉递给他时，他竟然泰然自若地吃了起来。厨师发现他们并没有拒绝，就每天送过来，他们每天都会吃，似乎是在追求死亡。冒这样的风险着实有些荒唐可笑，凯蒂纵然害怕感染疾病，却还是固执地将它吃了下去，这不仅是对瓦尔特的恶意报复，也是对自己绝望般恐惧的蔑视。

38

在这之后的第二天下午，维丁顿又来到了他们的住所，他坐了一会儿后，问凯蒂是否愿意和他一起出去遛弯。自从来到这里，她还没有离开过那个院子，她别提有多高兴了。

"恐怕也没多少路程，"他说，"但我们是去山顶。"

"哦，是的，是在牌坊那里，我经常在露台上看到它。"

其中一个仆人为他们打开了沉重的门，他们走进了布满灰尘的小巷，走了一段路程，凯蒂紧紧抓住维丁顿的胳膊，惊叫了一声。

"看！"

"怎么了？"

在院子围墙的角落里躺着一个中国乞丐，他仰面朝天，伸展着双腿，双臂举过头顶，穿着一身打了补丁的蓝色破布衣，顶着一头乱蓬蓬的头发。

"他看起来好像已经死了。"凯蒂喘着气说。

"他死了，咱们快走吧。你最好从另一个方向看，我们回来的时候，我会让人把他搬走的。"

但是凯蒂浑身发抖，脚步根本挪动不起来："我以前从来没见过死人。"

"你最好快点适应，因为在你离开这个令人愉快的地方之前，还会看到很多这样的场景。"

他拉起她的手，让她挽着他的胳膊，他们静静地走了一会儿。

"他是死于霍乱吗？"她终于问道。

"我想是这样的。"

他们一路走上山顶，一直来到那座牌坊前。它雕刻得金碧辉煌，不可思议却又极具讽刺意味，就像周围的地标。它坐落在基座上，面对着广阔的平原。山上近距离散落着一个个绿油油的小土堆，那是逝者的坟墓，它们排列得如此杂乱无章、毫无规则，让你觉得在地表之下，它们必定进行着一场你死我活的殊死搏斗，互相推搡、你争我夺。狭窄的堤道在绿色的稻田间蜿蜒盘旋，一个小男孩骑在一头水牛的脖子上，慢悠悠地往家走。三个戴着宽大草帽的农民背着沉重的包袱，迈着歪歪扭扭的步伐，跌跌撞撞地费力前行。经历了炎热的一天，这里傍晚的微风很是清爽宜人，空旷辽远的乡村给人们饱受折磨的心灵带来了一种宁静。但那个死去乞丐的身影却始终在凯蒂脑海中盘桓，挥之不去。

"当周围的人都相继死去，你怎么还能如此镇定自若地谈笑风生、喝着威士忌呢？"她突然问道。

维丁顿没有回答，他转过身来，看着她，然后把手放在了她的胳膊上。

"你知道，这不是一个女人该来的地方，"他严肃地说道，"你为什么不离开呢？"

她透过长长的睫毛，侧目窥视了他一眼，嘴角露出了一丝微笑。

"我认为在这种情况下，妻子的责任就是陪伴在她丈夫身边。"

"当他们发电报告诉我你要和瓦尔特一起来时，我非常惊讶。但后来我转念一想，也许你是一名护士，或者从事类似的工作，这实在是难能可贵。我猜想你可能像医院里的其他妇女一样，板着一张脸，随意折腾入院的病人。当走进平房，看到坐在那里休息的你时，我着实大吃一惊，你看上去异常虚弱，脸色苍白，疲惫不堪。"

"你不能指望我在路上颠簸了九天之后依然精力充沛、活蹦乱跳。"

"你现在看起来也很虚弱、苍白、疲倦，整个人无精打采、郁郁寡欢，如果你允许我这么说的话。"

凯蒂不由自主地红了脸，但她还是笑出了声，努力让自己的声音听起来很愉悦。

"我很抱歉，你不喜欢我的表情，我看起来不开心的唯一原因是，从十二岁起，我就知道自己的鼻子有点太长了。心怀一种隐秘的悲伤或许是最令人印象深刻的一种姿态，你不知道有多少可爱的年轻人试图来安慰我。"

维丁顿那双闪亮的蓝眼睛落在了她身上，她知道他对她所说的每一个字都心存疑虑，但只要他假装相信，她是不会介意的。

"知道你结婚还没多久，我得出的结论是，你和你丈夫疯狂地爱着彼此。我不敢相信他会让你到这里来，但也许你并不是心甘情愿留下来的。"

"这是一个非常合理的解释。"她轻声说道。

"是的，但这却不是正确的解释。"

她等着他继续说下去，担心他接下来会说些什么，因为她非常清楚他的精明，也知道他会毫不犹豫地说出自己内心的想法，但她却忍不住想要听听他对自己的真实评价。

"我从始至终都不觉得你爱你丈夫，我认为你并不喜欢他，如果你恨他，我也不会感到惊讶。不过我敢肯定的是，你很怕他。"

有那么一会儿，她把目光移向了别处。她并不想让维丁顿看到这些话对她产生的触动和影响。

"我怀疑你不太喜欢我丈夫。"她冷静地讽刺道。

"我钦佩他，他头脑聪明，个性独特。我可以告诉你，你们是一对极不寻常的组合。我想你并不了解他在这里做什么，因为他似乎对你不够坦诚。如果一个人单枪匹马就能阻止这场可怕的瘟疫，他一定会毫不犹豫地冲在最前面。他救治病人，清理城市，努力让饮用水变得更加纯净。他完全不在乎自己的死活，哪里都敢去，什么都愿意做，每天至少有二十次是在生死的边缘抗争。他手握上校密件，可以随时动用军队。他甚至给地方治安官增加了些许勇气，这个老古董真的开始努力干点实事了。修道院的修女们都对他极其信赖，她们认为他是一个英雄。"

"你不这样认为吗？"

"毕竟这不是他的工作，不是吗？他是一个细菌学家，没有必要到这里来。他也不像是那种对这些垂死的中国人心生怜悯之情的人。而沃森是不同的，他热爱人类，尽管是一名传教士，但他对基督徒、佛教徒以及儒家门徒都一视同仁，只因他们都是人类。你丈夫来这里，不是因为他非常在乎十几万中国人是否死于霍乱，也不是出于对科学的热爱，那么他到底为什么会来这里？"

"这个你最好还是问问他自己。"

"你们的相处方式引起了我的注意，我有时好奇你一个人的时候会做些什么。当我去你们那里的时候，你们两个的状态的确都很糟糕。如果你俩在演出团体里，谁都不可能在一周之内赚到三十先令，这还是在你能做得最好的情况下。"

"我不明白你是什么意思？"凯蒂微笑着，装出一副很轻浮的样子，尽管她知道他不会相信。

"你是个非常漂亮的女人，可有趣的是，你丈夫似乎从来都不正眼看你。当他跟你说话时，那声音听起来好像不是他的，而是出自别人之口。"

"你认为他不爱我吗？"凯蒂低声问道，声音突然变得嘶哑，表情也不再那么轻松淡定。

"我不知道。我不知道你是否让他充满了厌恶，使他非常排斥接近你。或者他正备受爱情的煎熬，可能因为某种原因，极力压制着内心深处的这份爱。我曾问过自己，你们两个是不是来这里自杀的。"

那天的沙拉事件发生时，凯蒂曾看到维丁顿那吃惊的目光，接着他便用审视的目光看了看他俩。

"我认为你太过于重视这些生菜叶子了。"她轻率地说道，突然站了起来，"我们可以回家了吧？我相信你一定想来一杯威士忌。"

"无论如何，你也不是一个女英雄，你害怕得要命，你确定不想离开这里吗？"

"这和你有什么关系呢？"

"我会帮助你的。"

"你想揭开我的隐秘伤疤吗？看看我的形象，告诉我，我的鼻子是不是有点过长。"

他若有所思地望着她，他那双明亮的眼睛里隐约透露出些许恶意的讽刺，但同时更多表现出来的是一种友好和善良，就像耸立在河边的一棵树，在水中倒映出了自己的影子。凯蒂突然间流下了眼泪。

"你必须留下来吗？"

"是的。"

他们从华丽的牌坊下面走过，朝山下走去。当他们来到那个院子时，看到了那个乞丐的尸体，他抓住了她的胳膊，但她挣脱了他，一动不动地站在那里。

"这太可怕了，不是吗？"

"什么？死亡？"

"是的，在它面前，其他一切似乎都显得那么微不足道。他看上去毫无血色，你看着他，很难说服自己他曾经活着，无法想象，若干年前，他还是个活蹦乱跳的小男孩，快乐地冲下山坡，自由地放飞风筝。"

她情不自禁地哽咽起来。

39

几天之后，维丁顿又来找凯蒂闲聊，他坐在那里，手里拿着一大杯威士忌加苏打水，开始跟她讲述修道院的事。

"女院长是一个非常了不起的女人，"他说道，"这里的姐妹们告诉我，她出身名门贵族——属于法国最伟大的家族之一，但她们没有告诉我具体是哪一个。她们说，院长不希望有人谈论这件事。"

"既然感兴趣，你为什么不去问她呢？"凯蒂笑着说道。

"如果你了解她，就会知道，你不可能去问她如此轻率的问题。"

"能让你感到肃然起敬，就说明她一定很不同凡响。"

"她托我给你捎个口信，让我告诉你，尽管你可能不愿意冒险深入这场瘟疫的蔓延区，但如果你不介意，她非常乐意邀请你去修道院参观。"

"她真的是太贴心了，我还以为她根本不知道我的存在呢。"

"我跟她提到过你。我每周去那里两三次，看看眼下这种情况我能帮忙做些什么。我敢说你丈夫已经告诉过她们关于你的事了。你很快就会发现她们对你丈夫的无限钦佩和敬仰。"

"你是天主教徒吗？"

他那双犀利的眼睛闪烁着光芒，那张滑稽的小脸笑着皱成一团。

"你为什么要对我咧开嘴笑呢？"凯蒂问道。

"信奉天主教有什么好处吗？不，我不是天主教徒，我把自己描述成英国国教的一员，我猜想你肯定不太相信这些东西，希望这样说没有冒犯到你。十年前，女院长来这里时，带了七个修女，存活下来的只有三个。你知道，即使在情况最好的时候，湄潭府也并不是一个疗养胜地。他们住在城市正中最贫困的地区，工作非常辛苦，从来没有假期。"

"那现在修道院里只剩下院长和三个修女了吗？"

"哦，不，又有一些人取代了她们的位置，现在已经有六个了，其中一人在疫情开始蔓延时死于霍乱，另外两人来自广东。"

凯蒂的身体在微微颤抖着。

"你冷吗？"

"不，只是感觉生命太过脆弱，自己离死亡竟如此之近。"

"她们一旦离开法国，就是永别，不像新教传教士那样可以经常休假，所以我总是觉得她们的工作是世界上最难的事。我们英国人对土地没有很强的依赖性，因此我们可以在世界上的任何一个地方立足。我认为，法国人有着浓厚的乡土情结，他们对国家的依恋几乎是一种天然的纽带。离开自己的故乡，踏上异国他乡之后，他们从来不会感到轻松自在。在我看来，这些女人能够做出如此大的牺牲，真的令人非常感动。我想，如果我是一个天主教徒，这对我似乎也是很自然的事。"

凯蒂冷静地看着他，她不太明白这个小个子男人是怀着什么样的心情说这些话的，她甚至问自己他是不是在装腔作势。他喝了很多威士忌，也许不太清醒。

"你自己亲眼去看看吧！"他打趣地微笑道，很快便看出了她的顾虑，"这恐怕比你生吃西红柿安全多了。"

"如果你不害怕，我当然也没有什么好怕的。"

"我觉得这一定会让你开心的，那里似乎有点法国的味道。"

40

他们乘着小船渡过了河，一顶轿子在码头上等着凯蒂，她被抬到山上的水闸附近。苦力们就是从这里取水的，他们肩上挑着两个大水桶，匆匆忙忙地来回奔波着，桶里的水稀里哗啦地溅落在堤道上，路面一片潮湿，仿佛下了一场大雨，轿夫们尖声吆喝着催促他们赶紧让路。

"很显然，所有的生意都停滞了。"走在她身边的维丁顿慨叹道，"要是在正常情况下，你必须奋力从驮着沉重货物的苦力们中间挤出一条道来，因为他们一直都在马不停蹄地往船舱里运送东西。"

街道狭窄曲折，凯蒂彻底迷失了方向，完全不知道东南西北。沿途的许多店铺都关了门，尽管她在旅途中已经习惯了各个地方的杂乱无章，但这里的废弃物显然已经堆了几个星期了，除了垃圾还是垃圾，臭气熏天，令人作呕，她不得不用手帕捂住口鼻。以前穿过中国城市时，围观的人们总是直勾勾地盯着她看，让她感到浑身不自在。但今天她注意到，人们只是漠然地瞥她一眼，便匆匆离开了。往常拥挤的街道如今只有零零散散的几个路人，每个人似乎都在专注于自己的事情，他们一个个面带恐慌、无精打采。不时从他们经过的民宅中传来一阵敲锣声，以及未知乐器尖锐持续的哀鸣声。在那些紧闭的门窗后面，有人正在悲惨地死去。

"我们到了。"她终于听到了维丁顿的说话声。

轿子停在一个小门口，长长的白色墙体上印刻着一个十字架。凯蒂走出了轿子，维丁顿按响了门铃。

"不要指望任何东西都像你想象的那么光鲜亮丽，他们非常可怜。"

一个中国女孩打开了门，跟维丁顿说了一两句话之后，便领着他们进了走廊旁边的一个小房间，里面有一张铺了格子油布的大桌子，墙边摆放着一排硬椅子，房间的一头是一尊石膏圣母雕像。不一会儿，一个修女走了进来，她矮小微胖，相貌平平，脸颊微红，眼里却充满了欢乐，维丁顿把凯蒂介绍给了她，称呼她为圣约瑟修女。

"您是医生的太太吗？"她笑容满面地问道，然后补充说院长很快就会过来接见他们。

圣约瑟修女不会说英语，而凯蒂的法语也是一塌糊涂，但维丁顿却说得轻松流利，不时加入一连串滑稽的评论，使这个和颜悦色的修女不时爆发出银铃般的欢笑声，这让凯蒂感到惊讶不已。她一直以为宗教信仰是极其严肃的，但这种孩子般的纯净欢笑声深深地触动了她。

41

门吱呀一声被打开了，凯蒂隐约感觉有些不太自然，但门在铰链的作用下似乎又自行弹了回去，院长走进了小房间。她在门口逗留了片刻，当看到笑容满面的修女和维丁顿皱成一团的滑稽小脸时，她嘴角浮上了一抹庄重而严肃的笑容。随后她走上前来，向凯蒂伸出了手。

"你就是费恩太太吧？"她的英语有浓重口音，但发音却很准确，她向凯蒂弯腰行礼，"能够认识我们善良而勇敢的医生的太太，我深感荣幸。"

凯蒂觉得院长的眼睛久久地凝视着她，目光中自然流露出一种审视和评判，如此坦率真诚，却又不失礼节，你会觉得她是发自内心地对别人做出客观的评价，她从来不需要要弄任何阴谋诡计。她和蔼可亲地示意客人们坐在椅子上，随后自己也坐了下来。圣约瑟修女仍然面带笑容却默不作声，她毕恭毕敬地站在院长身后不远处。

"我知道你们英国人喜欢喝茶，"院长说道，"我已经订了一些，但如果按照中国人接待客人的方式，我必须说声抱歉，我知道维丁顿先生更喜欢威士忌，但恐怕我无法给他提供。"

她笑了笑，严肃的目光里流露出一丝幽怨。

"哦，得了吧，院长，你说得好像我就是一个十足的酒鬼。"

"我倒希望你能够说你从来都不喝酒，维丁顿先生。"

"不管怎样，我可以说，我从来都不喝酒，除了偶尔酩酊大醉。"

院长听后笑出了声，她将这些诙谐幽默的话翻译成了法语，讲给圣约瑟修女听，她那双友好的眼睛停留在了维丁顿身上。

"我们必须对维丁顿先生表示感谢，因为有那么两三次，我们几乎弹尽粮绝了，不知道该如何养活院里的孤儿，是维丁顿先生向我们伸出了援助之手。"

正说着，刚才为他们开门的中国女孩走了进来，她手里拿着一个托盘，上面有几个中国杯子、一个茶壶和一小盘叫玛德琳蛋糕的法式点心。

"你们一定要尝尝法式点心，"院长说道，"这是圣约瑟修女今天早上亲自为你们做的。"

他们谈论了一些极为平常的琐事。院长问凯蒂来中国多久了，从香港一路颠簸来到这里，路上能否吃得消，是否去过法国，有没有发现香港的气候令人烦闷。这是一段看似琐碎但却充满温情的谈话，这给当时困顿的环境增添了些许特殊的味道。客厅寂然无声，让人几乎不敢相信此刻正置身于一个人口稠密的城市中心区，虽然生活在和平之中，然而，流行病却在肆意蔓延，人们终日担惊受怕、坐立不安，多亏了士兵们用近乎强盗式的手段维持着秩序，暴乱才得以平息下来。在修道院的围墙内，医务室里挤满了已经感染以及生命垂危的士兵，修道院里收容的孤儿有四分之一已经不幸离世。

这给凯蒂留下了深刻的印象，她不知道庄重优雅的院长为什么会问她这么多亲切随和的问题，她不禁仔细打量起院长来。她身穿一袭白衣，唯一的颜色便来自胸前烙刻的红心。她是一个中年妇女，有四五十岁，具体是多少，还真不好说，因为她白皙光滑的脸上几乎没有皱纹，但她那优雅的举止、自信的神态以及那枯瘦如柴却充满力量的双手让人觉得她似乎没有那么年轻。她脸型修长，嘴巴略大，牙齿均匀而整齐；鼻子不算小，却精致而敏感，但那双闪烁在纤细黝黑的眉毛下面的眼睛，给她脸上增添了些许严肃和悲戚。她的眼睛又大又黑，眼神沉着而坚定，从中看不到一丝冷漠，反而让人感到莫名的信服。当你看到院长时，首先想到的便是，她少女时代一定非常美艳动人，但你很快就会意识到，这是女人的内在美，那种言行举止中散发出来的气质美，会随着年龄的增长，在岁月的沉淀下愈发韵味十足。她的声音低沉平稳、收放自如，无论是英语还是法语，都能说得从容淡定、不慌不忙。但是她身上最醒目的特征，还是基督教慈善事业赋予她的那种不怒而威的气质。你会发现她习惯下达命令，虽然人们都会很自然地服从，但她却表现得异常谦卑。你不难看出，她非常清楚她身后教会的权威。但凯蒂猜想，尽管她的举止极为克制，但却对人的脆弱表现出极具人性化的宽容。当听到维丁顿厚着脸皮油嘴滑舌时，她露出了严肃庄重的微笑，似乎已经接受了这种生动活泼的荒谬感。

　　但凯蒂依稀感觉到她身上还有某种特质，却说不出具体名字。院长的态度热情友好，举止温文尔雅，在她面前，凯蒂觉得自己就像是一个笨拙的学生，真的是自愧不如、望尘莫及。

42

"维丁顿先生什么都不吃。"圣约瑟修女说道。

"先生的胃口被满族人的饭菜给毁了。"院长回答道。

圣约瑟修女脸上的笑容消失了,她的表情变得一本正经起来。维丁顿调皮地瞟了她一眼,拿了一块点心,凯蒂不明白这是怎么一回事。

"为了证明你是多么不公正,院长,今晚的美味佳肴我就弃之不顾了。"

"如果费恩太太想参观修道院的话,我很乐意带她去。"院长转向凯蒂,脸上带着微笑,"我很抱歉让你看到一片乱糟糟的场面,我们有太多的工作要做,却没有足够的修女来完成。上校坚持要我们把医务室腾出来供生病的士兵使用,我们只好把食堂改成了医务室。"

她站在门口让凯蒂过去,她们一起沿着白色走廊走着,后面跟着圣约瑟修女和维丁顿。他们先走进一个空荡荡的大房间,里面有几个中国姑娘在做精致的刺绣。客人们进来的时候,她们都恭敬地站了起来,院长给凯蒂看了一些作品的样本。

"尽管霍乱横行,我们还是一如既往地坚持每天这样做,因为这可以使她们忘记眼前的危险。"

他们去了第二个房间,几个年轻的女孩在缝纫机上做着各种针线活。接着他们进入第三个房间,里面只有一些小孩子,由一个中国修女看管。这些孩子正在那里嬉戏打闹,当院长进来时,她们飞奔过来将她团团围住,她们都只有两三岁的模样,眨着圆溜溜的黑眼睛，头发乌黑浓密，典型的中国面孔。她们抓着她的手，把自己藏在她那宽大的裙子里，一抹迷人的微笑爬上了她那严肃的脸庞，她慈母般温柔地抚摸着这些孩子，跟凯蒂说了几句玩笑话，凯蒂不懂中文，但却能从中感受到满满的疼爱。凯蒂的身体略微颤抖着，因为这些孩子穿着统一的制服，脸色蜡黄，鼻子扁平，面有菜色，发育严重不足，看上去毫无人样。她们的模样并不讨人喜欢，然而院长站在她们中间，却俨然宽厚仁慈的化身。当她想离开的时候，她们缠着她不放手，不让她走，于是她一边微笑着劝说，一边温柔地挣脱她们。无论如何，她们都觉得这位伟大的女士一点也不可怕。

"你当然知道，"院长沿着另一条走廊一边走，一边说道，"她们只是一些被父母抛弃的孤儿，因为某些原因，她们的父母想要摆脱她们。当他们把孩子送到这里后，我们都会给一些现金补偿，否则这些人不会自找麻烦将孩子送过来，而是会直接将其丢弃。"她转向了修女。"今天有送进来的孩子吗？"她问道。

"有四个。"

"现在霍乱肆虐，他们比以往任何时候都更加急切地想要摆脱这些他们认为是累赘的女孩子。"

她带凯蒂参观了宿舍，随后他们经过了一扇门，上面用油漆写着"医务室"几个字。凯蒂听到了一阵痛苦的呻吟声和尖锐的惨叫声，宛如人间地狱，惨不忍闻。

"我就不带你去医务室了。"院长用平静的语气说道，"没有人愿意看到这样的场景。"一个想法突然涌上她的心头，"我想知道费恩医生在不在这里？"

她带着询问的目光，看了看圣约瑟修女。她带着欢快的微笑打开了门，溜了进去。凯蒂不由自主地往后缩了缩，因为敞开的门让她听到了里面更多可怕的骚动和喧嚣。圣约瑟修女很快就返回来了："费恩医生不在，他今天已经来过了，一时半刻不会再回来，可能晚点才会过来。"

"六号病人的情况怎么样了？"

"可怜的孩子，他死了。"

院长画着十字，口中念念有词，默默祈祷着。

他们经过一个院子时，凯蒂的目光落在了两个并排躺在地上的长条形物体上，上面盖着一块蓝色的棉布。院长转向维丁顿："我们的床位严重短缺，于是不得不把两个病人安置在一张床上，病人一咽气就迅速被抬走，以便给其他人腾地方。"接着她冲凯蒂微微一笑："现在我就带你去参观我们的小教堂，这是我们特别引以为傲的地方，就在不久前，法国的一位朋友送给我们一尊真人大小的圣母马利亚雕像。"

43

这座教堂不过是一间低矮的长屋子，墙壁刷成了白色，里面摆放着一排排条形长凳。教堂的尽头是一个祭坛，上面供奉着神像。神像是用熟石膏做成的，颜色粗糙而鲜艳、崭新而花哨。后面是一幅油画，画的是耶稣受难时的情景，两个马利亚站在十字架脚下，看上去极度悲伤痛苦。这幅画画得很糟糕，深色颜料的肆意渲染，让人觉得画者似乎对色彩之美一无所知。墙周围画着基督教的神殿，也是出自同一个手法拙劣的画者之手。这座教堂看上去既丑陋又庸俗。

修女们一进门就跪下来祈祷，然后站起身来。院长开始跟凯蒂聊天。

"任何容易破碎的东西来到这里的时候都是破碎的，但我们的捐助者从巴黎给我们运过来的雕像却毫发无损，毫无疑问，这是一个奇迹。"

维丁顿恶意的眼睛里闪烁着光芒，但他并没有说话。

"这幅祭坛画和基督教神殿是我们的修女圣安塞米尔画的。"院长在胸前画了个十字，"她是一个真正的艺术家，不幸的是，她成了这场传染病的牺牲品。你不觉得它们很美吗？"

凯蒂支支吾吾地给予了肯定的答复。祭坛上放着成串的纸花，烛台装饰得令人眼花缭乱。

"我们有特权把圣餐保存在这里。"

"是吗？"凯蒂有些不太明白。

"在这段阴暗恐怖的日子里，这是我们强大的精神支柱，给我们带来了莫大的安慰。"

他们离开了小教堂，原路返回，朝着他们刚进来坐过的那个客厅走去。

"你想不想在走之前去看看今天早上进来的那几个孩子？"

"非常想。"凯蒂说道。

院长把他们领进了过道另一头的一个小房间。在一张桌子上，一块布料下面有什么东西在奇怪地蠕动着。一个修女将布揭开，露出四个赤身裸体的小婴儿，她们全身发红，胳膊和腿不安分地来回折腾着，极其有趣。她们那精致的中国小脸被折腾得憔悴不堪，看上去几乎没了人样，似乎是来自某个未知族群的奇怪动物，然而眼前奇异的东西仍然在不停地来回蠕动着。院长面带笑容，表情愉悦地看着她们。

"她们看起来很活泼，有时候她们被带进来只是为了等死。当然，进入修道院的那一刻，我们就会为她们施洗。"

"这位女士的丈夫非常喜欢这些孩子，"圣约瑟修女说道，"我想他可以和孩子们一起玩几个小时。她们一哭，他就会抱在怀里，耐心地哄逗，直到她们停止哭泣，脸上绽放出开心的笑容。"

说着，凯蒂和维丁顿已经走到了门口，凯蒂严肃地感谢院长为她所做的一切。院长谦虚地鞠了一躬，既庄重又和蔼可亲。

"这是我的荣幸，你不知道你丈夫对我们有多好，他帮了我们很多忙，他简直就是上天给我们派来的救星。我很高兴你能随他一起来。当他劳累一天回到家的时候，你的爱和你那甜美的笑容，对他来说一定是一种莫大的安慰，你一定要好好照顾他，不要让他工作得太辛苦，为了我们大家，你必须照顾好他。"

凯蒂顿时涨红了脸，一时不知道该说什么。院长伸出手来，凯蒂意识到她冷静的双眼正若有所思地望着她，目光超然，却又带着一种深刻的理解。

圣约瑟修女在他们身后关上了门，凯蒂坐上了轿子。他们沿着狭窄曲折的街道往回走。维丁顿随口说了几句话，凯蒂没有回应。他朝着凯蒂的方向看去，只见轿子的侧帘被拉上了，他看不到她，于是他们就这样默默地走着。当他们来到河边时，她出乎意料地走了出来，他看到她的眼睛里涌动着泪水。

"出什么事了？"他问道，皱成一团的脸上露出了担忧。

"没什么，"她强颜欢笑道，"只是觉得自己很愚蠢。"

44

在已故传教士那粗陋的客厅里，凯蒂又一次孤零零地躺在了窗前的长椅上，目不转睛地望着河对岸的寺庙，此时正是傍晚时分，它悬浮在余晖中，显得异常凄美动人。她试图把自己内心的情感整理明白，她以前无论如何也不会想到这次修道院之旅竟会给她如此深的触动。她起初完全是出于好奇，因为她没有什么其他的事可做，整天望着河对岸的城发呆，在憋了那么多天之后，她非常希望能够过去看看，至少看上一眼它神秘的街道。

但是一进入修道院，她就觉得自己仿佛被带到了另一个世界，一个超乎空间和时间的奇异世界。那些空荡荡的房间和白色的走廊，朴实而简单，似乎承载着某种遥远而神秘的精神。这座小教堂既丑陋又庸俗，粗陋之处令人同情，那彩色的玻璃窗以及艳丽的图画，让它具有了一般宏伟的大教堂所缺少的某种东西。尽管它非常简陋，但装饰它的信念以及珍爱它的感情，赋予了它一种精致的灵魂之美。修道院的工作在猖狂的瘟疫中有条不紊地进行着，他们临危不惧、从容淡定的表现具有极强的现实指导意义，尽管极具讽刺意味，但这却是事实，给人留下了尤为深刻的印象。凯蒂的耳朵里还不时回荡着圣约瑟修女打开医务室的门时传出来的可怕声音。

她们对瓦尔特的评价完全出乎她的意料。首先是圣约瑟修女，然后是院长本人，她表扬他的时候语气非常温柔。奇怪的是，当她知道她们对他的评价如此之高时，内心竟油然生出一丝自豪感来。维丁顿也对她讲过一些瓦尔特所做的事，但修女们称赞的不只是他的才干（在香港时，她就知道大家普遍都认为他很聪明），还有他的体贴和温柔。毫无疑问，他确实很温柔。当你生病的时候，他会无微不至地细心呵护。他聪明睿智，不会轻易激怒别人，他的触摸令人愉快，使人冷静，给人安慰。就像施了某种魔法，只要他一出现似乎就能缓解你的痛苦。她知道自己再也不可能在他的眼睛里看到那种曾经习以为常的深情目光了。曾几何时，他的多情让她感到心烦，现在她终于明白他的爱的力量是多么强大了。他以一种奇异的方式把自己的爱倾注在了那些深受病魔蹂躏的可怜病人身上，而这些病人只有他一个人可以依靠。她并不嫉妒，心中却有一种莫名的空虚感，仿佛有人突然从她身上抽走了她已经习以为常却熟视无睹的支柱。她一时间猝不及防，竟然头重脚轻，东倒西歪地摇晃起来。

她只是鄙视她自己，因为她曾经是那么看不起瓦尔特。他一定知道她当初是怎么看待他的，而他却毫无痛苦地全盘接受了她的评价。他明知道她是个傻瓜，却因为爱她至深，给了她无底线的包容和宠爱。她现在并不恨他，也不怨他，更多的是恐惧和茫然。她不得不承认他身上的确有很多非凡的品质，有时候她觉得他身上甚至有一种奇怪而不讨人喜欢的伟大。但奇怪的是，她无法让自己爱上他，却仍然固执地爱着那个毫无价值、缺少责任和担当的男人，而这个男人的种种劣迹，她心里竟然一清二楚。在那些漫长的日子里，她思前想后，准确地评估了查理·唐森的价值：他是一个极其普通的人，他的品质平庸低俗，堪称二流货色。她多么希望自己能把对他那份恋恋不舍的爱彻底从心里剔除掉！她努力让自己不去想他。

维丁顿对瓦尔特的评价也很高。唯独她一个人对他的优秀品质视而不见。为什么呢？因为他爱她，而她却不爱他。在内心深处，是什么让你因为一个男人爱你而去鄙视他？但维丁顿已经承认他不喜欢瓦尔特，男人之间倒没什么。不难看出，那两个修女对他的感觉似乎很不同寻常。他对女人而言就不一样了，尽管他很害羞，但你却能从他身上感受到一种细致入微的仁慈和善良。

45

　　但毕竟令她触动最深的还是修女们。圣约瑟修女，长着一张快乐喜庆的脸，脸蛋红通通的，像苹果。她是十年前随院长来到中国的那一小群人中的一个，她亲眼目睹了同伴们因疾病、贫困和思乡而一个接一个地死去，但她仍然保持着乐观豁达的心态。究竟是什么让她拥有如此天真而迷人的幽默感？还有院长，想象中，凯蒂仿佛又站在了她的面前，她再一次产生了强烈的自卑感和羞愧感。虽然她是那么单纯而质朴，却有一种与生俱来的高贵，令人肃然起敬，任何人在她面前都会不由自主地生出一种敬畏感。从圣约瑟修女站在那里的姿势，从她的每一个小动作以及回答问题的语调，都可以看出她深入骨髓的温顺和谦卑。而反观维丁顿，却显得那么轻浮无礼，从他说话的语气中，也可以看出他并没有那么轻松自在。凯蒂觉得他根本就没有必要告诉她，院长出身于法国的一个名门望族。她的言行举止让人联想到古老的种族，她有一种一呼百应、不容抗拒的权威。她身上既有贵妇人的典雅气质，又有圣人的谦卑风度。在她那坚强、美丽、饱经风霜的脸上，流露出一种朴实无华，让人心潮澎湃。同时，她身上散发出来的那种关切和温柔，使那些孩子可以毫不畏惧地簇拥在她周围，尽情打闹嬉戏，享受着她那无私、深沉的爱。当她看着那四个新生儿时，脸上露出了甜蜜而深刻的微笑，宛如一缕温暖的阳光照射在了一片荒凉的原野上。圣约瑟修女对瓦尔特那番漫不经心的描述，莫名其妙地触动了凯蒂的心弦。她知道瓦尔特非常希望她给他生一个孩子，但她从来没有从他的沉默寡言中觉察到，他会对一个孩子表现出如此迷人而又顽皮的温柔，却不会让人感到丝毫的尴尬。大多数男人在婴儿面前都会显得愚蠢而笨拙、手足无措，他是多么与众不同啊！

　　但是，在所有这些感人的经历背后，总是潜藏着一种阴影（仿佛银色云彩上的一层暗纹），挥之不去，尽管毫不起眼，但却令她感到惶恐不安。从圣约瑟修女那朴素的欢乐中，也从院长举手投足间那完美的礼节中，凯蒂感受到了一种莫名的疏离，这让她备受压抑和煎熬。她们的表现极为友好，甚至可以说是热情洋溢，但同时她们似乎对她隐瞒了什么，她也不知道具体是什么，这让她感觉到自己只不过是一个无关紧要的陌生人。她和她们之间隔着一道屏障，她们说的是另一种语言，她们之间的隔阂不仅存在于语言上，也体现在心灵中。当门在她身后关上的一刹那，她们或许就已经把她忘得一干二净，继续毫不拖延地投身于她们那被人忽视的工作当中了。对她们而言，她就像从来没有存在过一样。她觉得自己不仅被那个可怜的小修道院拒之门外，而且也被她所向往的那种神秘的精神花园拒之门外。她突然感到前所未有的孤独，这就是为什么她会偷偷掉眼泪了。

　　现在，她疲惫地仰着头，叹息道："唉，我真没用。"

46

那天晚上，瓦尔特回来得比往常要早一点。凯蒂躺在窗户旁边的长椅上，窗户的门敞开着，天已经黑了。

"你不需要一盏灯吗？"他问道。

"晚饭做好了，他们会给你送来的。"

他总是很随和地跟她聊一些琐碎的事情，仿佛他们是关系要好的熟人，你无法从他的态度和举止中捕捉到一丝恶意和怨气。这么长时间以来，他从来没有正眼瞧过她的眼睛，也从来没有对她笑过，总是那么彬彬有礼。

"瓦尔特，如果我们熬过了这场瘟疫，你打算怎么处理我们之间的关系？"她问道。

他犹豫了片刻才开口回答，但她看不见他的脸："我没有想过。"

曾几何时，她大大咧咧，口无遮拦，脑子里想到什么就说什么，毫无顾忌。但现在她开始怕他了，她觉得自己的嘴唇在不住地颤抖，心脏在剧烈地跳动。

"今天下午我去修道院了。"

"我听说了。"

她强迫自己开口说话，尽管她已经语无伦次了："你带我来的目的真的是让我死吗？"

"如果我是你，我就会安于现状、顺其自然。凯蒂，我认为谈论这些不会有什么好的结果，我们最好还是将它忘记。"

"但你不会忘记，我也不会，自从来到这里，我每天辗转反侧，想了很多，你不想听听我要说的话吗？"

"当然可以了。"

"我对你很不好，还给你戴了绿帽子。"

他一动不动地站在那里，呆若木鸡，面如死灰。

"我不知道你是否能理解我的意思。对于一个女人来说，这种事情一旦结束，就不再有任何意义。我认为女人永远都无法理解男人心中的想法。"她突然用一种自己都无法辨识的声音开口说道，"你非常清楚查理是什么样的人，你仿佛是他肚里的蛔虫，能准确地预知他要做的事。一切如你所料，他是一个人品极差的家伙。我想，只因为我跟他是一路货色，才会这么轻易上了他的当。我不要求你原谅我，更不奢求你像以前那样爱我。但我们就不能握手言和，成为彼此的朋友吗？想想我们周围成千上万已经或正在死去的人，还有修道院里的那些修女……"

"这跟他们有什么关系？"他打断了她的话。

"我也说不清楚，今天去那里的时候，我有一种奇怪的感觉，这一切似乎包含了太多的意义。她们的自我牺牲精神令人惊叹。你一定能明白我的意思，你犯不着为了一个对你不忠的愚蠢女人而伤心难过，这是极其荒谬的，也是非常不值得的。我太微不足道了，对你也没有任何价值，你根本不需要在我身上浪费时间和精力。"

他没有回答，但也没有走开，似乎在等着她继续说下去。

"维丁顿先生和修女们跟我说了很多关于你的英雄事迹，我为你感到骄傲，瓦尔特。"

"你以前可不是这样的，你一直以来都看不起我，现在怎么不继续鄙视了？"

"难道你不知道我怕你吗？"

他又陷入了沉默。

"我不了解你，"他终于开口说话，"也不知道你想要什么。"

"我自己一无所有，只希望你不要那么难过。"

她感觉到他的身体僵硬，声音异常冰冷。

"如果你以为我会因此难过，那就大错特错了。我有太多的事情要做，不可能经常想起你。"

"我不知道修女们是否允许我去修道院工作，她们目前正缺人手，如果能帮上忙的话，我会很感激她们的。"

"这份工作很不容易，也没那么轻松愉快，我怀疑这并不能让你开心很久。"

"你彻底瞧不起我，是吗，瓦尔特？"

"不是。"他犹豫了一下，声音听上去很奇怪，"我是瞧不起我自己。"

47

吃过晚饭，瓦尔特像往常一样坐在台灯旁看书。每天晚上，他都要看很长时间的书，直到凯蒂上床睡觉。然后他就走进一间空屋子里的实验室，在那里一直工作到深夜。他每天睡得很少，总是在废寝忘食地忙活着一些她根本看不懂的实验。他对自己的工作只字不提，即使在过去，他对这件事也缄口不言，他天生就不是一个开朗健谈的人。她仔细回想着他刚才所说的话，他们的谈话没有任何结果，她对他的了解微乎其微，根本没办法确定他所说的是真是假。有没有一种可能，他现在对她来说已经没有任何威胁了，他已经完全对她视而不见了呢？曾经她所说的话让他感到舒心快乐，只因为他爱她。如今他已经不再爱她，她的话自然也就显得枯燥乏味了，这样的反差，让她深感窘迫难堪。

透过昏暗的灯光，她静静地看着他，他的侧脸就像一个浮雕。他五官端正，眉清目秀，辨识度很高，脸上流露出的不仅仅是严肃，更多的是沮丧。他一页一页地翻动着书，只有目光在不停地游走，那种一动不动的样子令人望而生畏。谁能想到这张冷酷的脸曾经被激情融化得那么温柔呢？她知道，她心头涌上一阵反感，不禁打了个寒战。奇怪的是，虽然他长得还算好看，也很诚实，才华横溢，非常可靠，可她却始终无法爱上他。这下好了，她再也不用屈服于他的爱抚，这让她如释重负。

当她问到强迫她来这里是不是真的想置她于死地时，他却避而不答。这无疑激起了她的好奇心，但同时也让她感到害怕。他是那么善良，任谁也不会相信，他会有如此邪恶的意图。他之所以提出这个建议，也许只是为了吓唬一下她，同时对查理的所作所为进行报复（这很符合他那爱挖苦人的幽默风格），最后可能是出于内心的某种执念，抑或是害怕让自己显得太过难堪，于是硬着头皮让她一条道走到黑。

是的，他说他瞧不起他自己，这么说是什么意思呢？凯蒂又一次看着他那平静而冷漠的脸。她甚至觉得如果她此刻不在房间里，他可能也毫无察觉。

"你为什么会瞧不起自己？"她问道，几乎不知道自己在说什么，似乎还在继续着刚才的谈话。他放下书，将思绪从遥远的地方拉了回来，若有所思地注视着她。

"因为我爱过你。"

她瞬间红了脸，把目光移向了别处。他那直勾勾的冰冷眼神一动不动地审视着她，让她无法忍受。她明白他的意思，踌躇片刻之后，她才开口回答。

"我认为这对我不公平，"她继续说道，"因为我愚蠢、轻浮又庸俗而责备我，这是不公平的，我从小就生活在这样的环境中，周围的女孩子都是这样。这就好比你去责备一个对音乐一窍不通的人，只因为他在交响音乐会上感到无聊。你寄予了超出我自身素质范围的厚望，因为我没能达到你的期望而责备我，这公平吗？我从来没有试图以任何假象去欺骗你，我就是一个外表还算漂亮，内心又天真快乐的人。你不可能在平价的集市摊位上找到一条珍珠项链或者一件貂皮大衣，你看到的只会是锡制喇叭和玩具气球之类的东西。"

"我没有怪你。"

他的声音中流露出无尽的疲倦，她开始对他有点不耐烦了。为什么他没有意识到，是什么让她如梦初醒、恍然大悟？与笼罩着他们的死亡阴影，以及她那天所看到的令人肃然起敬的壮观奇景相比，他们自己的事情似乎显得那么微不足道。如果一个愚蠢的女人犯了通奸罪，那又有什么关系呢？为什么她的丈夫要站在如此崇高的角度去审视评判这件事呢？奇怪的是，像瓦尔特这么聪明的人，竟然没有任何分寸感，因为他给一个洋娃娃穿上了华丽的长袍，把她安置在圣殿里供奉着，突然有一天，他发现洋娃娃体内装满了碎木屑，于是他便耿耿于怀，既不能原谅自己，也不肯原谅这个洋娃娃。他的灵魂受到了重创。曾经一度生活在虚幻的假象中，当美好的幻觉被现实的真相粉碎时，他觉得现实本身也已经支离破碎了。他不可能原谅她，因为他无法原谅他自己。

仿佛听见他轻轻地叹了一口气，她飞快地朝他瞥了一眼。一个想法突然袭上她的心头，她顿时有些喘不过气来，但她强忍着没有叫出声来。

他所承受的难道就是人们所说的那种心灵破碎的煎熬吗？

48

接下来的一整天，凯蒂满脑子想的都是修道院。隔天一大早，瓦尔特出门不久，她就带着女佣去找轿子。她们渡过了河。天刚蒙蒙亮，渡船上挤满了中国人，有些人穿着蓝色粗布棉衣，还有些则穿着体面的黑色长袍，他们脸上挂着奇怪的表情，仿佛幽灵在水上的虚幻之城游荡。上岸之后，他们会在码头犹豫片刻，似乎不知道该往哪个方向走，稍作定夺之后，他们便三三两两漫无目的地朝山上走去。

这个时候，城里的街道上空无一人，这里比以往任何时候都更像是一座死亡之城。路人一个个心不在焉，犹如行尸走肉。天空万里无云，初升的太阳向大地洒下了神圣的柔光。很难想象，在那个清爽愉悦、阳光明媚的早晨，整个城市都在喘息，就像一个人被杀人狂魔紧紧地掐住了脖颈。霍乱的阴影肆无忌惮地笼罩着每一个人，让人无法呼吸。不可思议的是，当人们在痛苦中挣扎，在恐惧中走向死亡之时，天空却是碧空如洗，清澈得宛如一颗童心，大自然对人间的疾苦竟然如此无动于衷。当轿子在修道院门口停下的时候，一个乞丐扑了上来，乞求凯蒂施舍他一点。他穿着一身褪了色的、不成样子的破布衣，看上去似乎是从粪堆里扒出来的，透过破洞，你可以看到他坚硬而粗糙的皮肤，晒得就像山羊皮。他裸露的双腿枯瘦如柴，顶着一头乱蓬蓬的花白头发，双颊凹陷，眼神黯淡，这是一个典型的疯子。凯蒂吓得转过身去，两个轿夫粗声粗气地叫他走开，可是他纠缠不休，再三乞求，为了摆脱他，凯蒂哆嗦着给了他一些现金。

修道院的门被人打开了，女佣解释说凯蒂想见院长，于是她又一次被带到那个狭小的客厅，里面的一扇窗户似乎从来没有打开过，在那里坐了很长时间之后，她开始怀疑自己的话是不是还没有送到院长那里。又过了半晌，院长终于进来了。

"非常抱歉让你等了那么长时间。"院长说道，"没有料到你会来，我忙得焦头烂额。"

"原谅我打扰你，恐怕我来得不是时候。"

院长朝她微微一笑，并请求她坐下，表情严肃认真但却和蔼可亲。凯蒂发现她的眼睛肿胀，刚才一定在哭，这不禁让她大吃一惊，因为在她的印象中，院长是一个天不怕地不怕的女人，似乎人间的一切烦恼都无法将她打倒。

"恐怕发生了什么事，"她支支吾吾地说道，"需要我离开吗？我可以下次再来。"

"不，不用，说说看我能为你做什么。只是——只是我们的一个修女昨天晚上死了。"院长的声音失去了平静，眼里噙满了泪水，"我这样悲伤是邪恶的，因为我知道她善良而单纯的灵魂早已直接飞上了天堂。她是一个圣人，但人总是很难控制自己的脆弱，恐怕我也不可能总是那么坚强理智。"

"我很抱歉，我真的非常抱歉。"凯蒂说道，她热切的同情使院长深受触动，啜泣着。

"她是十年前和我一起从法国来的修女之一，我们现在只剩下三个人了。我仍然记得，我们一小群人站在船头，当船驶出马赛港时，我们看到了圣母马利亚的金色雕像，大家一起做了祷告。被允许来中国是我进入宗教以来最大的心愿，但当我看到故土逐渐变得遥远，还是禁不住泪流满面。我是她们的上级，理应以身作则，这样感情用事，在她们面前可不能起到榜样作用，然后昨晚去世的圣弗朗西斯·泽维尔修女握着我的手，告诉我不要悲伤。她说，无论我们走到哪里，法国都在我们心中，上帝会常伴我们左右。"

人类本性自然流露出来的那种悲痛被院长的理智和信仰硬生生地压了回去，她强忍着泪水，那张严肃而美丽的脸也变得扭曲了。凯蒂把目光移开了，她觉得这样赤裸裸地窥探别人痛苦的思想挣扎是不礼貌的。

"我一直在给她的父亲写信，她和我一样，是她母亲唯一的女儿。他们是布列塔尼的渔民，生活非常艰难。哦，这场可怕的瘟疫什么时候才能结束？今天早上我们院里的两个女孩病倒了，除非奇迹发生，否则没人能救她们，这些中国人没有抵抗力。圣弗朗西斯修女离开的损失是非常严重的，我们有这么多事情要做，现在修女的人数比以往任何时候都少。我们在中国其他地方的修道院也有修女，她们也非常期待到我们这里来，我想她们会放弃世界上的任何东西（而她们其实一无所有）到这里来，但几乎可以肯定的是，她们最终无一例外都会走向死亡，只要我和姐妹们和睦相处、齐心协力，我就不愿意牺牲其他人。"

"这鼓励了我，院长，"凯蒂说道，"我一直觉得自己已经够不幸的了。前几天你说工作任务繁重，人手不够，忙不过来，我想知道你是否允许我去帮她们的忙，我不介意做任何事情，只要能帮得上忙，哪怕让我去擦地板，我也会非常感激。"

院长开心地笑了笑，凯蒂惊讶于她如此善变的性情，能够轻而易举地从一种情绪转换到另一种情绪。

"没有必要擦地板，那都是由孤儿们来完成的。"她停了下来，友好地看着凯蒂，"我亲爱的孩子，你不觉得你和你丈夫能一起来这里已经做得够多了吗？这种勇气可不是一般的妻子能有的，至于其他的事情，还有什么能比得上你在他结束一天的工作回到你身边时，给予他的那份平静和舒适呢？相信我，他需要你全心全意的爱和无微不至的关怀。"

凯蒂不敢正视落在她身上的目光，那目光中带着一种超然的审视和略带讽刺意味的善意。

"我一天从早到晚无事可做，"凯蒂说道，"我觉得这里有太多的事情需要人去做，一想到自己整天无所事事，我就感觉无法忍受。我不想让自己成为一个令人讨厌的人，我知道我无权要求你对我友好或者在我身上花费时间，但我说的都是真心话，如果你能给我机会让我帮一点忙的话，这将是你对我莫大的施舍。"

"你看起来身体柔弱，前天你赏光来看我们的时候，我觉得你的脸色很苍白，圣约瑟修女推测你可能有孕在身。"

"不，不！"凯蒂叫道，脸涨红到了脖颈。院长发出了一阵银铃般的笑声。

"这没有什么不好意思的，我亲爱的孩子，这也没有什么不可能的，你结婚多久了？"

"我脸色很苍白，是因为天生就比较白，但我却很强壮。我向你保证，我能吃苦耐劳，任何工作都难不倒我。"

现在院长完全控制住了自己的情绪，她自然而然地流露出一贯的权威气质，再一次意味深长地审视了凯蒂一番，这让她感到一阵莫名的紧张。

"你会说中文吗？"

"恐怕不行。"凯蒂回答道。

"这很遗憾，我本来可以安排你去负责稍大一点的女孩子们，眼下确实有点难度，我怕她们会撒野、不服管教。"院长试探性地说道。

"我能不能在护理方面给修女们打下手？我一点也不害怕霍乱，我可以去照顾女孩们或者士兵们。"

院长现在恢复了严肃，脸上带着沉思的表情摇了摇头。

"你不知道什么是霍乱，这是非常可怕的。医务室的工作是由士兵们完成的，我们只需要一个修女来负责监督。至于女孩们，还可以考虑一下……不，不，我相信你的丈夫不会希望你去那里的，那些场景太恐怖，太可怕了。"

"我会慢慢习惯的。"

"不，这是不可能的。做这样的事是我们的职责和义务，但你没有必要来这里冒险。"

"你让我觉得自己很没用，让我感到很无助，我竟然什么也做不了，这似乎很难以置信。"

"你跟你丈夫说过这件事了吗？"

"是的。"

院长看着凯蒂，似乎想要深入探究她内心的秘密，但当看到凯蒂焦虑而恳求的目光时，她嘴角露出了微笑。

"你肯定是新教徒吧？"她问道。

"是的。"

"那无关紧要，去世的传教士沃森是新教徒，跟我们也没什么区别。他是我们这里最有魅力的人，我们欠他一大堆的感激。"

凯蒂的脸上闪过一丝微笑，但她什么也没说。院长似乎在沉思，接着她站了起来。

"你真是太好了，我想我能给你找点事做。现在圣弗朗西斯修女已经离我们而去，我们确实应付不过来这么多工作，你什么时候可以准备好？"

"现在就去。"

"祝你好运！听你这么说我就心满意足了。"

"我向你保证我会做到最好，非常感谢你给我这个机会。"

院长打开了客厅的门，但当要出去的时候，她似乎犹豫了，她再一次用锐利而探询的目光久久地注视着凯蒂，然后把手轻轻地放在了她的手臂上。

"你知道，我亲爱的孩子，一个人不可能在工作或娱乐中获得宁静，世界上的任何地方，包括修道院，都不可能给你带来宁静，真正的宁静只存在于你的内心世界。"

凯蒂听后大吃一惊，但院长已经快速地走了出去。

49

　　凯蒂发现这份工作使她精神抖擞、容光焕发。每天太阳一出来，她就赶到修道院去，直到夕阳把狭窄的小河和拥挤的舢板染成金黄色，她才回到那间平房。院长把较小的孩子交给她照管。凯蒂的母亲把家庭主妇的实际操作经验从她的家乡利物浦带到了伦敦，尽管凯蒂举止轻浮，但她在家务事方面却有着独特的天赋，提到这些天赋时，她总是带着戏谑的口吻。她做得一手好菜，针线活也特别了得。当她显露出这方面的才华后，院长便安排她去指导那些缝合和包边的年轻女孩。她们会一点法语，她每天也会学几句中文，以便更好地应对眼前的工作。一般情况下，她不会看到这些较小的孩子调皮捣蛋，她所要做的就是给她们穿衣服和脱衣服，在需要休息的时候，安排她们上床睡觉。这里有许多婴儿，她们都是由女佣照管的，但院长却嘱咐她多留心一下她们。每天的工作内容都很琐碎，没有一件工作是重要的，她想做一些更加具有挑战性的艰苦工作，但院长并没有理会她的请求。凯蒂站在那里，对她充满了敬畏，却不敢强求。

　　在最初的几天里，她对这些小女孩多少有些不太喜欢，不得不努力克制内心的厌恶感。她们穿着难看的制服，乌黑的头发僵硬地立在脑门上，圆圆的脸蛋略显蜡黄，乌黑的眼睛瞪得圆溜溜的。但是她还清楚地记得第一次去修道院的时候，院长站在一群丑陋的小东西中间，那温柔的目光将她的面容衬托得更加美丽动人，她绝不允许自己屈服于自身那过于肤浅的本能。不久之后，她把一个或另一个小家伙抱在怀里，她们因为摔了一跤或长了一颗牙而哇哇大哭。凯蒂发现，她说几句温柔的话——尽管是用她们听不懂的语言，用双臂紧紧地抱着她们，或用自己光滑的脸蛋温柔地紧贴她们哭泣的小脸，起到的安抚效果往往立竿见影，就这样她一开始的陌生感也逐渐消失得无影无踪。孩子们一点都不怕她，遇到小小的麻烦事就来找她，看到孩子们如此信赖她，一种特别的幸福感涌上了她的心头。当她教那些大点的姑娘做针线活时，情况也完全一样。她们欢快而机灵地微笑着，笑容是那么天真灿烂，她一句赞美的话就能使她们高兴得手舞足蹈，这一切让她深受感动。她感觉孩子们都喜欢她，她很是受宠若惊，又觉得无比骄傲和自豪，因此也就自然而然地喜欢上了她们。

但有一个孩子她却始终无法适应，那是一个六岁的小女孩，罹患严重的脑积水，智力低下，瘦小的身体上摇摇晃晃地顶着一个大脑袋，一双空洞的大眼睛呆滞无神，嘴巴不住地流着口水。偶尔嘶哑地嘟囔几句含糊不清的话，令人反感又害怕。不知为什么，她对凯蒂产生了一种傻傻的依恋感，以至于凯蒂每走一步，她都会如影随形地跟在后面。她紧紧地抓着她的裙子，脸蛋在她的膝盖上不断地磨蹭。她试图抚摸凯蒂的手，但凯蒂害怕得直发抖。她知道小女孩渴望爱抚，可她却不敢去碰小女孩。

有一次，她跟圣约瑟修女提起了这件事，她说小女孩这样活着，实在是太可怜了。圣约瑟修女笑了笑，朝小女孩伸出了手，她走了过来，用她隆起的前额反复磨蹭着。

"这个可怜的小东西，"修女说道，"她被带到这里来的时候，几乎快要死了，也许是上天怜悯，当时我正好在门口。我觉得一刻也耽搁不得，于是便立刻给她施洗。你不会知道我们费了多大周折才把她救了回来，有那么三四次，我们几乎以为她的小灵魂就要去天堂了。"

凯蒂陷入了沉默。圣约瑟修女又开始絮絮叨叨地谈论一些别的事情。第二天，当那个小女孩来摸她的手时，凯蒂鼓起勇气，把手轻轻地放在那光秃秃的大脑壳上，她强迫自己露出一丝微笑。但突然间，这个孩子带着一股傻傻的倔强离开了她。小女孩似乎对她失去了兴趣，那一天和接下来的几天都没有再搭理她。凯蒂不明白自己究竟做错了什么，她试图用微笑和手势引小女孩过来，但她转过脸去，假装没看见凯蒂。

50

由于修女们从早到晚都在不停地忙碌着，所以，除了在简陋的小教堂里做礼拜外，凯蒂很少见到她们。在她工作的第一天，女孩子们按照年龄坐在长凳上，院长看见坐在后面的凯蒂，停下来和她说话。

"我们来教堂的时候，你可以选择不来，"她说道，"你是新教徒，有自己的信仰。"

"但我喜欢来这里，院长，我发现这里能让我得到休息。"

院长盯着她看了片刻，微微地低下了严肃的头。

"当然你可以完全遵照自身意愿，我只是想让你明白，你没有义务这么做。"

凯蒂很快就和圣约瑟修女建立了良好的关系，这种关系谈不上亲密，也许只是相互之间不拘礼节而已。圣约瑟修女负责修道院的经济，看管这个大家庭的物质福利，这个工作让她整天东奔西跑，忙得不可开交。她说她唯一可以休息的时间便是做祈祷的时候。黄昏时分，当凯蒂陪着姑娘们干活时，她会兴高采烈地进来坐坐，宣称自己都快累垮了，抽不出时间来，要在这儿闲聊几分钟。当院长不在时，她就是个话痨，十分健谈，乐观豁达，喜欢开玩笑，还喜欢八卦。凯蒂一点也不怕她，圣约瑟修女还是一如既往地温厚善良、朴实无华，她在凯蒂面前畅所欲言，毫不掩饰自己的快乐天性。她并不介意凯蒂的法语说得有多糟糕，她们针对出现的错误互相打趣。圣约瑟修女每天会教她几个实用的汉语单词。她是农民的女儿，因此在内心深处，她仍然是一个农民。

"我小时候放过牛，"她说道，"就像圣女贞德一样，但我太调皮了，没有任何远见卓识。我想这是幸运的，因为如果我有任何非分之想，父亲肯定会用鞭子抽我。由于我极其调皮捣蛋，父亲经常拿鞭子来教训我。时至今日，每当想起以前的那些恶作剧，我都会感觉羞愧难当。"

想到这个胖胖的中年修女曾经竟然是个顽皮任性的孩子，凯蒂不禁莞尔一笑。时至今日，她身上仍然有一种天真烂漫，使人不由自主地想要靠近她，她身上似乎散发着一种秋天乡村的气息，红彤彤的苹果挂满了枝头，庄稼都已收割完毕，储存在谷仓里。她没有院长那般悲壮而严厉的圣洁，但却有一种单纯而幸福的快乐。

"你不想重新回到自己的家乡吗，我的好姐妹？"凯蒂问道。

"哦，不，回去一趟太难了，我喜欢待在这里，跟这些无家可归的孩子朝夕相处的日子，是我一生中最快乐的时光。她们天真善良，还非常懂得感恩。但是，从宗教信仰的角度上讲，当一名修女也是很不错的，一个人，只要他的母亲还健在，他就不能忘记母亲的养育之恩。我的母亲已经上了年纪，恐怕很难再见到她。但当时她比较喜欢自己的儿媳妇，而我的哥哥对她也很好。他的儿子就快长大了，我想他们会非常高兴农场里又多了一双强壮的手臂。我离开法国时，他还只是个孩子，但他却承诺总有一天会用自己的拳头击倒一头公牛。"

在这间静悄悄的屋子里，听着修女滔滔不绝，你几乎不会意识到，在这四堵墙的另一边，霍乱肆意横行着。圣约瑟修女这种满不在乎的态度深深地感染了凯蒂。

她对这个世界上的人们充满了天真的好奇心。她问了凯蒂各种各样关于伦敦和英国的问题，她认为英国是一个浓雾缭绕的国家，尤其是在正午时分，更是伸手不见五指。她还想知道凯蒂有没有去参加舞会，她家是不是住在一所富丽堂皇的房子里，有多少个兄弟姐妹。她经常提到瓦尔特，院长说他非常棒，她们每天都会真诚地为他祈祷。凯蒂能有一个如此优秀、勇敢，而又聪明能干的丈夫，真的是太幸运了。

51

凯蒂一开始就意识到圣约瑟修女迟早会把话题转到院长身上。这个女人用她的强大气场撑起了修道院，全院上上下下的人无不对她产生敬爱和钦佩之情，但同时也充满了恐惧。尽管她和蔼可亲、心地善良，但凯蒂却觉得自己在她面前像个学生，和她在一起时总感觉不太自在，因为她心里充满了一种奇怪的虔诚感，这使她感到有些尴尬。圣约瑟修女天真地想给凯蒂留下深刻的印象，她告诉凯蒂，院长出身于一个非常显赫的贵族家庭。她的祖上出现过一些历史上举足轻重的人物，欧洲半数国王都与她沾亲带故，西班牙的阿方索国王曾到她父亲的封地打猎，家族庄园遍布法国各地。放弃这么显赫高贵的身份，一定很不容易。凯蒂微笑地听着，这一番话给她留下了极为深刻的印象。

"另外，你只要看看她，"圣约瑟修女说道，"就能发现，如此端庄贤淑，自然是名门望族之后。"

"她有一双我从未见过的精致漂亮的手。"凯蒂说道。

"啊，但如果你知道她如何使用这双手的话，会觉得它们更加美丽。她并不害怕工作，是一位仁慈善良的好院长。"

刚来到这个城市的时候，她们什么都没有，她们建造了修道院，院长一手策划并全程监督了这项工作。她们一到这里，就开始从婴儿塔和接生婆残酷的手中拯救那些被遗弃的可怜小女孩。起初，她们没有可以睡觉的床，也没有用于遮风挡雨的玻璃窗户（"一切从零开始，"圣约瑟修女说，"情况真是糟糕透了。"）她们常常身无分文，付不起建筑工人的工钱，甚至连简单的食物都买不起。她们过着贫苦农民的生活，她是怎么说的来着？在法国，那些为她父亲工作的农民，会把他们吃的食物扔给猪吃。院长会把众修女聚集在她的周围，她们跪下来祈祷，圣母马利亚就会把钱送来。第二天就有人给她们邮寄来一千法郎；一个陌生人，抑或是一个英国人（也可以说是新教徒），甚至可能是一个中国人会敲开门，送给她们一份礼物，而彼时的她们正跪下做祈祷。一且陷入困境，她们就会虔诚地对着圣母许愿，如果她伸出援助之手，她们就会默诵一首《九日经》来表达对她的感激之情。

"你会相信吗？第二天，那个有趣的维丁顿先生就来看我们了，他说我们看起来好像都想要一盘上好的烤牛肉，于是给了我们一百美元。

"他是一个多么滑稽可笑的小男人！光秃秃的头顶，机警敏锐的小眼睛，特别幽默风趣。我的天啊，你不知道他是如何扼杀法语的，然而你却禁不住想要嘲笑他。他心情总是特别好，在这场可怕的瘟疫横行肆虐的日子里，他表现得仿佛是在享受悠闲的假期。他有一颗自由豪放的法国心，机智聪敏，除了口音，你几乎不会相信他是个英国人。但我认为他有时是故意不好好说来逗人开心的。当然，他的品行令人不敢恭维。可那毕竟是他的事，他是个年轻的单身汉。"

"他的品行怎么了？"凯蒂微笑着问道。

"你竟然不知道！我告诉你是一种罪过，我无权说这些话的。他和一个中国女人住在一起，严格地说，不是中国女人，而是满族人，一个格格，她似乎爱他爱到发狂。"

"这听起来太不可思议了。"凯蒂叫道。

"不，不，我向你保证，这一切都千真万确。他可真行，这还没完，还记得你第一次来修道院的时候，他不肯吃我特意做的玛德琳蛋糕，院长说他的胃口被满族菜给扰乱了吗？她指的就是这件事，你应该也看到他做鬼脸了。这是一个极具传奇色彩的故事。据说他在革命期间驻扎在汉口，当时正在屠杀满洲人，这个善良的维丁顿机缘巧合地救了那女孩一家的性命，他们是皇室的亲戚，这个女孩从此便死心塌地地爱上了他——好吧，接下来的事你完全可以想象得到。他离开汉口时，她就悄然离开了家，跟着他逃跑了，现在他走到哪儿她就会跟到哪儿，他只好养着她，可怜的家伙，我敢说他是很喜欢她的。这些满族女人有时候是相当迷人的。你看我满脑子都在想些什么，上千件的事情等着我去做，而我却坐在这里闲聊，我真不是一个合格的教徒，我为自己感到羞愧。"

52

凯蒂惊奇地感觉自己在不断地成长。忙碌的工作分散了她的注意力，而对其他生命和不同观点的接触和理解，唤醒了她的想象力。她开始重振精神，感觉神清气爽，身体也比以前更强壮了。她曾经一度以为自己除了哭泣，什么也做不了。但出乎意料的是，她竟丝毫没有感到迷茫和困惑。她发现自己比以前笑得更多了，对生活在这场可怕的瘟疫中似乎也习以为常了。她知道周围每天都有人死去，但这并没有让她感到惊慌失措，反而觉得轻松自如了不少。院长禁止她进入医务室和紧闭的那些门，这无疑激起了她的好奇心。她很想偷看一眼，但这样做肯定会被发现，她不知道院长发现之后会如何惩罚她，如果把她送走，那就太可怕了。她现在全身心地爱着这些孩子，如果她走了，孩子们会想念她的。事实上，她不知道如果她离开了，这些孩子将会怎么办。

她已经有一个星期没有想起查理·唐森了，也没有梦见过他。她的心突然兴奋地怦怦直跳，她的病好了，现在想起他时，心态也变得冷漠淡然、满不在乎了，她不再那么爱他了。哦，真是如释重负啊，这是一种重获自由的感觉！现在回想起来，她曾经是那么心醉神迷地渴望着他，真是走火入魔了。她以为被他辜负之后，她会绝望地死去，她以为从此以后生活只会给她带来痛苦，但现在她已经在微笑着面对一切了。迷恋上了一个毫无价值的生物，她亲手把自己变成一个十足的大傻瓜！现在，当静下心来重新认真地审视评估他时，她却不知道自己究竟看上了他什么。幸好维丁顿什么都不知道，她永远都无法忍受维丁顿那恶意的目光和含沙射影的讽刺。她终于自由了，终于自由了！她不禁放声大笑起来。

孩子们在玩着一些打闹嬉戏的游戏，她习惯在一旁静静地观看，表情异常陶醉，脸上不时流露出宽厚而仁慈的微笑。当她们大吵大闹时，她就赶紧制止，并且确保在喧哗吵闹中没有任何人受伤。现在，她精神抖擞，感觉自己和孩子们一样朝气蓬勃、充满活力，她也不由自主地加入了游戏。小姑娘们高兴地接纳了她，她们在房间里追来追去，放声尖叫，心中充满了无尽的快乐，甚至可以说是几近野蛮的欢快。她们变得异常兴奋，高兴得手舞足蹈，发出很大的噪音。

突然，门开了，院长站在门口。凯蒂感到异常尴尬，她从十几个小女孩的手里挣脱出来，她们疯狂地尖叫着抓住她不放手。

"你就是这样让这些孩子乖乖安静下来的吗？"院长问道，嘴角挂着一丝微笑。

"我们在玩游戏，院长，她们很兴奋。这是我的错，是我带头跟她们一起玩的。"

院长走上前来，孩子们像往常一样簇拥在她身边。她用手搂着她们瘦弱的肩膀，开玩笑地拉着她们的小耳朵。她用一种柔和的目光久久地注视着凯蒂，凯蒂满脸通红，呼吸急促，她水汪汪的大眼睛闪闪发光，美丽的秀发在刚才的挣扎和嬉笑中弄乱了，乱得可爱极了。

"你真漂亮，我的孩子。"院长说道，"光看着你就能让我心情大好，难怪这些孩子那么崇拜你。"

凯蒂顿时羞得面红耳赤，不知道为什么，她突然热泪盈眶，本能地用手捂住了脸。

"哦，院长，你让我感到万分羞愧。"

"过来，不要这么傻了，美也是上帝赐予你的礼物，是最稀有、最珍贵的礼物之一。如果我们能够幸福地拥有它，就应该心存感激；如果我们不幸福，那就让拥有它的人给我们带来快乐吧。"

院长又笑了笑，好像凯蒂是个孩子似的，轻轻地拍了拍凯蒂那柔软的脸蛋。

53

自从在修道院开始工作后，凯蒂就很少见到维丁顿了。有那么两三次，他到河边来接她，他们一起走回山上的平房，他会进屋喝一杯威士忌加苏打水，但很少留下来吃饭。然而，在一个星期日，他突然提议带上午餐，坐上轿子，到一个佛教寺院去。它坐落在离城市十英里远的地方，作为一个朝圣之地而小有名气。院长坚持让凯蒂每周必须休息一天，不让她在星期日工作，瓦尔特当然还是一如既往地每天忙碌着。

为了避开最热的正午时分，他们很早就出发了。他们坐在轿子上，穿过稻田之间的一条条狭窄的道路，不时经过一间间农舍，它们被竹林簇拥着，亲切友好地依偎在一起。凯蒂很享受这种悠闲的生活。在城市里待了这么久之后，看着周围广阔的乡村，她犹如一只飞出笼子的小鸟，心中充满了惬意。他们来到了寺院，一座座低矮的建筑沿着河岸零星散布着，一间间房屋笼罩在浓密的树荫下。满面笑容的僧侣们领着他们穿过一个又一个院子，院子里空荡荡的，给人一种庄严的空虚感，他们参观了几个寺庙殿堂，里面供奉着面相各异的神灵，坛上坐着一尊佛像，看上去遥远而悲伤，满含忧思，心不在焉，脸上挂着淡淡的微笑。到处弥漫着一种令人沮丧的气息。富丽堂皇的建筑都是粗制滥造的，几乎毁坏殆尽。神像上落满了灰尘，而创造它们的信仰也正在消失。僧侣们似乎都在忍受着，等待一个离开的通知。方丈彬彬有礼的微笑中流露着一种听天由命的讽刺意味。也许有一天，僧侣们就会离开这片阴凉宜人的树林，而那些摇摇欲坠、无人看管的建筑物，会被猛烈的暴风雨摧毁，被周围的大自然包围。野生的藤蔓会缠绕在雕像周围，庭院里会生长出郁郁葱葱的树木。那时，这里居住的将不再是神灵，取而代之的是黑暗的恶魔。

54

凯蒂和维丁顿坐在一座小亭的台阶上（亭子由四根漆柱支撑，高高的瓦顶下悬着一口黄铜大钟），望着河水蜿蜒曲折地缓缓流向这座灾难深重的城市。他们可以看到锯齿状的城墙，热气像棺材罩一样覆盖在城市的上空。这条河虽然流得很慢，但却始终有种流动的感觉，给人一种世事无常的忧郁感。当一切都在时间的车轮中随风飘散，曾经走过的道路，又会留下多少痕迹？在凯蒂看来，他们都是芸芸众生，就像那条河中的点点水滴，成群结队，相互簇拥着，不断向前奔流，彼此如此亲近，却又似乎隔了千山万水，像一股无名的洪流，涌向大海。在转瞬即逝的万事万物面前，一切都显得那么微不足道，但遗憾的是，人们似乎把无关紧要的事物看得太过重要，结果使自己和他人统统陷入了痛苦的深渊。

"你知道哈里顿·加顿斯那个地方吗？"她问维丁顿，漂亮的眼睛里流露出一丝微笑。

"不知道，为什么这么问呢？"

"没什么，只是它离这儿很远，我的家人就生活在那里。"

"你想过要回家吗？"

"没有。"

"我估计再用不了几个月你就可以离开这里了，这种流行病似乎在慢慢减弱，等天气凉爽些，一切应该就会结束。"

"我认为我几乎舍不得离开这里了。"

一瞬间，她想到了未来，不知道瓦尔特心里有什么打算，他什么也没有告诉她。他总是那么冷若冰霜、生疏客套、沉默不语，让人捉摸不透，她和瓦尔特就像这条河上的两个小水滴，静静地流向未知的远方。这两个小水滴，对他们自身而言，是那么独一无二又个性十足，而对旁观者来说，却只是水流中不可分辨的一部分。

"小心这些修女，别让她们给你洗脑了。"维丁顿说道，脸上挂着恶意的微笑。

"她们如此忙碌，却毫无怨言，真的是太伟大、太善良了。可是——我不知道该如何跟你解释——她们和我之间似乎隔着一堵墙，我不知道具体是什么，她们好像有一个秘密，这个秘密使她们的生活发生了翻天覆地的变化，而我却不配与她们分享。这不是信仰，而是某种更深刻、更有意义的东西。她们行走在一个完全不同的世界里，对她们来说，我们永远只是陌生人。每天，当修道院的门在我身后关上时，我就觉得，对她们来说，我已经不复存在了。"

"我可以理解，这对你的虚荣心是一种打击。"他幽默地打趣道。

"我的虚荣心？"凯蒂耸了耸肩，然后，又笑了笑，懒洋洋地转向他，"你为什么不告诉我，你和一个满族公主住在一起呢？"

"那些爱说闲话的老女人都跟你讲了些什么？我可以肯定地说，修女们谈论海关官员的私事是一种罪过。"

"你为什么这么敏感？"

维丁顿朝下瞥了一眼，斜着眼睛，流露出一种狡猾诡异的神态。他微微耸了耸肩。

"这没有什么好宣扬的，我不知道这是否会大大增加我在工作中晋升的机会。"

"你很喜欢她吗？"

这时他抬起头来，那张丑陋的小脸使他看上去像个顽皮的小学生。

"为了跟我在一起，她放弃了一切，包括家庭、家族、安全及自尊，到现在已经有好多年了，其间我曾把她送走过两三次，可她最终还是义无反顾地回到了我身边，我一度试图逃离她，但她总是形影不离地跟着我。现在我已经放弃这种徒劳的抵抗，跟她无止境地周旋实在不是什么好差事。我想我只能忍受她一辈子了。"

"她一定爱你爱到发狂。"

"这是一个惊心动魄的有趣故事，你知道的，"他皱起眉头，困惑地回答道，"我一点也不怀疑如果真的狠下心来离开她，她肯定会选择自杀，这并不是针对我的恶意报复，而是完全遵从她的内心，因为如果离开了我，她就不愿意继续生活下去了，知道这一点后，我心中五味杂陈，这种感觉非常奇怪，你一定能够体会得到。"

"但最重要的是爱，而不是被爱。一个人不会因为有人爱她而心存感激，如果她不爱他们，就只会感觉他们很厌烦。"

"我可没有被'她们'爱过，"他回答说，"只被'她'爱过。"

"她真的是公主吗？"

"不，那是修女们的浪漫夸张，她属于满族的一个大家族，但他们家族无疑已经被革命摧毁了，尽管如此，她仍然是一位非常伟大的女士。"说这话时，他带着一种自豪的口吻。凯蒂的眼睛里闪过一丝微笑。

"那你打算一辈子都待在这里吗？"

"中国吗？是的，她在别处又能做什么呢？退休后，我打算在北京买一间中国式的小房子，在那里度过余生。"

"你有孩子吗？"

"没有。"

她好奇地看着他。奇怪的是，这个长着一张猴子脸的秃顶小个子男人竟然会激起这个异域女人身上如此震撼人心的激情爱恋。尽管他的态度漫不经心，言语轻率鲁莽，但他谈起她时的样子，让人坚定地认为，在他心目中这个女人对他的爱强烈而独特，这让凯蒂多少有些困惑。

"去哈里顿·加顿斯似乎有很长的距离。"她微笑着说道。

"为什么这么说呢？"

"我什么都不懂，人生就是这么奇怪。我觉得自己就像一个一直生活在池塘边的人，突然间看到了大海，我有点猝不及防，一时间喘不过气来，但心中充满了无穷的快乐。我一点都不想死，我想继续活下去。我开始感到一种全新的勇气，仿佛自己是一个古老的航海探险家，随时准备扬帆起航，驶向未知的海域，我想我的灵魂渴望去探索未知世界。"

维丁顿若有所思地看着她。她出神地望着平静的河水。两个小水滴静静地，静静地流向了黑暗、永恒的大海。

"我可以去看看这位满族女士吗？"凯蒂突然抬起头来问道。

"她一句英语也不会说。"

"你对我那么好，为我做了那么多事，也许我可以用我的态度向她展示我对她的友好。"

维丁顿略带嘲讽地淡淡一笑，但他回答的语气却是欢快愉悦的。

"总有一天我会来接你去做客，她将亲手给你奉上一杯茉莉花茶。"

她不会告诉他，这个关于异族爱情的传奇故事从一开始就激起了她无尽的幻想。满族公主象征着一种模糊不清但坚定不移的精神，此刻她正站在那里向她招手示意，莫名其妙地将手指向了一个神秘的灵魂之乡。

55

一两天之后凯蒂有了一个意外的发现。

这天，她像往常一样来到修道院，开始做一天的第一件事，那就是给孩子们洗漱、穿衣服。由于修女们坚持认为夜间的空气是有害的，所以宿舍里弥漫着一股闷热和恶臭。在呼吸了一早上的新鲜空气之后，凯蒂总感觉这里有些不舒服，她通常都会赶紧把能打开的窗户全部打开通风透气。但是今天她突然感到一阵莫名的恶心难受、头昏眼花，她站在窗边，试图让自己平静下来。从来没有这么糟糕过，接着，胃里一阵翻江倒海，一股恶心感席卷而来，她不受控制地吐了出来，不禁叫出了声，孩子们都吓坏了。那个帮助她的大点的女孩跑了过来，看见凯蒂脸色惨白，浑身发抖，又惊叫着停了下来。霍乱！这个想法在凯蒂的脑海中一闪而过，顷刻间一股死亡的气息将她笼罩。她顿时胆战心惊，挣扎着试图从这种仿佛已经深入她血液的黑暗中挣脱出来，但无奈心有余而力不足。她感到异常难受，眼前一黑，便失去了知觉。

当再一次睁开眼睛时，她一时竟不知道自己身在何处。似乎是躺在地板上，她微微动了动头，以为下面有个枕头，脑子里一片空白，什么都想不起来了。院长跪在她身边，拿着嗅盐放在她鼻子前，圣约瑟修女站在那里看着她。这时，她突然回想起来了，霍乱！她看到修女们脸上流露出惊恐的神情，圣约瑟修女看上去显得那么高大，但她的轮廓却很模糊。恐惧又一次朝她席卷而来。

"噢，院长，院长。"她抽泣着，"我会死吗？我还不想死。"

"你当然不会死。"院长说道。

她很镇定，眼睛里甚至流露出一丝笑意。

"但这是霍乱，瓦尔特在哪儿？有人通知他了吗？噢，院长，院长。"

凯蒂突然号啕大哭起来，院长伸出了手，她紧紧抓住了院长的手，仿佛抓住了一棵救命稻草。

"好了，好了，我亲爱的孩子，你不要这么傻了，这根本不是霍乱，也非其他类似的疾病。"

"瓦尔特在哪儿？"

"你丈夫太忙了，就不要给他添麻烦了，用不了五分钟，你就会完全好起来的。"

凯蒂用那双疲惫不堪的眼睛注视着院长，为什么她能如此心平气和地看待这件事？太残忍了。

"安静地躺一会儿，"院长说道，"没什么好担心的。"

凯蒂觉得自己的心在疯狂乱跳。她对霍乱已经习惯了，似乎已经认定她不可能感染上。啊，她真是一个大傻瓜！知道自己快要死了，她早已吓得花容失色。姑娘们搬来一把长长的藤椅，放在窗边。

"来吧，让我们把你抬起来。"院长说道，"坐在躺椅上会更舒服些，你觉得自己能站起来吗？"

她把手放在凯蒂的胳膊下，圣约瑟修女扶着凯蒂站了起来，她筋疲力尽地倒在了藤椅里。

"我最好还是把窗户关上，"圣约瑟修女说道，"清晨的空气对她不好。"

"不，不，"凯蒂回应道，"请把它打开。"

看着蔚蓝的天空能够增加她战胜病魔的信心。她颤抖着，但可以肯定的是，她开始感觉有了明显的好转。两个修女默默地看了她一会儿，圣约瑟修女对院长说了些什么，但她完全听不懂。随后院长坐在椅子的一边，握住了她的手。

"听我说，我的孩子。"

院长问了她几个问题，凯蒂一一做了回答，却不知道她们到底是什么意思。她嘴唇颤抖，几乎说不出话来。

"这是毫无疑问的，"圣约瑟修女说道，"这种事情，十有八九是骗不了我的，我可以轻而易举地将它识破。"

圣约瑟修女轻轻地笑了一下，凯蒂似乎看出了她内心的激动和不小的惊喜。院长仍然握着凯蒂的手，温柔地微笑着。

"圣约瑟修女在这方面比我更有经验，亲爱的孩子，一看症状，她立刻就知道你是怎么回事了，显然她是完全正确的。"

"这是什么意思呢？"凯蒂焦急地问道。

"这是非常明显的，你难道从来没有想过这种事会发生在你身上吗？你怀孕了，亲爱的。"

凯蒂惊得四肢发软，从头到脚不受控制地摇晃起来，她双脚着地，浑身轻飘飘的，整个人似乎要腾空了。

"躺好，躺好。"院长说道。

凯蒂觉得自己的脸一下子涨红了，她把手放在胸口上。

"这是不可能的，这不是真的。"

"她在说什么？"圣约瑟修女问道。

院长翻译给她听，圣约瑟修女那宽厚朴实的脸上绽放出羞涩的笑容。

"不可能出错。我向你保证。"

"孩子，你结婚多久了？"院长问道，"为什么不可能呢？我嫂子结婚跟你这么长时间的时候，已经有两个孩子了。"

凯蒂瞬间瘫坐在了椅子上，心如死灰。

"我感到十分羞愧。"她低声说道。

"因为你要有孩子了吗？为什么，还有什么是比这更自然的事呢？"

"医生知道后不知道会有多高兴。"圣约瑟修女说道。

"是的，想想这对你丈夫来说，是一件多么幸福的事，他必定会欣喜若狂。你只要看看他和孩子们在一起的样子，看看他和孩子们玩耍时脸上的表情，就知道他是多么渴望拥有自己的孩子。"

凯蒂沉默了一会儿，两个修女带着浓厚的兴趣温柔地注视着她，院长抚摸着她的手。

"我真傻，以前竟然没想到。"凯蒂说道，"不管怎样，我很高兴这不是霍乱，我现在感觉好多了，马上就回去工作。"

"今天不行，我亲爱的孩子，你刚才受了惊吓，最好回家好好休息。"

"不，不，我宁愿留下来工作。"

"绝对不能继续工作，如果任凭你鲁莽行事，我们的好医生知道了会怎么说呢？如果你坚持想要工作的话，那就明天再来吧，后天也行，但今天你必须乖乖听话，我会派人去请轿子，需要我们找一个小姑娘跟你一起回去吗？"

"哦，不用了，我一个人就好。"

56

凯蒂躺在床上，百叶窗关着。午饭后，仆人们都去午睡了。早上发生的一切让她惊愕不已，如今铁打的事实已经摆在面前，她确实怀孕了。自从回家之后，她的脑子就一刻也没有消停过，一直在努力思考着。但任凭她想破脑袋，脑子里却始终是一片空白，她根本无法集中精力。突然，外面传来一阵脚步声，这是靴子的声音，所以不可能是男仆。她惊恐地喘了一口气，意识到那肯定是她的丈夫。瓦尔特走进了客厅，这时她听到有人在叫她，但她没有回应。沉默了一会儿之后，有人敲她的门。

"是谁？"

"我可以进来吗？"

凯蒂从床上坐起来，套上了一件睡袍。

"进来吧。"

瓦尔特走了进来，她庆幸百叶窗关着，阴影遮住了她的脸。

"希望没吵醒你，我刚才敲得很轻。"

"我一直没有睡着。"

他走到一扇窗户前，猛地打开了百叶窗，一束温暖的阳光瞬间射进了房间。

"什么事？"她问道，"怎么这么早就回来了？"

"修女们说你身体不太好，我想我最好过来看看发生了什么事。"

她心中闪过一丝愤怒。

"如果是霍乱，你会怎么说？"

"如果是你染上了霍乱，今天早上是肯定回不了家的。"

她走到梳妆台前，用梳子梳着她那瓦片似的头发。她想争取时间，于是便坐下来，点燃了一支烟。

"我今天早上不太舒服，院长认为我最好回来休息，但我觉得自己已经完全好了，明天就可以正常去修道院了。"

"你到底怎么了？"

"她们没告诉你吗？"

"没有，院长说必须让你亲自告诉我。"

此刻，他一改往日的冷漠疏离，直视着她的脸，他的职业本能似乎比个人本能更加强烈。她犹豫了片刻，然后强迫自己迎上他的目光。

"我怀孕了。"她说道。

她已经习惯了他不冷不热的沉默态度，即使她所说的是一些会令人惊讶不已的事，他也始终是那么无动于衷。但这次似乎比以往任何时候都令她感到震惊。他没说一句话，也没有做任何表态，他面无表情，不动声色，黑眼睛黯淡无光，没有任何情感变化能证明他已经听到了。她突然好想放声大哭，如果一个男人爱他的妻子，而他的妻子也爱他，那么在这样的时刻，他们一定会激动地紧紧拥抱在一起。然而此刻的沉默却令人无法忍受，她首先打破了僵局。

"我不知道为什么以前从来没有想到过这种情况，我真是太愚蠢了。但是，因为这样那样的事……"

"有多长时间了……大概什么时候分娩？"

这句话似乎是从他嘴里艰难地吐出来的，她觉得他的喉咙和她的一样干。令人心烦的是，她说话的时候嘴唇不由自主地颤抖着。如果他没那么铁石心肠的话，一定会对她心生怜悯之情。

"我想这种情况已经有两三个月了。"

"我是孩子的父亲吗？"

她略微喘了口气。他的声音听上去有些颤抖，他那可怕的自我控制力着实令人惊叹，这使得他哪怕是最微小的情感流露，也会让人感到心碎。不知道为什么，她突然想到了一件在香港见过的仪器，它的针头微微摆动着，有人告诉她，这代表着千里之外有一场地震，大概有一千人因此而丧生。她看着他，他的脸色苍白得可怕，这种苍白她曾在他脸上见到过一两次。他眼帘低垂，目光微微倾斜。

"是吗？"

她不由得握紧了双手。她知道如果她说孩子是他的，这对他来说就意味着拥有了世间的一切。他会相信她的，他当然会相信她，因为他愿意相信她。然后他就会原谅她，她知道他的温柔有多深沉，尽管他很害羞，但他是多么愿意用这份温柔去呵护她。

她知道他并没有报复心。只要她能给他一个原谅的借口、一个让他心动的借口，他就会彻底原谅他。她相信，他绝不会沉湎于过去，让她伤心难过。他也许残忍、冷酷又病态，但他绝非刻薄小气之人。如果她一口咬定孩子是他的，那么一切都会峰回路转、柳暗花明。

而且她现在迫切需要别人的同情，她意外得知自己怀孕后，心中充满了奇妙的希望和未知的欲望。她感到虚弱无力，又有点害怕，举目无亲，深感孤独无助。尽管不太关心自己的母亲，但那天早晨她却突然产生了一种想和母亲在一起的渴望。她需要别人的帮助和安慰。她不爱瓦尔特，她知道她永远也不可能爱上他，但这一刻，她发自内心地渴望他把她搂在怀里，因为这样她就可以把头靠在他的胸前，紧紧地抱着他，痛痛快快地大哭一场。她想让他用激情的吻将她融化，她想搂着他的脖子尽情放纵一回。

她开始哭泣，她曾经撒了那么多谎，再撒一个也很轻松。如果能够带来好处，再撒一次谎又有什么关系呢？谎言，谎言，什么是谎言？她可以轻而易举地瞒天过海。她看到瓦尔特的眼神也变得温柔了，手臂似乎也向她伸过来，但她说不出口，不知道为什么，她就是说不出口。在这痛苦的几个星期里，她所经历的一切——冷酷无情的查理，横行肆虐的霍乱，在生死边缘抗争的人们，纯朴善良的修女们，甚至还有那个幽默滑稽、嗜酒如命的维丁顿——似乎都在潜移默化地改变着她，让她像变了个人，完全不认识自己了。虽然她被深深地感动了，但灵魂里的某个旁观者仿佛在用恐怖和惊讶的目光注视着她，她必须说实话，似乎不值得撒谎。她的思绪离奇古怪地到处游荡，突然，她看见那个死去的乞丐正站在院墙墙角。她为什么会想到他？她没有哭，眼泪却不由自主地从那双大眼睛里涌了出来，顷刻间她已是泪流满面。最后她回答了这个问题，就是他问的，他是不是孩子的父亲。

"我不知道。"她说。

他发出了鬼魅般的轻笑声，这让凯蒂不寒而栗。

"这有点尴尬，不是吗？"

他的回答很有特点，完全在她的意料之中，但她的心还是猛地一沉。她不知道他是否意识到说出真相对她来说有多么困难（同时她也感觉这并没有想象的那么困难，却是不可避免的），以及他是否相信她说的是实话。她在脑子里反复琢磨着这句话——我不知道，我不知道。现在不可能再把它收回去了，她从包里拿出手帕擦干了眼泪，他们陷入了沉默。靠近她的床边有一个热水壶，他倒了一杯水，端着杯子让她喝。她这才注意到他的手有多瘦，那是一双拥有修长手指的纤细手臂，可现在却瘦得皮包骨头，还有点颤抖。他成功地控制住自己的脸，却终究还是被手出卖了。

"你不要介意我哭，"她说道，"这其实也没什么，只是眼睛里的水止不住地往外流。"

等她喝完了水，他把杯子放回去，然后坐在椅子上，点燃了一支烟。他轻轻叹了口气，曾经有一两次，她听到过这样的叹息声，这种声音总能触动她的心弦。他此刻正心不在焉地凝视着窗外，她静静地看着他，以前一直没有注意到，令她感到惊讶的是，在过去的几个星期里他竟然已瘦得如此可怕——太阳穴凹陷，脸上的骨头凸显出来，衣服松松垮垮地套在身上，仿佛是为一个身材高大的人做的。他脸上有零星的晒斑，泛着青色的苍白，看上去是那么筋疲力尽。他工作太辛苦，睡得又少，吃得也不多。尽管她自己已经深陷悲伤和不安之中，但她还是对他产生了同情之心，而她却不能为他做任何事情，这真是太残忍了。

他用手捂着额头，仿佛头痛似的。她感觉到，他的脑子里一定也在疯狂地推敲着这几个字——我不知道，我不知道。奇怪的是，这个多愁善感、冷漠腼腆的男人竟然对那么小的孩子流露出如此自然的深厚情感。而大多数男人甚至对自己的孩子都不太关心。但是在感动的同时，修女们又觉得有点好笑，她们对此津津乐道，不止一次地在她面前说起这件事。他对那些有趣的中国小孩子都能够如此疼爱怜惜，那他对自己的孩子又会是什么感觉呢？凯蒂咬紧嘴唇，以免自己再次哭出来。

他看了看表。

"恐怕我得回城里去了，今天还有很多事要做，你没事了吧？"

"哦，是的。别为我操心了。"

"我想你今晚最好不要等我了，我可能会很晚才回来，我会去上校那里弄点吃的。"

"那好吧。"

他站了起来。

"如果我是你，我今天就什么事都不做，凡事看开些，在我走之前，还需要什么帮助吗？"

"不用了，谢谢。我会没事的。"

他停了一会儿，似乎是犹豫不决，然后，突然拿起帽子，毅然决然地走出了房间，甚至连看都没看她一眼。听见他穿过了院子，她感到异常孤独，现在已经没有必要自我克制了，她情不自禁地哭了起来。

57

那天晚上，天气闷热。凯蒂坐在窗前，望着那座中国寺庙的神奇屋顶，它的轮廓在星光的映衬下显得昏暗模糊。这时，瓦尔特进来了。她的眼睛因哭泣而变得红肿，但她很淡定。尽管有那么多的烦心事，但也许是过于疲惫，她内心感到异常平静。

"我还以为你已经上床睡觉了呢。"瓦尔特进来时说道。

"我不困，我觉得坐起来更凉快，你吃晚饭了吗？"

"今晚吃的都是我喜欢的菜。"

他在狭长的房间里走来走去，她明白他有话要对她说，只是有些尴尬，不知如何开口，于是她便淡然地等着他下定决心。他突然开口说话。

"我一直在思考今天下午你跟我说过的话。我觉得，你离开这里会更好些。我已经和上校谈过了，他会派人护送你离开，你可以把女佣带走，你会很安全的。"

"我能去哪儿呢？"

"你可以去你母亲家。"

"你觉得她见到我会高兴吗？"

他停顿了片刻，犹豫不决，似乎在沉思。

"那你可以去香港。"

"我去那里做什么？"

"接下来的日子里，你需要悉心的关心和照顾，我觉得让你留在这里不公平。"

她脸上不禁掠过了一丝微笑，这笑容中不仅饱含着苦涩，还有一种坦诚相见的快乐。她快速瞥了他一眼，差点笑出声来。

"我不知道你为什么要这么担心我的身体健康。"

他走到窗前，站在那里望着外面的夜色，晴朗的天空中从未有过这么多的星星。

"这里不适合你这种情况的女人。"

她望着他，他身着单薄的衣服，脸色在黑暗中显得异常苍白。在他那俊美的侧影里，似乎有一种不祥的东西，但奇怪的是，在这一刻，她却丝毫不感到害怕。

"你当初坚持要我来这里的时候，是想让我在病毒中毁灭，是吗？"她突然问道。

他沉默了良久才开口回答，她还以为他会装作没听见。

"一开始有这种想法。"

她微微打了个寒战，因为这是他第一次承认自己的意图。但是她对他并没有怨恨，有的只是一种钦佩之情，还有一种淡淡的欣喜，这种感觉使她自己也吃了一惊。不知道为什么，她突然间想起了查理·唐森，在她看来，他就是一个可怜的大傻瓜。

"你冒的风险太大了。"她回答道，"依你敏感的心，我想知道如果我死了，你能否原谅你自己。"

"但你没有死，而且活得很好。"

"我这辈子从来没有感觉这么好过。"

她本能地听命于他的幽默，在经历了这么多之后，面对着眼前如此恐怖荒凉的场景，在这种荒唐的通奸行为上大做文章似乎有些不合时宜。当死神站在街角，像一个菜农挖土豆一样夺去无数无辜的生命时，关心这个人或那个人的身体曾经做过什么肮脏的事情似乎显得太过愚蠢。要是她能让他意识到如今的查理对她已经毫无意义，她甚至很难再回想起他的容貌，而且他的爱已经彻底从她的心中消失，那该有多好！因为她对查理已经毫无感情，那么她和他之前的种种行为也就失去了意义。她已经重新掌控了自己的内心，自己的身体曾经所经历的一切似乎也没那么重要了。她想对瓦尔特说："听着，你不觉得我们已经傻得够久了吗？我们像小孩子一样互相生闷气，为什么我们不能接吻或者成为彼此的朋友？尽管我们不是相爱的恋人，但我们没有理由不成为很好的朋友。"

他一动不动地站在那里，灯光将他那张毫无表情的脸映衬得更加苍白恐怖。曾经她对他不甚了解，如果她说错了话，他就会反唇相讥。她现在终于明白了，他之所以尖酸刻薄、锱铢必较，是为了保护他那颗极端敏感的心。如果他的感情受到伤害，他会第一时间迅速关闭自己的心门。有那么一瞬间，她对他的愚蠢行为感到愤怒。当然，最使他烦恼的是虚荣心受到了伤害，她隐约意识到，这是所有伤口中最难愈合的。奇怪的是，男人是如此重视妻子的忠诚，第一次跟查理私会时，她以为自己会感觉很不一样，会成为一个完全不同的女人，但她却惊讶地发现，激情过后的她似乎还和以前一模一样，只是从中感受到了更多的幸福和活力。她现在真希望她已经告诉瓦尔特孩子是他的，尽管这个谎言对她来说毫无意义，但这个保证对他来说是一种巨大的安慰。毕竟，这也许不是谎言。可笑的是，她心里似乎有什么东西在阻止她为自己曾经的错误开脱。男人可真傻啊！他们在生育中的作用是如此微不足道，女人挺着大肚子经历了妊娠期漫长的不安和痛苦，而男人却因为短暂的参与而提出这样荒谬的要求。这对他跟孩子之间的感情有什么影响呢？凯蒂的思绪又转到了她将要出生的孩子身上。她想这件事时，既不带任何情感，也不表现出母性的激情，只是单纯出于一种无聊的好奇心。

"我敢说你肯定想再好好考虑一下。"瓦尔特打破了长久的沉默。

"考虑什么呢？"

他微微转过身来，似乎很惊讶。

"你想什么时候出发？"

"可是我不想走。"

"为什么不想走呢？"

"我喜欢修道院的工作，这让我看到了自己身上的价值，我宁愿和你待得一样久。"

"我想我应该告诉你，依你目前的情况，可能更容易染上病毒。"

"我喜欢你这种周到缜密的办事风格。"她讽刺地笑了笑。

"你留下来该不是为了我吧？"

她犹豫了一下，他完全不知道，她内心深处充斥着的最强烈、最出人意料的情感，就是对他的怜悯和同情。

"你不爱我。我常常觉得我让你很反感。"

"我不认为你是那种为了几个古板的修女和一群中国小屁孩而自寻烦恼的人。"

她的嘴角浮现出一丝微笑。

"我认为，你在对我的判断方面犯了严重的错误，如果因此而看不起我，未免有些不太公平。你这个笨蛋，这根本不是我的错。"

"如果你决定留下来，你当然可以这么做。"

"对不起，我没能给你宽宏大量的机会，"她觉得对他严肃认真是一件相当困难的事，"事实上你说得很对，我留下来不仅是为了这些孤儿。你看，我处在一个特殊的位置，在这个世界上我没有一个可以投靠的人，我认识的人都认为我是个讨厌鬼，我知道没有人在乎我是死是活。"

他皱起眉头，但没有生气的意思。

"我们把事情搞得一团糟，不是吗？"他说道。

"你还想和我离婚吗？我想我已经不在乎了。"

"你必须知道带你来这里，我就已经宽恕了那个过错。"

"我不知道。你看，我还没有对不忠做过研究。离开这里的时候，我们要做什么？我们要继续住在一起吗？"

"哦，难道你不觉得我们可以让未来顺其自然吗？"

他声音嘶哑疲倦，死气沉沉的。

58

过了两三天，维丁顿来修道院接凯蒂（因为她坐立不安，所以很快就又开始工作了），带她去和女主人一起喝他承诺过的那杯茶。凯蒂在维丁顿家吃过不止一次饭。那是一座正方形的、装饰华丽的白色建筑，是海关为他们的官员建造的房子。他们吃饭的那间餐厅以及就座的那间客厅，都摆放着整齐而结实的家具。这些房子看上去有些像办公室，又有些像旅馆，没有一点家的感觉，你也就明白这些房子只不过是后来的住户随意逗留的地方。你永远也不会想到，神秘和浪漫的气氛正笼罩着楼上的某个房间。他们上了一段楼梯，维丁顿打开了一扇门，凯蒂走进一个空荡荡的大房间，墙壁刷成了白色，墙上挂着各种书法作品。在一张方桌旁，一把精雕细琢的黑木硬扶手椅上，坐着那个满族女人。当凯蒂和维丁顿走进来的时候，她站了起来，但没有往前走一步。

"她来了。"维丁顿说道，又用中文补充了几句，凯蒂和她握了握手。她穿着一件绣花长裙，身材苗条，比凯蒂要高一些。她上身套着一件淡绿色的绸夹袄，紧袖及腕，乌黑的头发上精心装饰着满族妇女的头巾。她脸上打了粉底，从眼睛到嘴巴都涂了厚厚的一层胭脂。眉毛刮成一条细细的黑线，嘴唇涂成了鲜红色。在这张脸上，她那略微倾斜的黑色大眼睛宛如黑玉之湖一样闪闪发光。与其说她是个女人，倒不如说她是一尊雕像。她的动作缓慢而自信，在凯蒂的印象中，她虽有点害羞，但却有着强烈的求知欲。当维丁顿谈到凯蒂时，她看着凯蒂点了两三次头。凯蒂注意到，她乳白色的双手纤细而修长，精致的指甲上涂满了指甲油。凯蒂觉得自己从来没有见过如此慵懒优雅而又可爱迷人的手，它们使人联想到人类世世代代、生生不息的培育和教养。

她说话不多，声音清脆悦耳，宛如果园里鸟儿的啁啾。维丁顿做了翻译，告诉凯蒂，她说很高兴见到她，问她多大年纪、生了几个孩子。他们在方桌旁的三把直背椅子上坐了下来，一个男仆端来几碗茶，颜色清淡，散发着浓浓的茉莉花香，这位满族女士递给凯蒂一盒绿色的香烟。除了桌子和椅子，房间里几乎没有什么其他的家具，一张宽大的草垫床上摆着一个绣花枕头和两个檀木柜子。

"她一天到晚都在干什么？"凯蒂问道。

"她画一点画，有时写一些诗，但大部分时间都是坐着。她也吸烟，但非常适度，这是幸运的，因为我的职责之一就是防止鸦片走私。"

"你抽烟吗？"凯蒂问道。

"很少，说实话，我更喜欢威士忌。"

房间里弥漫着一股淡淡的烟草味——并不令人感到不舒服，洋溢着一种奇特的异国情调。

"告诉她，我很遗憾不能和她说话，我相信我们彼此之间肯定有说不完的话。"

翻译成满文的时候，她迅速地瞥了凯蒂一眼，露出一丝会心的微笑。她穿着漂亮的衣服坐在那里，自信大方、毫不尴尬，给人留下了极其深刻的印象。从她浓妆艳抹的脸上，你可以看到那双眼睛敏锐机警、镇定自若，而又深不可测。她是那么不真实，就像一幅画，自带一种优雅，让凯蒂觉得自己似乎显得有些笨手笨脚。而凯蒂除对命运把她抛下的中国有些轻蔑的关注之外，什么也没做。换作是她，根本做不到这一切。突然之间，她似乎隐约感觉到一种遥远而神秘的东西，这里汇聚着东方的古老、黑暗和神秘。跟这个精致的女人身上她匆匆瞥见的理想和信念比起来，西方的理想和信念似乎显得那么粗俗。这是完全处在不同层面上的另一种截然不同的生活。令凯蒂感觉奇怪的是，看到这个优雅高贵的女人，她涂着脂粉的脸，她倾斜警惕的双眼，凯蒂觉得她所知道的日常世界的努力和痛苦有点滑稽可笑。那张彩色的面具后面似乎隐藏着一段丰富多彩、深刻玄奥、意义重大的隐秘经历，那双纤细而修长的手握着打开未解之谜的钥匙。

"她整天都在想些什么？"凯蒂问道。

"没什么。"维丁顿笑了笑。

"她很棒。告诉她我从来没有见过这么漂亮的手。我好奇她究竟看上你什么了。"

维丁顿微笑着把问题翻译过来。

"她说我很优秀。"

"好像一个女人爱上一个男人是因为他的美德。"凯蒂打趣道。

这个满族女人只笑过一次，那是在凯蒂为了活跃气氛对她戴的一只玉手镯表现出赞美和欣赏时，她把它摘下来，凯蒂试着戴了一下，发现尽管她的手已经足够小了，但手镯还是被卡在指关节处下不去，接着便传来满族女人一阵孩子般的爽朗笑声。她对维丁顿说了几句话，并叫来了女佣，嘱咐了几句，女佣马上就拿来了一双非常漂亮的满族鞋。

"她想把这双鞋子送给你，如果你能穿上的话。"维丁顿说道，"你会发现这是很好的卧室拖鞋。"

"我穿着正合适。"凯蒂心满意足地说道。但她注意到维丁顿脸上挂着淘气的微笑。

"她穿太大了吗？"她急忙问道。

"没问题。"

凯蒂笑了，维丁顿翻译的时候，满族女人和女佣也都笑了。

过了一会儿，凯蒂和维丁顿一起向山上走去，这时凯蒂转过身来，对他友好地笑了笑。

"你没有告诉我你对她有深厚的感情。"

"你凭什么这样认为？"

"我从你的眼睛里看到了。这很奇怪，似乎是喜欢上了一个幽灵或一个梦。男人心海底针，我以为你和其他男人一样，但现在我觉得我一点也不了解你。"

当他们走到平房时，他突然开口问她。

"你为什么要见她？"

凯蒂迟疑了一会儿才回答。

"我在寻找一些东西，我也不太清楚具体是什么。但我知道，弄清楚这件事对我来说非常重要，如果我找到了，一切都将迥然不同。也许修女们知道，当我和她们在一起的时候，我觉得她们有一个不愿与我分享的秘密。不知道为什么，我总觉得如果我看到这个满族妇女，应该可以从她身上得到一些启发，对我正在寻找的东西有所帮助。如果情况允许的话，她或许会告诉我。"

"你凭什么认为她知道？"

凯蒂斜眼瞟了他一眼，没有回答，反而将问题抛给了他。

"你是否知道呢？"

他微微一笑，耸了耸肩。

"我们有些人在鸦片中寻找出路，有些人在上帝那里寻找出路，有些人在威士忌中寻找出路，还有些人在爱情中寻找出路。同一条路，却通向不同的方向。"

59

　　凯蒂的生活又回归了正轨，每天照例在日常工作中奔波忙碌。虽然一大早仍然会觉得很不舒服，但她还是打起了精神，没有因此心慌意乱。修女们对她的关注和兴趣让她深感惊讶——曾经的她们在走廊里碰到她，只会客套地打个招呼，而现在她们会找一个站不住脚的理由，走进她的房间，如同一群天真可爱的孩子，兴奋地望着她，缠着她聊天。圣约瑟修女在她面前反复重复着她在过去的几天里一直对自己说的"我现在想知道"或者"我不应该感到惊讶"之类的话，然后，凯蒂晕倒之后她又说："毫无疑问，这是显而易见的。"她给凯蒂讲了一大堆她嫂子生孩子的故事，要不是凯蒂有着很强的幽默感，这些故事还真有点吓人呢。圣约瑟修女以一种愉快的方式将她成长过程中的现实场景（一条河流蜿蜒曲折地穿过她父亲农场的草地，河岸上的白杨树在微风中轻轻摇曳）与她所熟悉且痴迷的宗教事物结合起来。有一天，她坚定地认为一个异教徒对这些事情一无所知，便给凯蒂讲述了天使报喜的故事。

　　"每次读到《圣经》中的那些诗句时，我都会潸然泪下。"她说道，"我也不知道为什么，但它确实给了我一种很奇异的感觉。"

　　接着，她便用法语，用一种凯蒂听起来陌生但精确又冰冷的字眼引用道："天使向她走来，对她说，上天普降恩惠，圣主与你同在，你是苦难人间芸芸众生中的有福之人。"

　　生命诞生的神奇奥秘在修道院里悄然流传着，就像一阵微风在果园里的白花间嬉戏。凯蒂怀孕的消息使那些不育的妇女感到焦虑不安、兴奋不已。她现在有点害怕她们，也成为她们关注的焦点。她们用健全的常识来看待她的身体状况，因为她们都是农民或渔夫的女儿，但她们天真烂漫的心里却怀着一种敬畏。一想到她拖着笨重的身体，她们就感到非常忧虑，但心中充满了喜悦，表现得异常兴奋。圣约瑟修女告诉她，她们每天都会为她祈祷。圣马丁修女说，可惜她不是天主教徒，但是院长却责备她说，即使一个人是新教徒、信奉上帝，照样可以做一个好女人——一个勇敢的女人会以某种方式妥善安排这一切。

面对众人饶有兴趣的关注，凯蒂觉得既感动又好笑。但当发现向来圣洁而严肃的院长也对她百依百顺时，她感到非常惊讶。她对凯蒂一直都很好，但总感觉有些若即若离。现在她竟然表现出一种慈母般的柔情，声音里多了一种新奇和温柔，眼睛里突然闪现出一种顽皮的神情，仿佛凯蒂是一个做了一件聪明且有趣的事情的孩子。这是一种奇怪的感动，她的灵魂就像平静的灰色大海上汹涌奔波的海浪，那种庄严的伟大令人心生敬畏。突然，一缕阳光使一切变得机敏、友好而欢快。现在，一到晚上，她通常会过来和凯蒂坐一坐。

"我的孩子，我得留心，你可别把自己累坏了。"院长说道，给自己找了一个极易被识破的借口，"否则费恩医生永远都不会原谅我。呵，这英国人的自制力！他内心肯定是欣喜若狂的，可当你跟他谈起这件事时，他的脸色却变得那么苍白。"

院长拉着凯蒂的手，亲切地拍了拍。

"费恩医生告诉我，他希望你离开，但你不肯，因为你舍不得离开我们。你真的是太好了，我亲爱的孩子，我想让你知道，我们非常感谢你对我们的帮助。但我觉得你也不忍心丢下他一个人，这样更好些，因为你就在他身边，他需要你。啊，如果没有你丈夫这么出类拔萃的人，我真不知道我们该怎么办。"

"想到他能为你们做那么多事，我心里真的特别开心。"凯蒂说道。

"你必须全心全意地爱他，亲爱的，他是个圣人。"

凯蒂笑了笑，在心里叹了口气。现在她能为瓦尔特做的只有一件事，而她却不知道该如何去做。她希望他可以原谅她，不再是为了她，而是为了他自己。因为她觉得，只有这样，他才能获得内心的平静。如果他怀疑她这样做的出发点是为他好而不是为了她自己，那么，他那顽固的虚荣心就会促使他不惜一切代价拒绝她的请求（奇怪的是，这回他的虚荣心并没有激怒她，这反而让她觉得更加对不起他）。唯一的机会是，发生一些意想不到的事，让他失去警惕、措手不及。她以为他会接受一种使他摆脱怨恨噩梦的情绪发泄，但在那可悲的愚蠢中，当这种情绪来临时，他就会绷紧神经，竭尽全力将其压制住。

人在一个充满痛苦的世界上只停留这么短的时间，却要这样残忍地折磨自己，这难道不是很可怜吗？

60

尽管院长和凯蒂之间的谈话总共不超过三四次，其中一两次还不到十分钟，但她给凯蒂留下了极为深刻的印象。她的性格就像一片国土，乍一看似乎宏伟辽阔，但并不适合居住。你很快就会发现，在那雄伟山脉的褶皱中，果树环绕着温馨的小村庄，河流温柔地穿过茂盛的草地。这些舒适的场景，虽然让你感到惊讶，甚至安心，但当它们出现在黄土高坡或者大风肆虐的地区时，却无法让你体会到家的感觉。要和院长亲近是不可能的，她身上有一种超然的气质，尽管这种气质也可以在其他修女身上看到，甚至性情温和、开朗健谈的圣约瑟修女也不例外，但凯蒂觉得和院长在一起时，有一道非常明显的屏障，让人产生一种奇怪的感觉，似乎有些害怕，但充满尊敬。她和你住在同一个星球上，同样处理凡尘琐事，却明显地生活在一个你无法到达的层面上。她曾经对凯蒂说："一个宗教徒仅仅不断地跟着耶稣祈祷是不够的，她自己应该是一个独立的祈祷者。"

尽管她的谈话内容与宗教信仰交织在一起，但凯蒂觉得这对她来说是极其自然的事，而且她也没有试图去影响她这个异教徒。令凯蒂感觉奇怪的是，院长心中根深蒂固的慈善意识，应该满足于让凯蒂处于一种在她看来罪恶的无知状态。

一天晚上，她们又坐在了一起。白天越来越短了，傍晚柔和的光线使人感到身心愉悦，但又感觉到些许忧郁。院长看上去很疲惫，脸上写满了悲伤，脸色异常憔悴而苍白，她那双美丽的黑眼睛失去了往日的光芒。也许是过于疲劳的缘故，她表现出一种罕见的自信。

"这是令我难忘的一天，孩子，"院长说着，将思绪从漫长的沉思中拉了回来，"因为这是我最终决定进入宗教的周年纪念日，两年来我一直在思考这件事，但因恐惧这一使命而备受煎熬，因为我害怕自己的灵魂会被这个世界重新抓获。但那天早上，我发誓，要在天黑之前把内心的愿望告诉亲爱的母亲。领了圣餐之后，我祈求上帝赐予我心灵的宁静。当我心如止水，不再渴望它的时候，我似乎得到了答案。"

院长似乎沉浸在对过去的回忆中。

"那一天，我的一个朋友，威尔诺夫人，没有告诉任何亲人就去了卡梅尔修道院。她知道他们反对她走这一步，但她是个寡妇，认为自己有权做自己想做的事。我的一位表姐去跟这位避世者告别了，直到晚上才回来，她深受感动。我还没有跟母亲说过这件事，一想到要把我的想法告诉她，我就浑身发抖，然而我希望遵守我在领圣餐时许下的诺言，于是我向这位表姐请教了各种各样的问题。我的母亲当时似乎正全神贯注于她的挂毯，一句话也没有说。当我准备摊牌的时候，我在心里不断告诉自己，如果打算今天说，就一分钟也不能耽误。

"奇怪的是，当时的情景竟如此深刻地印在我的脑海中。我们围坐在一张铺着红布的圆桌旁，在一盏绿色台灯下面工作，两个表姐和我们住在一起，我们都在忙着，准备给客厅里的椅子换上崭新的罩毯。想象一下，从路易十四时代它们被买回来之后，就再也没有翻新过，看上去颜色褪尽、破旧不堪，母亲说这是一种耻辱。

"我试图组织语言，但嘴唇似乎不听使唤。沉默了几分钟之后，母亲突然开口说话：'我实在不理解你朋友的行为，我不喜欢她这样一声不吭就离开所有爱她的人，这种夸张的做法，我实在无法接受。一个有教养的女人不会做任何让人议论她的事。如果有一天你也打算离开，让我们深陷巨大的悲痛，我希望你不要像犯了罪似的逃走。'

"到了该说话的时候了，但是我太过软弱，只能说：'啊，妈

妈，您放心吧，我没有那胆子。'

"母亲没有回答，我非常后悔，因为我没敢跟她表明我的心迹。我仿佛听到了上帝对圣彼得说：'彼得，你爱我吗？'啊，我是多么软弱，多么忘恩负义啊！我爱我的舒适安逸，爱我的生活方式，爱我的家庭以及我的消遣娱乐。我迷失在这些痛苦的想法之中，过了一会儿，似乎谈话还没有被打断，母亲对我说：'可是，我的奥黛特，我不相信你会一事无成地死去。'

"我仍然沉浸在自己的焦虑和反思中，而我的表姐们永远不会知道我当时的心脏跳动得有多厉害，她们还在静静地工作。突然，我的母亲，让她的罩毯滑落在地上，专注地看着我，说：'啊，我亲爱的孩子，我非常肯定，你也很想出家修行，当一名修女。'

"'你是认真的吗，我的好妈妈？'我回答道，'你道破了我内心深处的真实想法和愿望。'

"'是啊，'我的表姐们叫道，不等我把话说完，'这两年来奥黛特一心都想着这件事，但是姨母你是不会允许她这样做的，你一定不会同意的。'

"'我亲爱的孩子们，如果这是上帝的旨意，我们有什么权利拒绝呢？'我的母亲说道。

"我的表姐们想拿这次谈话开个玩笑，问我打算如何处理属于我的那些小东西，并为谁应该拥有这个、谁应该拥有那个而兴高采烈地争吵起来。但这最初的欢乐时光只持续了一小会儿，我们就都哭了起来，接着，我们听到父亲上楼的声音。"

院长停顿了一会儿，叹了口气。

"这对我父亲来说非常艰难，我是他唯一的女儿，男人对女儿的感情往往比对儿子的感情更深些。"

"有一颗虔诚之心是一种很大的不幸。"凯蒂笑着说道。

"若能把这颗心奉献给耶稣基督的爱，也是一种莫大的幸运。"

就在这时，一个小女孩自信地走到院长面前，并把她不知怎么弄到手的一个奇怪的玩具拿给她看。院长把她那双美丽纤细的手搭在孩子的肩上，将她揽入怀中。看到她的笑容是那么甜美，却又那么镇定自若，凯蒂内心涌起了一阵莫名的感动。

"看到所有的孤儿如此崇拜敬重你，这种感觉真的是太奇妙了，院长，"凯蒂说道，"我想，如果我能被激发出如此伟大的献身精神，我一定会感到非常自豪。"

院长又一次露出了她那美丽而超然的微笑。

"赢得人心的方法只有一个，那就是让自己变成那个值得被别人爱的人。"

61

那天傍晚，瓦尔特没有回来吃晚饭。凯蒂等了他一会儿，因为每次他在城里耽搁的时候，都会设法给她捎个信来。最后她坐了下来，看着桌上那么多菜，只是应付地吃了几口。中国厨师为了讲究礼节，不顾瘟疫和食物供给的困难，总是把许多菜摆在她面前。然后，她躺进敞开的窗户旁边的藤椅上，沉浸在繁星点点的夜空之美中，夜晚的寂静让她疲惫的身心得到了短暂的休息。

她没有拿本书来读，她的思绪飘浮在大脑的表面，就像一朵朵白云倒映在平静的湖面上。她太累了，无法专注于其中的任何一个想法，只能漫无目的地跟随着，被吸引进随之而来的思绪里。迷迷糊糊中，她隐约想到自己同修女们谈话时给她们留下的种种印象，这对她到底有什么意义。奇怪的是，虽然她们的生活方式如此深深地打动着她，但导致这种生活方式的信仰，她却丝毫不为所动。她想象不出自己会被这种信仰的狂热所俘虏。她轻轻地叹了口气，如果那道巨大的白光能照亮她的灵魂，也许一切都会变得容易一些。有那么一两次，她真想把自己的不幸遭遇和前因后果都告诉院长，但她不敢，她不能忍受这个严肃的女人对她有不好的看法。在她看来，她的所作所为必然是一种严重的罪过。奇怪的是，她自己并不觉得这件事有多邪恶，更多的是看到了它的愚蠢和丑陋。

也许是由于自身的愚笨，凯蒂认为她与查理之间的关系是令人懊悔的，甚至是触目惊心的，她应该把他彻底忘掉，而不是后悔自责。这就像是在晚会上犯了愚蠢的错误，却没有可以补救的办法，这是非常难堪的。一想到查理那魁梧的身躯，她就不寒而栗。他的下巴宽厚，他站着的时候总是挺起胸膛，这样看起来才不会有大肚子。他那多血质的特质表现在他的红色小血管上，这些血管很快就会在他的红润脸颊上形成一张网。她曾经非常喜欢他那浓密的眉毛，但现在她却从中看到了一种兽性和令人厌恶的东西。

而未来呢？奇怪的是，她竟对此无动于衷，她根本看不透这件事。也许孩子一出生她就死了，她的妹妹多丽丝比她强壮很多，但差点因为难产而死（她尽到了自己的责任，生了一个新的准男爵爵位继承人。凯蒂想到母亲那得意的样子，不禁笑了）。如果未来如此渺茫，那就意味着也许她永远看不到未来。瓦尔特很可能会请她母亲照顾孩子，如果孩子能活下来的话。她很了解他，可以肯定的是，不管孩子的生父是谁，他都会加以善待。瓦尔特在任何情况下都值得信赖，他的行为举止令人钦佩。可惜的是，他有那么多伟大的品质，那么大公无私，那么出类拔萃，那么聪明伶俐，那么多愁善感，但却是那么不讨人喜欢。她现在一点都不害怕他，只是觉得对不起他，同时又不禁感觉他有点荒唐。用情太深，让他变得异常脆弱。她有一种感觉，在某个时候，以某种方式，她可以利用这一点诱导他原谅她。这种想法一直在她脑海中萦绕，只有这样他才能获得内心的平静，她才有可能补偿给他造成的伤痛。可惜他没有那么强烈的幽默感，她可以想象得到，有一天他俩会坐在一起，嘲笑他们曾经折磨彼此的方式。

她感觉累了，便拿着灯进了自己的房间，脱掉衣服，躺到床上，很快就进入了梦乡。

62

她被一阵响亮的敲门声吵醒了。起初，这声音与她被唤醒时的梦境交织在一起，她一时间无法将它与现实联系起来。敲门声还在继续，她这才意识到一定是院子里的大门在响。外面黑乎乎的，伸手不见五指，她拿出手表，借着指针上的磷光看了看，已经凌晨两点半了。一定是瓦尔特回来了——他回来得太晚了——怎么也叫不醒仆人。敲门声还在继续，一阵比一阵急促，在寂静的夜里，这突如其来的声音着实令人胆战心惊。敲门声突然停了下来，她听见沉重的门闩被人拉开了。瓦尔特从来没有这么晚回来过。可怜的家伙，他一定累坏了！她希望他能理智一点，直接上床睡觉，而不是像往常一样继续去他的实验室工作。

随着一阵嘈杂的说话声，人们走进了院子。这似乎有些不同寻常，因为瓦尔特如果回来得很晚，为了不打扰她，他会尽可能地保持安静。有两三个人飞快地跑上木台阶，走进隔壁的房间。凯蒂有点惊慌失措，在她的内心深处，总是害怕当地人制造排外暴乱。发生什么事了吗？她的心跳开始加速。但是，她还没来得及理清模糊的思绪，已经有人穿过房间，敲了敲她的门。

"费恩太太。"

她听出是维丁顿的声音。

"发生什么事了吗？"

"你马上起来好吗？我有话要对你说。"

她站起身来，穿上睡衣，拉开门闩，打开了门。她的目光落在了维丁顿身上，他穿着一条中国式的裤子和一件绸缎大衣，仆人拿着一盏马灯，再往后一点，站着三个穿卡其布衣服的中国士兵。她看到维丁顿脸上惊恐的表情，吓了一跳。他的头发乱蓬蓬的，就像是刚从被窝里钻出来一样。

"怎么了？"她喘着气问。

"你必须保持冷静，一刻也不能耽误，赶紧穿上你的衣服，马上跟我走。"

"但到底怎么回事呢？城里发生什么事了吗？"

一看到那些士兵，她立刻就想到可能是发生了暴乱，他们是来保护她的。

"你丈夫生病了，我们带你立刻赶过去。"

"瓦尔特吗？"她顷刻间泪如雨下。

"你不要难过，我也不确定到底是怎么回事，上校派这几位军官来见我，要我立刻带你到衙门去。"

凯蒂盯着他看了一会儿，心里顿时一阵冰凉，然后她转过身去。

"我两分钟就准备好了。"

"我什么都没准备就直接过来了，"他回答道，"他们来的时候，我正在睡觉，匆忙穿了一件外套，随便套了一双鞋。"

她没有听他的话，借着星光，她随手拿起一件衣服穿在身上。她突然变得笨手笨脚，双手不听使唤，似乎花了很长时间才摸索着扣好了裙子上的小扣子。她随手将一条通常在晚上穿的粤式披肩裹在肩上。

"我还没戴帽子呢，没必要戴，是吧？"

"没必要。"

仆人把灯笼举在他们前面，他们匆匆下了台阶，出了院子的门。

"小心，别摔倒了。"维丁顿说道，"你最好抓住我的胳膊。"

士兵们紧紧地跟在他们身后。

"上校送来了轿子，在河对岸等着呢。"

他们快步走下了山坡，凯蒂的嘴唇不住地颤抖着，她无法问出心中的那个问题，害怕听到致命的答案。他们来到河岸上，船头有一线亮光，一只舢板正等着他们。

"是霍乱吗？"她问道。

"恐怕是这样的。"

她惊叫了一声，突然停了下来。

"我觉得你应该以最快的速度赶过去。"

他伸手扶她上了船。这段航程很短，河水几乎是静止不动的。他们一群人站在船头，一个身背孩子的女人用一只桨划动着舢板。

"今天下午，确切地说，是昨天下午，他病了。"维丁顿说道。

"为什么不马上叫我来？"

虽然没有任何理由，但他们还是嘀咕着。黑暗中，凯蒂只能感觉到同伴们强烈的焦虑情绪。

"上校想去接你，但瓦尔特不让，上校一直和他在一起。"

"尽管如此，他还是应该叫我来的，真是太狠心了。"

"你丈夫知道你从未见过任何人感染霍乱，这是一个可怕的、令人厌恶的场景，他不想让你看到。"

"可他毕竟是我丈夫。"她哽咽道。

维丁顿没有回答。

"为什么现在允许我来？"

维丁顿把手搭在她的胳膊上。

"亲爱的，你一定要勇敢，你必须做好最坏的打算。"

她痛苦地哀号了一声，把脸转过去一点，因为她看到那三个中国兵正望着她，她突然奇怪地瞥了一眼他们的眼白。

"他快死了吗？"

"我只知道上校给那个来接我的军官留的口信。据我判断，情况已经开始恶化了。"

"一点希望都没有了吗？"

"非常抱歉，我担心如果我们不能尽快赶到那里，可能会见不到他最后一面。"

她打了个寒战，眼泪顺着她的脸颊不住地往下流。

"你知道，他一直在透支自己的身体，根本没有足够的抵抗力去战胜病魔。"

她恼怒地挣脱了他的胳膊，听到他那低沉而痛苦的说话声，她心中感到莫名的烦躁。

他们到了岸边，站在岸上的两个中国苦力扶她上了岸，轿夫们已经在那里等着他们。当她坐进去之后，维丁顿对她说："控制住你的情绪，振作起来，你需要勇敢面对即将到来的一切。"

"叫轿夫们赶快走。"

"他们接到命令，要走得越快越好。"

军官已经坐上了轿子，过去时，他大声招呼凯蒂的轿夫们，他们灵巧地抬起轿子，把轿杠搭在肩上，快步出发了。维丁顿紧跟其后。他们小跑着上了山，不同的人提着灯笼走在每一顶轿子的前面。守城门的人拿着火把站在那里。当他们走近时，军官对他喊了一声，大门的一边猛地被打开，他们快步走了过去。当他们经过大门时，守门人突然发出了一声吆喝，轿夫们也跟着回应了一声。在夜深人静的时候，用一种奇怪的语言发出诡异的喉音确实让人感到神秘而震惊。他们在巷子里潮湿光滑的鹅卵石路上蹒跚前行，军官的一个轿夫不慎绊了一跤，凯蒂听到军官因生气而突然爆发的喊叫声，以及轿夫尖锐的辩驳声，接着前面的轿夫们又开始匆匆往前赶路。道路狭窄曲折，此刻的城市，漫天漆黑，夜色深沉，弥漫着一股浓浓的死亡气息。他们匆忙穿过了一条窄巷，拐了一个弯，然后小跑着上了一段台阶。轿夫们开始大口大口地喘气，在一片寂静中，他们迈着大大的步子快速向前行走。一个轿夫掏出一块破手帕，一面走，一面迅速擦去额头上滚落下来的汗珠，以免它们流进眼睛里遮挡了视线。他们绕来绕去，好像是在一个迷宫里飞奔。店铺的门紧紧关闭着，周围的阴影里有时会躺着一个人，但你不知道他是黎明就会醒来呢，还是已经永远沉睡过去。狭窄的街道在寂静空旷中如同幽灵一般。突然，一只狗开始疯狂地叫，这使本就在痛苦中煎熬的凯蒂更加胆战心惊。她不知道自己身在何处，这条路似乎没有尽头。他们能不能再快一点？再快一点，再快一点。时间在一分一秒地流逝，耽误一分钟就可能为时已晚。

63

突然，他们沿着一堵秃秃的墙走到一个大门口，两边有岗亭，轿夫放下轿子。维丁顿匆匆走向凯蒂，她已经跳了出来，军官一边使劲敲着门，一边大声叫喊，一个边门随即被打开，他们进入了一个宽敞的庭院。在悬垂的屋檐下，裹着毯子的士兵们簇拥着躺在一起，靠着墙挤成了一团。他们在这里停留了片刻，军官正在和一个可能是站岗军士的人说话，他转过身来，对维丁顿说了些什么。

"他还活着。"维丁顿低声说道，"走路小心点。"

提着灯笼的人走在前面，他们穿过庭院，上了几级台阶，通过一扇大门，然后下到另一个宽阔的庭院里。庭院的一边是一间长卧室，里面点着灯。灯光透过宣纸，勾勒出花格的轮廓。那两个提灯笼的人领着他们穿过院子，向那间卧室走去。军官敲了敲门，门立刻被打开了，他看了凯蒂一眼，往后退了几步。

"进来吧。"维丁顿说。

这是一个低矮的长形房间，烟雾缭绕的灯光让昏暗的屋子显得更加阴森凄凉，给人一种不祥的预感。三四个勤务兵站在附近，门对面靠墙有一张简陋的床，上面赫然躺着一个人，身上裹着一条毯子，缩成一团，一个军官一动不动地站在床边。

凯蒂迅速扑了过去，趴在床边，瓦尔特躺在那里，闭着眼睛，在昏暗的灯光下，他一动不动地躺在那里，脸色铁青，面如死灰。

"瓦尔特，瓦尔特。"她喘着气绝望地呼喊着，低沉的声音中充满了恐惧。

床上的身体微微动了一下，或者说是灯光照出的影子轻轻晃了一下，动作是如此轻微，就像一缕微风，你毫无察觉，却在一瞬间搅乱了平静的水面。

"瓦尔特，瓦尔特，跟我说话。"

他缓慢地睁开了双眼，似乎费了九牛二虎之力才抬起那沉重的眼皮，但没有看她。他盯着离他的脸几英寸远的墙壁，开口说话了。他的声音很低，听上去虚弱无力，但他的脸上带着一丝笑意。

"这真是糟糕透了。"他说道。

凯蒂不敢呼吸，他没有再发出任何声音，也没有再做任何手势，但他的眼睛，那双乌黑冰冷的眼睛（似乎看到了什么神秘的东西）直勾勾地盯着粉刷过的墙面。凯蒂站了起来，她用憔悴的目光注视着站在那里的军官。

"肯定可以做点什么的，你总不能一直站在那里什么都不做吧？"

她双手合十，维丁顿跟站在床边的军官说了几句话。

"恐怕他们已经尽力了，团里的外科医生一直在给他治疗，你丈夫训练了他，他已经做了你丈夫教他的一切。"

"这就是那个外科医生吗？"

"不，那是上校，他从来没离开过你丈夫。"

凯蒂心烦意乱地瞟了他一眼，只见他身材高大，体格健壮，穿着卡其布制服，看上去非常局促不安。他目不转睛地盯着瓦尔特，她发现他的眼睛里翻滚着湿润的泪水，这让她很是心痛。为什么那个黄皮肤的人会热泪盈眶呢？这让她很是恼火。

"什么都做不了，真是太可怕了。"

"至少他不再那么痛苦了。"维丁顿说道。

她又一次伏在丈夫身上，他那双呆滞的眼睛仍然在茫然地盯着面前空白的墙壁。不知道他是否看得见，也不清楚他能否听得到，她把嘴唇贴近他的耳朵。

"瓦尔特，我们还能做点什么吗？"

她想，一定有什么药可以扭转他生命的可怕衰退。现在她的眼睛已经适应了屋内昏暗的光线，她惊恐地看到他的脸已经陷了下去，她几乎认不出了。简直无法想象，短短几个小时的时间，他竟像是变了一个人，甚至完全没有了人的样子，看上去像死了一般。

她觉得他似乎想要开口说话，便把耳朵凑近了。

"不要大惊小怪，我经历了一段艰难的旅程，但现在一切都好了。"

凯蒂等了一会儿，但他没再说话。他一动不动的样子让她心如刀绞、痛苦不堪。他如此安静地躺在那里，气息奄奄，让人不寒而栗。他似乎已经做好了入土为安的准备。这时有人走上前来，可能是外科医生或者裹伤员，他向凯蒂做了个手势，示意她挪到旁边去。他俯下身用一块肮脏的破布沾湿了瓦尔特的嘴唇。凯蒂又一次站了起来，绝望地转向了维丁顿。

"一点希望都没有了吗？"她低声问道。

他摇了摇头。

"他还能活多久？"

"谁也说不清。也许一个小时。"

凯蒂环视了一下空荡荡的房间，她的目光停留在了上校那魁梧的身躯上。

"我能和他单独待一会儿吗？"她问道，"只需要一分钟。"

"当然可以，只要你愿意。"

维丁顿走到上校身边，跟他说了几句话，上校微微鞠了一躬，然后低声下了一道命令。

"我们在台阶上等着。"他们列队走出去之后，维丁顿说道，"待会儿你只要叫一声就行了。"

现在，这一令人难以置信的事实已经淹没了她的意识，犹如药物在她的血管里翻腾奔涌。意识到瓦尔特马上就要死了，她心里只有一个念头，那就是把毒化他灵魂的怨恨从他的内心深处抽离出来，使他可以放下沉重的思想包袱，走得更轻松容易一些。

她觉得如果在临死之前，他能不计前嫌，与她握手言和，那么，他也许就可以放下执念，放过他自己，在平静中安然离去。她现在没有为自己考虑一分一毫，满脑子想的全是他。

"瓦尔特，我请求你原谅我。"她俯身对他说道，怕他承受不了压力，她小心翼翼地不去碰他，"我为自己对你做的错事感到非常抱歉，天知道我有多么懊悔与自责。"

他什么也没说，似乎没有听见，她不得不继续坚持。令她感到奇怪的是，他的灵魂就像一只扑向烈火的飞蛾，沉重的翅膀上载满了仇恨。

"亲爱的。"

一抹悲伤掠过他那苍白凹陷的脸颊，这算不上是一个动作，但给人一种可怕的抽搐感。她以前从来没有对他说过这个词，也许在他垂死的脑子里也对此充满了疑惑和不解，因为在他的印象中，她只用这个词来用形容狗、婴儿和汽车之类。然后可怕的事情发生了。她握紧双手，竭力控制着自己的情绪，因为她看见两颗晶莹的泪珠从他消瘦的面颊上缓缓滑落下来。

"啊，我的宝贝，亲爱的，如果你曾经爱过我——我知道你爱过我的，而我却是那么可恨——我求你原谅我。我现在已经没有机会表达我的忏悔了，可怜可怜我吧，我恳求你原谅我。"

她停了下来，看着他，泣不成声，热切地等待着他的回答。看到他想张口说话，她的心猛地一跳。她觉得，如果能在这最后的时刻把他从沉重的痛苦中解救出来，那就多少可以补偿一下她给他造成的伤痛。他的嘴唇动了动，并没有看她，而是茫然地盯着空白的墙壁。她向他俯下身去，以便能够听见他所说的话。但他却说得非常清楚。

“最后死掉的却是狗。”

她呆呆地僵在原地，宛如一块石头。她完全听不懂那是什么意思，惶恐不安地盯着他。简直是胡言乱语，毫无意义，她刚才所说的话，他一句也没听进去。

要是还活着，他不可能这么安静。她抬眼凝视，他的眼睛睁得圆溜溜的，无法辨别是否还有呼吸，她开始害怕起来。

“瓦尔特！”她低声叫道，“瓦尔特！”

最后，她突然站了起来，一阵突如其来的恐惧将她紧紧地抓住。她转身快步向门口走去。

“求你们快点进来，他好像已经……”

他们都进来了，中国外科医生走到床前，手里拿着一个手电筒查看瓦尔特的眼睛，然后将它们都合上。他用中文说了句什么，维丁顿搂着凯蒂不停地安慰。

“恐怕他已经死了。”

凯蒂深深地叹了口气，几滴泪水从她的眼眶里悄无声息地滑落下来。她更多的是茫然，而非不知所措。这些中国人无助地站在那里，似乎不知道下一步该怎么办，维丁顿也沉默不语。不一会儿，这些人便开始低声交谈起来。

“你最好让我带你回平房。”维丁顿说道，“他们会将他的遗体送回到那里。”

凯蒂手扶额头，疲惫不堪。她走到那张简陋的小床前，俯身靠过去轻轻地吻了一下瓦尔特的嘴唇，她现在已经不再哭泣。

“真不好意思，给你添了这么多麻烦。”

军官们在她经过时向她敬礼，她庄重地鞠了一躬。他们穿过院子原路返回。坐在轿子上，她看见维丁顿点燃了一支烟，一缕轻烟消失在空气中，那是一个人的生命。

64

黎明时分，到处都有中国商人正拉下他们店铺的百叶窗。黑暗的角落里，一个女人借着昏暗的烛光在洗手和脸。街角的一家茶馆里，一群人在吃早点。旭日初升，灰蒙蒙的寒光如同小偷一般溜进狭窄的小巷。河面上笼罩着一层白茫茫的雾，拥挤的木船桅杆在迷雾中若隐若现，仿佛一支手执长矛的幽灵军队。他们穿过马路的时候，天气很冷，凯蒂裹着那条灰暗的彩色披肩，缩成一团。他们走上了小山，走出了迷雾，阳光穿透万里无云的天空，用它耀眼的光芒普照着世间万物，一切仿佛还跟昨天一样，似乎什么事都没有发生，你几乎无法把这一天与其他的日子区别开来。

"你不需要躺下来吗？"他们走进平房的时候，维丁顿问道。

"不，我想坐在窗边。"

在过去的几个星期里，她常常一个人久久地坐在窗前，现在她对这座建在大堡垒上的奇异、耀眼、美丽而神秘的寺庙是如此熟悉，她的心灵也因此得到了休息，似乎有了暂时的精神依托。这一切都是那么虚无缥缈，即使在正午强烈的日光下也是如此，这种幻境带她远离了现实生活。

"我会让仆人给你泡杯茶，恐怕今天早上就得埋葬他，我会安排好一切的。"

"谢谢你了。"

65

　　三小时后他就被埋葬了。令凯蒂感到可怕的是，他必须被放进一口中国式的棺材里，就好像他被迫睡在一张奇怪的床上，即使睡得很不舒服，也无可奈何。修女们得知瓦尔特的死讯之后，就像她们知道城里发生了任何不幸一样，派一个信差送来了一个大丽花十字架，严肃而正式，但好像是出自一个老江湖之手。这个十字架单独挂在棺材上，看上去异常古怪，格格不入。当一切都准备好之后，他们还要等待上校的到来，他派人告诉维丁顿说他想参加葬礼。随后上校带着一支队伍赶来，他们走上山，六个苦力抬着棺材，来到一小块墓地前，这里埋着死去的传教士，瓦尔特就是接替了他的位置。维丁顿在传教士的遗产中找到了一本英文祈祷书，用非常低沉的声音读了悼词，表现出罕见的尴尬。念着那些庄严而恐怖的悼词，他脑海里不禁萦绕着这样的想法：如果他成了这场瘟疫的牺牲品，或许就没有人会为他读这些了。棺材被放进坟墓里，掘墓人开始往里面填土。

　　光着头站在坟墓边的上校，戴上帽子，严肃地向凯蒂敬礼，对维丁顿说了一两句话之后，就带着他的队伍离开了。苦力们对基督教的葬礼产生了强烈的好奇心，一直在那里逗留徘徊，变成了一个散乱的群体，他们将扁担拖在手里，悠闲自在地溜达着。凯蒂和维丁顿一直等到坟墓被填满，然后将修女们送来的大丽花十字架放在了坟堆上，浓浓的新泥土气息扑面而来。她没有哭泣，但当第一铲土在棺材上碰撞出嘎吱的响声时，她莫名地感觉心中泛起一阵剧痛。

她看见维丁顿正在等着她一起离开。

"你赶时间吗？"她问道，"我现在还不想回平房。"

"我也没有什么重要的事，一切都听你的。"

66

他们沿着堤道漫无目的地前行，一直走到了山顶上，这里赫然矗立着一座牌坊，那是为了纪念一位贞洁的寡妇。凯蒂对这个地方印象最深刻的就是这座牌坊了，它是一个象征，但具体象征着什么，她全然不知。她不明白为什么它会带着一丝冷嘲热讽的意味。

"我们坐一会儿好吗？我们好久没有一起坐在这里了。"平原在她面前广阔地延伸开来，在晨光中显得异常宁静而祥和。

"我来这里才几个星期，却好像过了一辈子。"

他没有回答，有那么一小会儿，她任由自己的思绪四处游荡，最后她不禁叹了口气。

"你认为人的灵魂可以不朽吗？"她问道。

他似乎对这个问题并不感到惊讶。

"我怎么知道？"

"就在刚才，棺材被放进去之前，当他们给瓦尔特洗礼的时候，我看到了他。他看上去是那么年轻，年轻得让人不敢相信他已经死了。还记得你第一次带我去散步时，我们见到的那个乞丐吗？我之所以害怕，不是因为他死了，而是因为他看起来就像从来没有活过一样，他似乎只是一只死去的动物。而现在死神的魔爪无情地带走了瓦尔特，他看起来就像是一台坏了的机器，这才是最可怕的。如果只是一台机器，那么所有的痛苦经历、内心煎熬和悲惨境遇都是枉费心思、徒劳无益。"

他没有回应她，但眼睛却扫视着脚下的风景。在那个阳光明媚的早晨，广阔的天地使人心花怒放，整齐的稻田一望无际，身穿蓝色衣服的农民赶着水牛在田地里辛勤地劳作，那是一片祥和而幸福的景象。凯蒂打破了沉默。

"我无法向你表达我在修道院的所见所闻是如何深深地触动我的。那些修女太棒了，她们让我觉得自己一无是处。她们放弃了一切，包括家庭、国家、爱情、孩子和自由，以及其他一些我有时认为更难放弃的小事情，譬如鲜艳的花朵、绿色的田野、秋天里的一场漫步、书籍、音乐，还有舒适和安逸，所有的一切，她们都放弃了。她们这样做，是为了更好地投身于另外一种被奉献、贫困、服从、救赎和祈祷所主宰的生活。对她们所有人来说，这个世界毫无疑问就是一个被流放的地方，生命是她们自愿背负的十字架，但她们的心中始终有一个愿望——哦，它比愿望更加强烈，那是一种渴望，一种对死亡热切而强烈的渴望，那将引导她们走向永生。"

凯蒂紧握双手，痛苦地看着他。

"怎么样？"

"假如不存在永生呢？想想如果死亡真的是万物的终结，那意味着什么？她们白白放弃了一切，她们被骗了，她们太容易上当了。"

维丁顿沉思了一会儿。

"我很纳闷，我在想，如果她们瞄准的是幻觉，这一切是否还有那么重要。她们的生命本身就是美丽的。我有一种想法，唯一能使我们对所生活的这个世界心存向往的恐怕只有人们从混乱中创造出来的美好——他们绘制的图画，他们谱写的乐曲，他们创作的书籍，他们创造的生活。在这一切之中，最丰富的美当数美好的生活，这才是最完美的艺术品。

凯蒂叹了口气，他说的话似乎很难理解，她想要听更多。

"你去听过交响音乐会吗？"他继续说道。

"是的，"她笑了，"虽然对音乐一窍不通，但我很喜欢。"

"乐队里的每一个成员都在演奏自己的小乐器，你认为他们每个人对在冷漠的空气中展现出来的复杂和声懂得多少？都只关心自己的那一小部分。但他们知道，交响乐是迷人的，即使没有人听，它仍然是迷人的，他们满足于发挥自己独特的价值。"

"前几天你谈到道，"凯蒂顿了顿，说道，"告诉我那是什么。"

维丁顿看了她一眼，迟疑了片刻，滑稽的脸上带着淡淡的微笑，回答道："它是关于道路与行道之人的学问。这是一条永恒的道路，所有的生命都在沿着这条路行走，但它不是被创造出来的，因为它本身就存在。它什么都是，又什么都不是；万物源于它，顺应它，最终又回归于它；它是一个没有角的正方形，是一种耳朵听不到的声音，是一幅没有形状的图画；它是一张巨大的网，尽管它的网眼像大海一样宽，但没有任何东西可以逃出它的手掌心；它是万物的避难所，它无处不在，但不东张西望，你可能就会看到它。欲望不只是欲望，它还教导我们一切顺其自然。谦卑者，必得自救。屈膝人要被矫直。失败是成功的基础，成功是失败的潜伏所。但谁又能知道何时会出现转机？追求温柔的人甚至可以变成一个小孩子。亲切温柔可以使进攻者所向披靡，让防守者心悦诚服。战胜自己的人是强大的。"

"有什么意义吗？"

"有时候，当我喝了五六杯威士忌之后，看着漫天的繁星，似乎可以体会到其中的内涵。"

他们陷入了沉默，这次又是凯蒂打破了沉默。

"告诉我，'最后死掉的却是狗'，是一句引语吗？"

维丁顿的嘴角露出一丝微笑，准备好了回答，但也许在那一刻，他敏锐地觉察到了什么，凯蒂没有看他，但是她脸上的某种表情让他改变了主意。

"我也不知道具体是什么。"他小心翼翼地回答道。

"为什么问这个呢？"

"没什么，只是突然想到，我好像在哪儿听过。"又是一阵沉默。

"你和你丈夫单独在一起的时候，"维丁顿随即又说道，"我和军医谈了谈，我想我们应该了解一些细节。"

"什么情况？"

"他当时非常歇斯底里，我真的无法理解他的行为，据我推断，你丈夫是在做实验的过程中被感染的。"

"他总是在做实验，他不是真正的医生，只是一个细菌学家。这就是为什么他如此迫切地想要来到这里。"

"但从军医的陈述中，我不太能辨别出他是意外感染的，还是故意拿自己做实验。"

凯蒂的脸色变得异常苍白,这个暗示让她顿时汗毛直竖。维丁顿握住了她的手。

"请原谅我又谈起了这件事,"他温和地说道,"但我以为这可能会给你带来些许安慰——我知道在这种情况下,不应该说一些毫无用处的话——瓦尔特是为了科学事业和自身职责而牺牲的,我想这对你可能有某种意义。"

凯蒂耸了耸肩膀,带着一丝不耐烦的疑惑。

"瓦尔特死于心碎。"她说道。

维丁顿没有回应,她转过身来,慢慢地看着他,脸苍白而僵硬。

"他说的那句'最后死掉的却是狗'是什么意思?"

"这是奥利弗·哥德史密斯《疯狗之死的挽歌》中的最后一句。"

67

第二天早上,凯蒂去了修道院,开门的女孩见到她似乎很惊讶。凯蒂迅速投入自己的工作,刚忙了几分钟,院长就进来了,她来到凯蒂面前,握住了她的手。

"我很高兴见到你,亲爱的孩子。你在经历了那么大的悲痛之后,这么快就能回到这里来,显示出了强大的勇气和过人的智慧,我相信,适度的工作可以减轻你内心的悲伤和忧虑。"

凯蒂垂下眼帘，脸颊微红，她不想让院长窥透她的内心。

"毋庸置疑，修道院里的每一个人都对你表示深切而真挚的同情。"

"你真是太好了。"凯蒂低声说道。

"我们一直都在不停地为你祈祷，为你丈夫已逝的灵魂祈祷。"

凯蒂没有回答。院长松开了她的手，用冷静而威严的语气给她安排了更多的工作。她拍了拍两三个孩子的头，对她们报以超然而迷人的微笑，便又去忙更要紧的事了。

68

一周后的一天，凯蒂正在缝纫，院长走进了房间，坐在她身边，她瞥了一眼凯蒂的作品。

"你缝得很好，亲爱的，对当今世界的年轻女性来说，这是一项难得的成就。"

"这要归功于我的母亲。"

"我相信你母亲会很高兴再次见到你的。"

凯蒂抬起头来，院长的态度让她觉得这句话绝非一句礼貌的日常问候那么简单。院长接着说道："在你亲爱的丈夫死后，我允许你来这里是因为我认为适当的工作会分散你的注意力。我认为你当时的情况并不适合独自长途跋涉回香港，我也不希望你一个人坐在家里无所事事，迷失在痛苦和悲伤之中。但现在已经过去八天了，也到了你该离开的时候了。"

"我不想离开，院长，我想留在这里。"

"这里没有什么值得你留恋的，你是来陪你丈夫的，现在他已经离你而去，而且你现在正处于一种非常需要照顾和关注的状态，而留在这里，你根本得不到应有的照顾。这是你的职责，我亲爱的孩子，竭尽所能去为上帝托付给你的人谋福祉。"

凯蒂沉默了一会儿，低下了头。

"我还以为我在这里有点用呢，想到这一点，我感到非常高兴。我希望你能允许我继续工作，直到疫情结束。"

"我们都非常感谢你为我们做的一切，"院长微笑着回答道，"但现在疫情正在消退，来这里的风险并不大，我正期待着两个来自广东的修女，她们应该很快就会到了，当她们到达时，我认为我们就没有必要让你来做这些事了。"

凯蒂的心一沉，院长的语气不容分说。她太了解院长了，知道她是对任何恳求都无动于衷的。院长觉得有必要跟凯蒂讲清楚，她的声音里夹杂着一种算不上是恼怒，但至少可以说是专横的口吻。

"维丁顿先生好心征求过我的意见。"

"我真希望他能管好自己的事。"凯蒂插嘴说。

"即使他不来找我，我也觉得有必要主动跟他提出这件事。"院长温和地说道，"事到如今，你已经不属于这里了，而是应该和你的母亲待在一起。维丁顿先生已经和上校申请过了，他们安排了一支队伍来护送你，确保你在旅途中绝对安全。他还安排了轿夫和苦力，女佣也会一路跟着你，沿途所经过的各个城市，都有专人接待。事实上，一切都已经为你准备得妥妥当当了。"

凯蒂的嘴唇抿得更紧了。她在心里感到愤愤不平，在这件只与她有关的事情上，他们至少应该征求她的意见。她不得不竭力克制自己的情绪，这样回答的语气才不至于太过尖锐。

"我什么时候动身？"

院长仍然很平静。

"我亲爱的孩子，你越早回到香港，就可以越早乘船去英国。我们觉得你应该会很乐意后天早上就启程。"

"这么快。"

凯蒂觉得有点想哭，但可以确定的是，她在那里已经没有了立足之地。

"你们好像都迫不及待地想要赶我走。"她悲伤地说道。

院长的态度有所缓和，她看出凯蒂已经准备屈服了，于是下意识地用了一种更亲切的语气。凯蒂的幽默感很强，想到即便是圣人也喜欢随心所欲时，她的眼睛里绽放出异样的光芒。

"别觉得我不识抬举，不懂得感恩，亲爱的孩子，你不愿放弃你强加于自身的责任，是因为你有一颗令人钦佩的仁慈之心。"

凯蒂直勾勾地盯着前方，微微耸了耸肩，她知道这种崇高的美德根本不属于她，她之所以想留下来，是因为实在没有别的地方可去。那是一种奇妙的感觉，这个世界上没有人会在乎她的死活。

"我不明白你为什么不愿意回家，"院长和蔼可亲地追问道，"这个国家有很多外国人，他们愿意付出很大的代价来换取你这样的机会！"

"但是，院长，你不是也不愿意回去吗？"

"哦，这对我们来说是不同的，亲爱的孩子，当我们踏上这片土地的那一刻，就已经知道我们将会永远离开自己的家园。”

出于自己受伤的情感，凯蒂脑海中浮现出一种也许是恶意的渴望，那就是在信仰的盔甲中寻找促使修女们对所有自然情感都无动于衷的关键节点。她想看看院长身上是否还保留着某些人性的弱点。

“我觉得有些时候，再也见不到你至爱的亲人和成长的环境是件很痛苦的事。”

院长犹豫了一会儿，凯蒂目不转睛地注视着她，但在她那美丽而严肃的脸上却看不到任何表情变化，依然是那么平静淡定。

“对我上了年纪的母亲来说，这是非常残酷的，因为我是她唯一的女儿，她很想在死前再见我一面，我也希望能满足她的愿望，但这是不可能的，我们只能静静地等待，等待我们在天堂相遇的那一天。”

“尽管如此，当想到那些深爱着你的人时，你很难不扪心自问，当初选择弃他们而去是不是正确的。”

“你是在问我有没有后悔选择这条路？”院长的脸突然变得容光焕发，“永远不会，永远不会。我已经把一种微不足道且毫无价值的生活转换成一种无私奉献和虔诚祈祷的生活。”

一阵短暂的沉默之后，院长摆出一副轻松的姿态，笑了笑。

“我要请你把一个小包裹带到马赛，帮我寄出去，我不想把它委托给中国邮局，我马上去拿。”

“你可以明天再给我。”凯蒂说道。

“你明天会忙得没时间来这里的，亲爱的，今晚跟我们告别会更方便些。”

院长站起身来，带着那一贯的从容和威严，离开了房间。不一会儿，圣约瑟修女进来了，她是来与凯蒂道别的，她希望凯蒂旅途愉快。凯蒂会很安全的，因为上校会派护卫队护送她；而且修女们也经常单独旅行，通常是不会受到任何伤害的。凯蒂喜欢大海吗？当她搭乘的航船在印度洋的风暴中行进时，她该有多不舒服呀！凯蒂的母亲会很高兴见到她的女儿，凯蒂必须照顾好自己，毕竟现在还有另一个小生命需要她的呵护。她们都会为她祈祷。凯蒂会不断地为她和亲爱的小宝宝，以及可怜而勇敢的费恩医生的灵魂祈祷。圣约瑟修女滔滔不绝，和蔼可亲，热情洋溢；然而，凯蒂深深地意识到，对于圣约瑟修女（她的目光专注于永生）来说，她只是一个幽灵，没有形体。凯蒂有一种强烈的冲动，想抓住这个顽强而善良的修女的肩膀，使劲地摇晃她，喊出内心的真实想法："难道你不知道我是一个人吗？一个内心痛苦、孤独无依的人，我想要安慰、同情和鼓励。难道你就不能抛开上帝一分钟，给我一点实实在在的同情吗？不是你对所有痛苦的事物所给予的基督教同情，而是一种饱含真情的人类同情。"这一想法使凯蒂嘴角露出了一丝笑意：圣约瑟修女将会是多么惊讶啊！她肯定会毫不犹豫地认定现在她有所怀疑的事情，那就是所有的英国人都疯了。

"幸运的是，我是一个很好的水手，"凯蒂回答道，"我从来没有晕过船。"

院长拿着一个小巧而整洁的包裹回来了。

"这是我为母亲做的命名日手帕，"她说道，"名字的首字母是我们年轻的姑娘们绣的。"

圣约瑟修女建议凯蒂去看看这件衣服做得有多漂亮，院长带着一种宽容且不以为意的微笑解开了包裹。手绢是用上等的细麻布做的，上面绣着姓名开头的几个字母，还有一顶草莓叶做的花冠。凯蒂欣赏完这件艺术品之后，院长把手帕重新包好，把包裹递给了她。圣约瑟修女说了声"好吧，夫人，我走了"，又礼貌而淡然地行了个礼，就走了。凯蒂意识到该向院长告别了，她感谢院长的仁慈善良，她们沿着粉刷过的光秃秃的走廊一起前行。

"你到了马赛就把包裹挂号寄出，会不会太费事？"院长说道。

"我非常乐意。"凯蒂说道。

她瞥了一眼地址，这个名字看起来很气派，但上面的地址吸引了她的注意力。

"这地方是一个城堡，我和朋友开车去法国时去过那里。"

"很有可能。"院长说道，"陌生人一周可以去那里观光两次。"

"我觉得，如果让我生活在这样一个美丽的地方，我是绝对没有勇气离开的。"

"它当然是一座名胜古迹，但远非你想象的那么温馨。如果说有什么遗憾的话，那绝不是这个，而是小时候我们住过的那座小城堡，它位于比利牛斯山中。我出生在海边，不否认，有时候我真想再次听到海浪拍打岩石的声音。"

凯蒂心想，院长肯定猜到了她的心思和说话的意图，或许正在暗暗地嘲笑她呢。但当她们走到修道院那朴实无华的小门门口时，令凯蒂感到惊讶的是，院长竟然把她抱在怀里，吻了她。她苍白的嘴唇压在凯蒂的脸颊上，先吻了脸颊的一边，接着又吻了另外一边。这突如其来的意外之吻使凯蒂顿时涨红了脸，有一种想哭的冲动。

"再见，上帝保佑你，我亲爱的孩子。"她把凯蒂抱在怀里继续说道，"记住，做你该做的事并不算什么，这是对你的要求，就好比手脏的时候洗手一样，并没有什么值得称赞的。唯一重要的是对责任的爱，当爱和责任合二为一时，恩典就会降临在你身上，你将拥有意想不到的幸福。"

修道院的门在凯蒂身后关上了。

69

维丁顿和凯蒂走上了山坡，他们转过身去看瓦尔特的坟墓，注视了良久。在牌坊前，维丁顿向她道别。最后一次看着这座牌坊，她觉得自己可以用自身的荒谬可笑来回应它神秘外表下的嘲讽。她转身走进了轿子。

一天又一天过去了，路边的风景成了她思绪的背景。她看到的一切仿佛是从圆形的立体镜里倒映出来的，因为沿途的所见所闻无不勾起她对几个星期前沿着相反方向走在这条路上时的种种回忆。她对这些事物有了更深层次的理解。扛着担子的苦力们零零散散地缓慢行走着，两三个人走在一起，后面一百码远的地方又跟上来一个，接着又来了两三个。护送队的士兵们拖着沉重的步伐，一天要走二十五英里。女佣由两个轿夫抬着，凯蒂则是由四个人抬着，倒不是因为她重，而是为了体面。时不时地，他们会遇到一群扛着重担的苦力悠闲懒散地走过来。偶尔碰到坐在轿车里的中国官员，他们会用好奇的目光打量着这个白人妇女。有时他们会遇到戴着褪了色的蓝色大帽子赶去市场的农民，偶尔还会有一两个裹着小脚蹒跚而行的老妇人或者年轻女人。他们翻山越岭，穿过一片片整齐的稻田和一间间被竹林环绕的农舍，他们穿过破旧的村庄和拥挤的城市，这些城市的墙壁跟祈祷书中描述的如出一辙。初秋的阳光令人赏心悦目，倘若在黎明时分，阳光会给整齐的田野蒙上一层童话般的魅力，彼时的天气是寒冷的，但接下来的温暖却能给人心旷神怡之感。凯蒂沉浸在眼前清爽宜人的美景中，尽情地享受着上天赐予的福祉。

这一幕幕生动的场景色彩优雅、与众不同而又奇形怪状，就像一个挂毯，在这挂毯前，凯蒂的幻想画面中浮现出一个个神秘的影子，他们似乎是虚无缥缈的。湄潭府有着锯齿状的城墙，就像一出老戏舞台上的画布，代表着一个城市。修女们、维丁顿和那个爱他的满族女人都是化装舞会上的神秘人物角色，其余的人，那些沿着曲折的街道蹒跚前行的人以及那些死去的人，都是无名英雄。当然，他们都承载着某种重要的意义，但具体是什么呢？仿佛他们在表演一种复杂而古老的祭祀舞蹈，你知道那些复杂的程序中蕴含着对你来说非常重要的意义，而你迫不及待地想要知道它。然而却看不到任何线索，一片茫然。

一个老妇人在堤道上走过，穿着一件蓝色的衣服，阳光下的蓝色宛如天青石；她那布满无数细小皱纹的脸就像一张古老的象牙面具；她拄着一根长长的黑色拐杖，身体前倾，用她那三寸金莲颤巍巍地向前行走。在凯蒂看来，这似乎是不可思议的。她和瓦尔特都参加了这场奇怪而又虚幻的舞会，他们也都扮演了重要的角色。本以为她会轻而易举地丢掉性命，然而他却丢了，这是在开玩笑吗？也许这只是一场梦，她会突然从梦中惊醒，然后长舒一口气。这一切似乎发生在很久以前，而且是在一个非常遥远的地方。奇怪的是，在现实生活阳光灿烂的背景下，那出戏里的人物显得多么如梦似幻，如同镜花水月。现在，凯蒂似乎觉得这只是她正在读的一个故事。令人略感吃惊的是，一切仿佛都与她无关，她发现自己已经记不清维丁顿那张曾经非常熟悉的脸了。

今天晚上，他们就可以到达西江边的一个城市，她将从那里搭乘汽船，只需要一夜的路程便可以抵达香港。

70

起初她因为自己在瓦尔特去世的时候没有哭而感到羞愧，这似乎是一种可怕的冷酷。为什么，就连那个中国上校的眼睛里都滚动着伤心的泪水，而她却只感到茫然。令人难以理解的是，他不会再回到那间平房了，早上起床的时候，她也听不到他在浴缸里洗澡的声音了。曾经活蹦乱跳的他，现在已经死了。修女们对她所谓基督教徒式的顺从感到惊讶，并钦佩她承受挫折的勇气，但维丁顿却是个精明的人，尽管他对她表现出深切的同情，但她有一种感觉——该怎么说呢？——他没有对她说真话。当然，瓦尔特的死对她来说是一种打击。她不想让他死，但毕竟她不爱他，并且从来就没有爱过。让自己显得很悲伤是体面的，但让任何人窥探到她的真实内心，就是丑陋和庸俗的。可她已经经历了太多的事情，不能再对自己伪装了。她似乎觉得，至少最近这几个星期让她明白，如果有时对别人撒谎是必要的，那么对自己撒谎总是可鄙的。她为瓦尔特以这样悲惨的方式死去而感到难过，但她的难过纯粹是出于一种人类的悲伤，即便死的是一个毫无关系的熟人，她也会如此。她承认瓦尔特身上有很多令人钦佩的优秀品质，只是碰巧她不喜欢他，他总是让她感到厌烦。她不愿承认他的死对她来说是一种解脱。她可以诚实地说，如果她的一句话就能让他复活，她会毫不犹豫地去说。但令她无法抗拒的是，他的死在某种程度上使她走的道路变得更容易了一些。他们在一起永远不会幸福，但要分开又非常困难。这种感觉让她感到吃惊，她猜想，人们要是知道了，一定会认为她很冷酷无情，好吧，他们应该不知道这些。她好奇是不是她的伙伴们内心深处也都藏着一些见不得人的秘密，为了躲避好奇的目光，她们也会挖空心思、不遗余力。

她很少展望未来，也没有任何计划，唯一可以确定的是，她不想在香港待太久，最好赶紧离开，越快越好。她怀着恐惧的心情期待着到那里去。在她看来，她愿意坐在轿子上，永远自由地穿梭于这个温馨而友好的国家，永远做一个冷漠的旁观者，看着变幻莫测的人生，在不同的屋檐下度过每一个夜晚。当然，她必须面对眼前的事情：她一到香港就会去酒店，她要安排处理掉房子，卖掉家具；没有必要去见查理，他应该会识相地主动避开她。尽管如此，她还是想再见他一面，只为告诉他，在她心里，他是一个多么卑鄙的家伙。

可是，这么做，又能把查理·唐森怎么样呢？

就像竖琴丰富的旋律在欢快的琶音中穿过交响乐复杂的和声，一个念头在她的心中不断地上蹿下跳。正是这种想法赋予了稻田奇异的美，当她看见一个皮肤光滑的小伙子从她身边经过，奔向集市时，她苍白的嘴唇上绽开了一丝笑容。小伙子坐在马车里兴高采烈，活力四射，满眼都是胆识和魄力，给城市的喧嚣生活注入了一丝魔力。这座被瘟疫吞噬的城市是她逃出来的一座监狱，她以前从来不知道天空的蓝会是那么美丽，也从来不知道斜倚在堤道上的竹林竟有那么可爱和优雅。自由啦！这就是她此刻的心声，纵然未来如此渺茫，它却如彩虹般绚烂，宛如清晨的阳光洒在河面的薄雾上。自由啦！不仅摆脱了使她厌烦的束缚，还远离了让她沮丧的友情。这种自由不仅让她脱离了死亡的威胁，还将她从贬低人格的爱情中解救出来；这种自由让她摆脱了一切精神上的束缚，充实了她空洞的灵魂；让她获得了自由、勇气和对即将发生的一切毫不在乎的底气。

71

凯蒂一直站在甲板上看着河面上五彩缤纷、生机勃勃的船只，直到船在香港靠岸，她才走进自己的舱房，查看女佣有没有落下什么东西。她拿起一面镜子，看着镜子里的自己——穿着一件黑色的裙子，那是修女们为她染的，不是丧服。她脑子里闪过一个念头，那就是现在必须马上把它换掉，悲哀的装束才能有效地掩饰她那出人意料的感情。这时有人敲她小屋的门，女佣打开了门。

"费恩太太。"

凯蒂转过身来，看到一张她乍看并不认识的脸，然后她的心跳突然加快，脸涨得通红，来人是多萝西·唐森。这完全在她的意料之外，她一时竟不知道该怎么办，也不知道该说些什么。但唐森太太却走进了小屋，冲动地一把将她搂在怀里。

"哦，亲爱的，亲爱的，我真为你感到难过。"

凯蒂任由她亲吻，她一直以为这个女人是冷漠而高傲的，对她这种直白的情感流露略感吃惊。

"你真是太好了。"凯蒂喃喃地说道。

"到甲板上来，女佣会照看你的东西，我的孩子们也来了。"

她拉着凯蒂的手，凯蒂任由她牵着走，这才注意到她那饱经风霜、和蔼可亲的脸上流露出的真挚情感。

"你的船提前到了，我差点没能及时下来。"唐森太太说道，"如果错过了你，我是无法忍受的。"

"但你不是来接我的吧？"凯蒂惊呼道。

"我当然是来接你的。"

"可你怎么会知道我要来？"

"维丁顿先生给我发了封电报。"

凯蒂转过身去，她哽咽了。有趣的是，一点意想不到的善意竟然会让她如此感动。凯蒂不想哭，只希望多萝西·唐森能够赶紧离开，但她抓起了凯蒂垂着的手，紧紧地握住，她毫不掩饰自己的感情，这使凯蒂很是尴尬。

"我要你帮我一个大忙，查理和我都希望你在香港期间能和我们住在一起。"

凯蒂一把抓住她的手。

"你真的是太好了，但我不可能去。"

"你必须这么做，你不能一个人住在自己的房子里，这对你来说太可怕了，我都准备好了，你会有自己的客厅，如果你不想和我们一起吃饭，你可以自己在那里吃，我们都希望你能来。"

"我没打算去那栋房子，我会在香港酒店给自己订个房间，不能给你添那么多麻烦。"

这个建议令凯蒂大吃一惊，她感到困惑和烦恼，如果查理懂点礼数的话，就绝不会让他的妻子发出邀请，她不想对他们中的任何一个有所亏欠。

"哦，但是我不能忍受你住在酒店里，而且你现在会讨厌香港酒店的，那里到处都是人，乐队一直在不停地演奏爵士乐。你就答应我们搬过来住吧，我向你保证，查理和我谁也不会打扰你的。"

"我不明白你为什么要对我这么好。"凯蒂越来越找不到借口了，她无法直截了当地果断拒绝，"恐怕我现在不太适合和陌生人一起居住。"

"但你与我们陌生吗？哦，我不想那样，我真的希望你允许我成为你的朋友。"唐森太太紧握双手，声音急促，她那冷静、沉着而独特的声音中夹杂着啜泣，不住地颤抖着，"我非常希望你能来，你知道，我想补偿你。"

凯蒂不明白，她不知道唐森太太欠她什么。

"恐怕我一开始不太喜欢你，我觉得你反应相当快，你知道，我这个人很传统，我觉得自己心胸太过狭窄。"

凯蒂匆匆瞥了她一眼，她是说起初她认为凯蒂庸俗不堪，凯蒂脸上虽然没有露出一丝痕迹，可她却在心里笑了。她现在是多么不在乎别人对她的看法啊！

"当我听说你和你丈夫一起进了死亡之城，我顿时感到自己是一个如此胆怯的家伙，我觉得很丢脸。你太棒了，太勇敢了，你让我们所有人看起来都显得那么卑微和二流。"她说着，泪水从她那张亲切而朴实的脸上倾泻而下，"你根本不知道我有多么崇拜和尊敬你，我知道我无法弥补你的损失，但我想让你知道我对你的感情有多深、有多真诚。如果你允许我为你做哪怕是一丁点的事情，我都会感到莫大的荣幸。不要因为我错怪你而记恨我，你很勇敢，而我只是一个愚蠢的傻女人。"

凯蒂低头看着甲板，脸色异常苍白。她希望唐森太太不要表现出这种无法控制的情绪。凯蒂很感动，这是真的，但她不禁产生了一种轻微的厌烦感，这个单纯的家伙竟然相信这样的谎言。

"如果你真的想请我，我当然很乐意去。"凯蒂叹了口气。

72

唐森家住在山顶的一栋房子里，可以远眺大海。查理通常不回来吃午饭，但凯蒂来的那天多萝西（现在她们彼此已经互相称呼凯蒂和多萝西了）告诉她，如果她觉得可以见他，他愿意回来向她表示欢迎。凯蒂心想，既然她非见他不可，那还不如马上就见呢。她带着一种冷漠的得意心情，期待看到他见到她时的那副难堪样。她看得很清楚，他妻子一时兴起邀请她留下来一起住，他也就不顾自己的想法，立即同意了。凯蒂知道他有多么渴望弥补自己曾经的过失，而对她的盛情款待显然可以略微减轻他的愧疚感。但是，想想他们最后一次见面时的情形，他很难做到面不改色、若无其事：像查理这样爱慕虚荣的人，这注定像一个无法愈合的溃疡一样令他难堪。她希望能像他伤害她一样，让他也尝尝痛苦的滋味。他现在一定很恨她，想到自己并不恨他，只是鄙视他，她心中很是高兴。想到不管他对她有什么感觉，他都不得不把她捧在手心里，她突然产生了嘲讽与满足。那天下午，当她离开他的办公室时，他一定打心眼里希望再也不要见到她。

现在，她和多萝西坐在一起，等着他回来。她意识到自己对客厅里朴素的奢华格外感兴趣。她坐在一把扶手椅上，到处都绽放着可爱的花朵，墙上挂着令人赏心悦目的图画；房间里阴凉而清爽，有种家的温馨感。她想起传教士那间平房里空空荡荡的客厅，不禁微微打了个寒战——藤椅和铺着棉布的餐桌，污迹斑斑的书架上摆满了各种廉价版本的小说，还有那布满灰尘的、薄薄的红色小窗帘。哦，那太不舒服了！她猜想多萝西绝对不会想到那样的情形。

她们听到发动机的声音，查理大步走进了房间。

"我迟到了吗？希望没让你久等，我得去见州长，实在是走不开。"

他走到凯蒂面前，伸手握住她的双手。

"你能来我真的是太高兴了，我知道多萝西已经告诉过你，我们想让你把我们的房子当作你自己的家，想住多久就住多久，但我也想亲自告诉你，在这个世界上我还可以为你做点什么，我真的是太高兴了。"他眼睛里流露出一种迷人的真诚，她不知道他是否看出了她眼神中的讽刺，"有些话我说得太过直截了当，我不想让自己表现得如同一个笨手笨脚的傻瓜，但我想让你知道，对于你丈夫的死，我向你表示真挚而深切的同情。他是一个不可多得的优秀的人，我们都会非常想念他的。"

"别这样，查理，"多萝西说道，"我相信凯蒂会明白的……来一些鸡尾酒吧。"

按照外国人在中国的奢侈习惯，两个穿制服的男孩拿着开胃菜和鸡尾酒走进了房间。凯蒂拒绝了。

"哦，你一定要来一杯，"查理用他那轻松而亲切的口吻坚持道，"这对你有好处，而且我相信自从离开香港后，你肯定再也没有喝过鸡尾酒这样的东西，除非我弄错了，你在湄潭府根本买不到冰饮。"

"你没弄错。"凯蒂说道。

一时间，她的脑海里竟浮现出那个乞丐的形象，他顶着乱蓬蓬的头发，穿着蓝色的破布衣，透过衣服的破洞，你可以清楚地看到他那瘦弱的四肢，他倚在城墙上，已经没有了呼吸。

73

他们去吃午饭，坐在桌子最前面的查理很快就掌控了谈话主导权。说了几句同情的话之后，他对待凯蒂的态度完全不像是她刚刚经历了一场灾难，倒像是她刚做完阑尾炎手术，从上海来换换环境。她需要欢呼，而他也准备好为她欢呼。要让她有宾至如归的感觉，最好的办法就是把她当作家里的一员。他是个机智圆滑的人，立马就开始谈起秋季赛马会和马球比赛——天哪，如果不能把体重减下来，他就得忍痛割爱被迫放弃打马球了——以及那天早上他和州长的一次闲聊。他提到他们在海军旗舰上参加的一个宴会，他们谈论广东的形势，以及庐山的铁路情况。几分钟后，凯蒂觉得她离开的时间似乎只是短短的一个周末。令人难以置信的是，在离这里仅有六百英里远（从伦敦到爱丁堡的距离，不是吗？）的内陆地区，男人、女人和孩子正在像苍蝇一样死去。不久，她发现自己开始融入谈话，打听谁在打马球时摔断了颈骨，这位太太回家了没有，或者那位太太有没有参加网球锦标赛。查理滔滔不绝地开着各种小玩笑，她笑容满面地看着他们，多萝西带着一种淡淡的优越感（现在这优越一族也包括了凯蒂，因此她们之间不再是轻微冒犯，而是一种团结的纽带），温和地讽刺着殖民地各种各样的人，凯蒂变得更加活跃了。

"哎呀，她看起来已经好多了，"查理对妻子说道，"在吃午饭之前，她的脸色是那么苍白，把我吓了一大跳，现在她看上去面色红润了很多。"

凯蒂跟他们交谈的过程虽然不是很欢快（她觉得多萝西和查理都不会赞成这种行为，因为查理有着令人钦佩的礼节意识），但至少是很轻松的，她仔细打量着她的东道主。在过去的几个星期里，她满脑子都是找他复仇的念头，她已经在心里默默地勾勒出一幅对他非常鲜明的印象图——他那浓密的卷发有点长，梳得过于精细；为了掩盖花白的头发，抹了太多的发油；他的大红脸上布满了网状的淡紫色血管；他的下巴太大了，如果不把头抬起来做掩饰，你会发现他那明显的双下巴；那浓密灰白的眉毛有点像猿猴，这使她隐隐感觉有些恶心。他身体笨重，行动迟缓，尽管饮食节制、注重锻炼，但没能阻止他继续发胖；他身上的赘肉完全淹没了骨头，关节也失去了年轻人的韧性和活力，有一种中年人的僵硬；他身上漂亮的衣服对他这个年纪来说有点太过紧绷，显得格格不入。

但当他在午餐前走进客厅时，凯蒂竟然惊讶得不知所措（也许这就是为什么她的脸色如此苍白），因为她发现她的想象力跟她开了一个奇怪的玩笑，他一点也不像她想的那样，她禁不住开始自嘲起来。他的头发一点也不灰白，哦，鬓角有几根白发，但它们却是那么恰如其分；他的脸不是红色的，而是自然晒成的古铜色；他的头放在脖子上刚刚好；他不胖，也不老，实际上，他几乎称得上是苗条的，身材完美得令人羡慕。即便他有点爱慕虚荣，但这也不能怪他；他是个时尚的人，当然知道怎么穿衣服；否认这一点是极其荒谬的，因为他看起来优雅、干净而又整洁。究竟是什么使她产生了那样的想法呢？他是个很帅的男人。幸运的是，她知道他是多么自私卑鄙。当然，她一直承认他的声音有一种讨人喜欢的特质，现在听上去还跟记忆中一模一样，这使得他说出的每一个字都显得那么虚伪，让人听了气不打一处来。他的声音依旧那么温厚圆润，字里行间却流露出无限的虚情假意，她真不知道自己是怎么会上了他的当的。他的眼睛很美，这正是他的魅力所在，那双眼睛闪耀着柔和的蓝色光芒，即使在说梦话的时候，他也会表现出一种令人愉快的神情。你几乎不可能抵挡得住这种诱惑。

最后，咖啡被端了进来，查理点燃了他的雪茄，顺便看了看表，从桌子旁站了起来。

"你们两个女士自行安排吧，我得回办公室了。"他停顿了一下，然后用那友好而迷人的眼睛看着凯蒂说，"这一两天我不会去打扰你，直到你休息好，但之后我想和你谈点生意上的事。"

"和我吗？"

"我们必须把你的房子安排好，你知道的，还有家具。"

"哦，但我可以去请一个律师，没有理由因为这点事麻烦你。"

"别以为我会让你把钱浪费在诉讼费上，我会处理好一切的。你知道你有资格领取养老金：我要去和大使谈谈这件事，看看如果在适当的时候提出交涉，我们能不能为你争取到一些额外的好处。你就相信我，现在不需要担心任何事情，当务之急是要把自己的身体养好，对不对，多萝西？"

"那当然了。"

他朝凯蒂轻轻地点了点头，然后走到他妻子面前，握住了她的手，吻了一下。大多数英国男人在亲吻女人的手时，看起来都有些愚蠢笨拙，但他却吻得如此轻松优雅。

74

直到在唐森家安顿下来后，凯蒂才发觉自己很疲倦。这种生活的富足以及她并不习惯的舒适生活打破了她一直以来的压抑。她已经忘记了自由自在是多么舒心愉悦，被美好的东西包围是多么安心惬意，被人重视是多么扬眉吐气。她松了一口气，回到了奢华的地方，以一种谨慎而有教养的方式，成为人们感兴趣的同情对象，这并不是一件令人讨厌的事。她刚刚失去丈夫，还没受到盛情款待，但殖民地的贵妇们（大使的夫人、海军上将的夫人和最高法院院长的夫人）都来陪她安静地喝茶。大使的夫人说，大使非常希望见到她，如果她能私下来总督府吃午餐，那就再好不过了。这些贵妇谈论凯蒂的时候，仿佛她是一件珍贵而易碎的瓷器。她看得出来，她们都把她当作一个女英雄，而她也有足够的幽默感，能够谦逊而谨慎地扮演这个角色。有时她真希望维丁顿也在这儿，以他的阴险精明，一定会轻而易举地看出这件事的有趣之处，等到他们单独在一起，就可以对此尽情地开怀大笑一番了。多萝西收到了他的一封信，他说了很多关于她在修道院里铤而走险、无私奉献的事迹，以及她惊人的勇气和顽强的自制力。当然，他是在巧妙地跟他们套近乎，虚伪卑鄙的家伙。

75

不知道是偶然还是故意，凯蒂从来没有和查理单独在一起待过。他的手段还真是高明，依然表现得那么温柔体贴、富有同情心、讨人喜欢而又和蔼可亲，谁也猜不出，他们不只是熟人那么简单。一天下午，她正躺在屋外的沙发上看书，他经过走廊，停了下来。

"你在读什么？"他问道。

"一本书。"她用讽刺的目光看着他，他笑了。

"多萝西到总督府去参加花园宴会了。"

"我知道，你怎么还不走？"

"我觉得无法面对你，想回来陪陪你。车就在外面，你想不想坐车绕着岛转一圈？"

"不用了，谢谢你。"

他在她躺着的沙发一端坐了下来。

"自从你来了以后，我们还没有机会单独谈谈呢。"

她带着冷漠而傲慢的目光直视着他的眼睛。

"你觉得我们之间还有什么话可说吗？"

"千言万语。"

她把脚挪了挪，以免碰到他。

"你还在生我的气吗？"他问道，嘴唇上挂着一抹微笑，眼睛里荡漾着似水的柔情。

"一点也不。"她哂笑道。

"如果不生气的话，我不认为你会笑。"

"你错了，我太瞧不起你了，根本不值得为你生气。"

他仍然镇定自若。

"我觉得你对我太苛刻了，冷静地回想一下过去的种种，难道你不认为我是对的吗？"

"那是从你的立场来看。"

"现在你认识多萝西了，你得承认她很好吧？"

"当然了，她对我的好，我永远铭记在心、心存感激。"

"她是一个千里挑一的人，如果我们真的远走高飞，我将不会有片刻的安宁。拿她开玩笑其实是非常拙劣的借口，毕竟，我得为我的孩子们考虑，那样做将给他们带来无可估量的伤害和无法弥补的损失。"

她若有所思地盯着他看了一会儿，觉得自己完全掌控了局势。

"来这里的这一周，我一直在仔细地观察你，最终得出的结论是：你真的非常喜欢多萝西，我从来没想过你会是这样。"

"我说过我喜欢她，我不会做任何让她感到片刻不安的事，她是一个男人最好的妻子。"

"你有没有想过，你欠她一点忠诚？"

"眼不见心不烦。"他笑着说道。

她耸了耸肩。

"你真卑鄙。"

"我是个凡人，不知道你为什么会因为我爱上了你而认为我是个卑鄙的人。你知道，我特别不想那样做。"

听他这么一说，她的心有点激动。

"我沦为了笑柄。"她痛苦地回答道。

"我自然无法预料到我们会陷入这样一个可怕的窘境。"

"任何情况下，你都有一个非常精明的想法，那就是，如果必须有人受到伤害，那个人绝对不会是你。"

"我觉得这有点过分了，毕竟，现在一切都结束了，你必须明白我这样做都是为了我们两个好。你当时失去了理智，惊慌失措，你应该庆幸我保持着清醒的头脑。你觉得如果我照你说的去做会成功吗？我们就像热锅上的蚂蚁，饱受煎熬。要是被直接投进火炉，那就更加惨不忍睹了。你现在算是毫发无损地回来了，为什么我们不能重新接纳彼此呢？"

她差点笑出来。

"我怎么可能忘记你把我送上鬼门关的事实，而没有一点懊悔之意呢？"

"哦，真是胡说八道！我告诉过你，只要采取合理的预防措施就不会有风险。要不是我完全相信这一点，你觉得我会让你暂时离开吗？"

"你深信不疑是因为你想相信，你是一个只考虑自身利益的懦夫。"

"好吧，事实胜于雄辩，你不是已经回来了，如果你不介意我说一些令人反感的话，你比以前更漂亮了。"

"瓦尔特呢？"

脑海中突然闪现出一个幽默的回答，查理笑了笑。

"没有什么比黑色更适合你了。"

盯着他看了一会儿，泪水在凯蒂的眼睛里打转，她不禁哽咽起来，那漂亮的脸蛋因悲伤而略显扭曲。她并不想掩饰，只是仰面躺着，双手放在身体两侧。

"看在上帝的分儿上，别这样哭，我不是故意说那些刻薄话的，那只是个玩笑，你知道我对你的丧夫之痛充满了真挚的同情。"

"哦，闭上你的臭嘴。"

"如果瓦尔特能回来，我愿意付出一切。"

"他是因你和我而死的。"

查理握住了她的手，但她却一把挣脱了。

"请你走开，"她抽泣着，"这是你现在唯一能为我做的事，我讨厌、鄙视你，瓦尔特抵得上十个你，而我却像个大傻瓜，对他的好视而不见。走开，走开。"

她看出他又要说什么，便一跃而起，逃回了自己的房间。他跟着走了进去，出于本能的谨慎，他把百叶窗拉了下来，顿时屋里一片昏暗。

"我不能就这样离开你，"他说着，伸手搂住了她，"你知道我并不是故意伤害你的。”

"别碰我，看在上帝的分儿上，离我远点。”

她试图挣脱他，但他把她抱得更紧了，她现在歇斯底里地哭了起来。

"亲爱的，你不知道我一直爱着你吗？”他用那深沉而迷人的声音说道，"现在我比以前更爱你了。”

"你怎么能撒这样的谎！放开我，该死的，放开我。”

"不要对我这么薄情，凯蒂，我知道我对你很残忍，但请你原谅我。”

她颤抖着，不住地抽泣，挣扎着想要摆脱他，但他手臂的力道对她来说似乎是一种神奇的安慰。她一直渴望着这双手能够再一次将她拥抱，一次就好。她感到异常虚弱，浑身都在哆嗦，骨头似乎都在融化，她对瓦尔特的悲伤变成了对自己的怜悯。

"哦，你怎么能对我这么无礼呢？”她抽泣着，"你不知道我曾经是多么全心全意地爱着你吗？没有人比我更爱你了。”

"亲爱的。”他开始吻她。

"不要，不要。”她叫道。

他寻找她的脸，但她把脸扭开了，他又寻找她的嘴唇。她不知道他在说些什么，断断续续、充满激情的情话。他的双臂紧紧地搂着她，使她觉得自己像个迷途的孩子，现在终于安全地回到了家。她微弱地呻吟着，双眼紧闭，满脸都是泪水。然后他找到了她的嘴唇，深深地吻了上去，一股欲望之火迅速传遍她的全身。她感到销魂蚀骨，如醉如痴。她顿时激情四射，犹如脱胎换骨一般。在梦里，在她的梦里，她体会过这种感觉。现在他和她在做什么？她不知道，她不是一个女人，她的人格被溶解了，她变成了欲望的奴隶。他把她抱了起来，她很轻。他抱着她，她紧紧地贴在他身上，绝望而又迷恋。她的头倒在了枕头上，他的嘴唇紧紧地贴上了她的嘴唇。

76

她坐在床头，用手掩住了脸。

"要不要喝点水？"

她摇了摇头，他走到盥洗台前，倒了一杯水递给她。

"来吧，喝一点，你会感觉好些的。"

他把杯子放到她唇边，她呷了一口，然后，用惊恐的眼神盯着他。他站在她身边，低头看着她，眼里闪烁着得意的光芒。

"喂，你觉得我和你一样是卑鄙龌龊的人吗？"他问道。

她低下了头。

"是的，但我知道我比你强不了多少，我深感惭愧。"

"好吧，我觉得你很不领情。"

"你现在就走吗？"

"说实话，我想是时候了，我得在多萝西回来之前把自己收拾好。"

他迈着轻快的步子走出了房间。

凯蒂一动不动地坐在床头，弓着背，像个傻子。她心里空荡荡的，身体一阵战栗，摇摇晃晃地站了起来，走到梳妆台前，一屁股坐在了椅子上。她凝视着镜中的自己，眼睛红肿，泪痕斑斑。她的脸被玷污了，一个脸颊上有他留下的红色印记。她惊恐地看着镜中的自己，依然是同一张脸，她幻想着能看出什么令她意想不到的堕落变化。

"下流坯，"她对着自己的影像狠狠地说道，"下流坯。"

然后，她把脸伏在手臂上，痛哭起来。可耻，可耻！刚刚经历了什么，她完全一头雾水，太可怕了，她恨他，更恨她自己。她竟然感觉到一种狂喜，哦，太可恶了！她再也不敢正视他了。他是如此理直气壮，他没有娶她是对的，因为她没有出息。她比一个妓女好不了多少，哦，甚至比她们更糟糕，因为那些可怜的女人是为了生计而献出自己的。多萝西在她痛苦而残酷的悲伤中，把她带到了这所房子里。她的肩膀因啜泣而抖动着，现在一切都消失了。她以为自己已经脱胎换骨，她以为自己很坚强，她以为自己这次回到香港可以成为一个独立自主的女人。新的思想像阳光下的黄色小蝴蝶在她的心中飞舞，她对未来充满了无限憧憬；自由就像一种光明的精神在召唤着她，世界就像一片广阔的平原，她可以昂起头来轻盈地行走。她认为自己已经摆脱了欲望和邪恶的激情，可以自由地过着纯洁而健康的精神生活。她把自己比作白鹭，在黄昏时分悠闲地飞翔在稻田上，就像翱翔的思绪在放飞自我。如今她却成了一个欲望的奴隶。懦弱，懦弱！这真是令人绝望，任何努力都是徒劳无益的。她就是个荡妇。

她不想去吃晚饭，她让仆人去告诉多萝西，她头痛，希望待在自己的房间里。多萝西进来了，看见她红肿的眼睛，就用那温柔而富有同情心的口吻跟她谈了一些琐碎的事情。凯蒂知道，多萝西以为她是为了瓦尔特而哭的，她是一位贤惠忠诚的妻子，对这种自然的悲哀表现出深切的同情。

"我知道这很难,亲爱的,"她离开凯蒂时说道,"但你必须鼓起勇气去面对这一切,我相信你亲爱的丈夫不会希望你为他伤心的。"

77

第二天早晨,凯蒂起得很早,给多萝西留下了一张纸条,说她有事要出去一趟,便乘坐电车下了山。她穿过挤满了汽车、人力车和轿车的街道,穿梭在混杂着欧洲人和中国人的人流中,向航海公司的办事处走去。两天后有一艘船要起航,那是最早离港的船,她已经下定决心,要不惜一切代价上这艘船。当乘务员告诉她铺位都已经订满了时,她要求见客运主管。她报上了自己的名字,那个她以前见过的代理出来把她迎进了办公室。他知道她的情况,当她讲述了自己的愿望时,他派人去拿来乘客名单,困惑地看着它。

"我恳求你无论如何都帮我协调一下。"她催促道。

"费恩太太,我想这个殖民地里没有一个人不愿意为你做任何事情。"他回答道。

他请了一个办事员来询问,然后点了点头。

"我们将转移一两个人,知道你想回家,我想我们应该尽全力先为你安排,我会给你腾出一个小屋,你一定会喜欢的。"

她向他道谢,兴高采烈地离开了。她现在唯一的想法就是立刻逃走,逃走! 她给父亲发了一封电报,告诉他她马上就要回去了。她已经给父亲发过电报，告诉他瓦尔特已经死了。接着她回到了唐森家，把她所做的事告诉了多萝西。

"失去你，我们会非常难过的。"这个善良的女人说道，"不过，当然，我非常理解你想和你的父母在一起。"

自从回到香港以后，凯蒂每天都在犹豫要不要回她和瓦尔特的那个家看看。她害怕再走进那间屋子，面对那里的点点滴滴的回忆。但现在她别无选择，查理已经安排好出售家具的事，也找到了一个急于租下来的人，但是那里面有她和瓦尔特的全部衣服，因为他们几乎没有带什么东西到湄潭府去，另外还有一些书、照片和零碎的东西。凯蒂对一切都漠不关心，一心想和过去彻底做个了断，她意识到，如果让这些东西和其他东西一起拿去拍卖的话，会戳到殖民地人民的痛处，她必须打包起来寄回老家。因此，午饭之后，她便准备去那边的房子。渴望给她提供帮助的多萝西表示愿意陪她一起去，但凯蒂请求让她一个人去。她同意多萝西的两个孩子来帮忙收拾行李。

负责处理这座房子的管家为凯蒂打开了门。让人感到奇怪的是，走进房子时，她感觉自己就像个陌生人。房间里干净整洁，每样东西都各就其位，随时准备供她使用。尽管天气很暖和，阳光明媚，但寂静的房间里却弥漫着一股令人发冷的悲痛气息。家具都井然有序地摆放在各自的位置上，花瓶也原封不动地立在原来的地方。凯蒂不记得什么时候平放的那本书还依然脸朝下躺着。仿佛一分钟前这座房子还空荡荡的，然而那一分钟却充满了永恒，你无法想象什么时候这座房子还会再次回荡欢声笑语。钢琴上的狐步舞曲谱似乎随时在等待有人来弹奏，但是你会有一种感觉，如果敲击琴键，应该不会发出任何声音。瓦尔特的房间和他走之前一样整洁，抽屉柜上有两张凯蒂的大照片，一张穿着礼服，一张穿着婚纱。

孩子们把箱子从储藏室拿出来，她站在旁边看着他们收拾行李，他们收拾得又整齐又迅速。凯蒂想，在这两天里，她可以轻而易举地把所有的事情都处理完。她不容许自己胡思乱想，因为她没有时间了。突然，她听到身后传来一阵脚步声，转过身来，看见了查理·唐森，她心里突然感到一阵寒意。

"你想干什么？"她说道。

"请到客厅来一下好吗？我有话要对你说。"

"我很忙。"

"我只耽误你五分钟。"

她没有再说什么，只是对孩子们说了一句话，让他们继续做他们正在做的事，然后领着查理进了隔壁的房间。她并没有坐下来，这是为了让他知道，她希望他不要挽留她。她知道自己脸色苍白，心跳得很快，但她还是冷静地面对着他，眼睛里充满了敌意。

"你想干什么？"

"我刚从多萝西那里听说你后天就要走了，她告诉我你到这里来收拾行李，要我打电话问你有什么需要帮忙的。"

"我很感激你，但我一个人完全能应付得过来。"

"我也是这么想的，我来不是为了这个，是想问一下你突然离去是不是因为昨天发生的事情。"

"你和多萝西对我很好。我不希望你认为我在利用你们的善良本性。"

"这不是一个诚实坦率的回答。"

"关你什么事？"

"这关系重大，我不想让人觉得是我做了什么事情把你赶走了。"

她站在桌边，低下头，目光落在了那幅素描上。现在已经过去好几个月了，这是瓦尔特在那个可怕的夜晚一直盯着的那张图纸，而他现在却永远离开了这个世界。她抬起了眼睛。

"我觉得自己已经完全堕落，你不可能像我那样鄙视我自己。"

"但我不鄙视你，我昨天所说的每一句话都是认真的，像这样逃跑有什么好处？我不知道为什么我们不能成为好朋友，我讨厌你认为我对你不厚道。"

"你为什么不能放过我？"

"真该死，我不是棍子，也不是石头，你看待这件事的方式竟是如此不合理、如此病态。我以为经过昨天你会对我好一点，毕竟，我们只是凡人。"

"我不觉得我们是人，倒像是动物，一头猪，一只兔子，或者一条狗。哦，我不是责怪你，我也一样糟糕。我屈服于你是因为我想要你，但那不是真正的我，我不是那个可恨、恶毒、贪婪的女人。我不承认，躺在床上为你喘气的不是我，因为我的丈夫还在坟墓里尸骨未寒，而你的妻子又对我如此亲切友好，好得难以形容。那只是我身体里的一只动物，黑暗而可怕，就像一个邪恶的幽灵，我不承认，我恨它，我鄙视它。那天以后，一想到它，我就会恶心到想吐。"

他微微皱起了眉头，不自在地窃笑了一声。

"好吧，我是相当开明的，但有时候你说的话确实让我感到震惊。"

"我很抱歉那样做，你最好现在就走，你是个无足轻重的小人物，而我却很傻，傻到那么郑重其事地跟你说话。"

他沉默了片刻，她从他蓝色的眼睛里看出他在生她的气。当他最终像往常一样机智而客气地为她送行时，他会松一口气。想到他彬彬有礼地跟她握手，祝她一路顺风，而她则客气地感谢他的盛情款待，她不禁觉得有点好笑。但她看到他的表情变了。

"多萝西告诉我，你要生孩子了。"他说道。

她觉得自己的脸都红了，但她不允许自己暴露任何软肋。

"是的。"

"我可能是孩子的父亲吗？"

"不，不，这是瓦尔特的孩子。"

她的语气很重，这是无法避免的，甚至她在说话的时候，都能感觉到自己的语气无法令人信服。

"你确定吗？"他现在调皮地笑着，"毕竟你和瓦尔特结婚几年了什么都没发生，日期似乎也完全吻合。我觉得孩子更有可能是我的，而不是瓦尔特的。"

"我宁愿自杀，也不愿生你的孩子。"

"哦，拜托，真是荒唐，我会非常高兴和自豪的，我希望是个女孩，我只和多萝西生过男孩，你不需要过多怀疑，你知道，我的三个孩子绝对是我活生生的形象。"

他又恢复了愉快的心情，她知道为什么，因为如果孩子是他的，尽管她可能再也见不到他了，但她却永远无法完全摆脱他。他对她的控制力会延伸出去，他仍然会模糊但确切地影响着她生活的每一天。

"你真的是我碰到过的最自负、最愚蠢的笨蛋，我碰到你真是倒了八辈子霉。"她说道。

78

当船驶进马赛港的时候，凯蒂望着在阳光下闪闪发光的海岸线，突然看到了矗立在圣母嘉德大教堂顶部的圣母马利亚的镀金雕像，这是航海者平安的象征。她记得湄潭府修道院的修女们在永远离开自己故土的那一刻，虔诚地跪在那里，祈祷着能够减轻她们与亲人分离的痛苦，看着那个身影渐渐从眼前消失，直到成为蓝色天空中一个小小的金色火焰。她双手合十，祈求着未知的力量。

在漫长而安静的旅途中，她不断地回想着发生在她身上的种种可怕的事情。她无法理解自己，太出乎意料了，到底是什么驱使她在打心眼里鄙视查理的情况下，热情地屈服于他那肮脏的怀抱？愤怒填满了她的心间，她对自己充满了厌恶。她觉得她永远也无法忘记自身的耻辱，她哭了。但是，随着她离香港的距离越来越远，她发现心中的怨恨在不知不觉中渐渐消散，所有的一切，仿佛发生在另一个世界。她就像是一个突然发疯的人，康复之后依稀记得在迷迷糊糊之中所做过的荒唐事，对此深感痛苦和自责。因为她知道那不是真实的自己，所以她觉得至少可以尽情放纵一回。凯蒂想，也许一颗宽宏大量的心会同情她，而不是谴责她。但想到自己的自信心被彻底粉碎，她不禁叹了口气。曾经她以为前方的道路是笔直而平坦的，现在她发现这是一条弯弯曲曲的路，前面还有陷阱在等着她。广阔的空间和印度洋悲壮而美丽的日落让她的身心获得了短暂的休息。她仿佛被带到了另外一个国度，在那里她可以自由支配自己的灵魂。如果只能以激烈的冲突为代价来重获自尊，那么，她必须鼓起勇气去面对它。

未来是孤独而艰难的。在塞得港，她收到了母亲的一封回复她电报的信，那是一封很长的信，用一种巨大而又奇特的字体写成，这是在母亲的少女时代，年轻的女士们竞相学习的一种字体 。它是如此工整，给人一种不真实的感觉。贾斯汀太太对瓦尔特的死表示遗憾，并对女儿的悲伤表示同情。她担心凯蒂得不到足够的生活保障，但殖民地办公室自然会给她一笔养老金。知道凯蒂要回英国了，她很高兴。当然，凯蒂必须和她的父母住在一起，直到孩子出生。接下来是凯蒂一定要遵守的一些指示，以及她妹妹多丽丝分娩的种种细节。这个小男孩的体重超乎寻常，他的祖父说他从来没有见过比这更健壮的孩子。多丽丝又怀孕了，他们希望再生一个男孩，以便确保对男爵爵位的继承。

凯蒂看出，这封信的重点在于邀请的确切日期。贾斯汀太太不想在生活条件一般的情况下，再背负上一个守寡的女儿。奇怪的是，她回想起母亲过去是那么宠爱她，而现在她却令她如此失望，她觉得自己不过是个讨厌鬼。父母和孩子之间的关系是多么奇妙啊！当孩子还很小的时候，父母溺爱着他们，对于孩子的每一次小灾小病，他们都要经历理解的痛苦，孩子也怀着爱慕和崇敬之情依恋着父母。几年过去了，孩子长大了，对于他们的幸福来说，非亲属比父母更重要。冷漠取代了过去盲目而本能的爱。他们的会面成了无聊和恼怒的根源，他们曾经一度为一个月的离别而心烦意乱，现在却能心平气和地期待着好几年的长久分离。她的母亲不需要担心，因为只要她能做到，她就会为自己建立一个家，但她需要一点时间。目前一切都是模糊的，她无法在脑海中勾勒出任何未来的画面，也许她会在分娩中死去，所有的困难也将迎刃而解。

当船靠岸的时候，两封信被递到了她手里。她惊讶地认出那是父亲的笔迹，她不记得父亲曾经给她写过信。他并不热情洋溢，开头写着：亲爱的凯蒂。他告诉她，他是代替她母亲写信的，她母亲身体一直不好，不得不去疗养院做手术。凯蒂并不害怕，她坚持自己的决定，要走海路，因为走陆路要费钱得多。由于母亲不在家，凯蒂在哈里顿花园的房子里待着有些不方便。另一封是多丽丝发来的，开头依旧写着"亲爱的凯蒂"，并不是因为多丽丝对她有什么特殊的感情，而是因为她对她认识的每一个人都是这样称呼的。

亲爱的凯蒂：

我想父亲已经给你写过信了，妈妈必须动手术，从去年开始，她的身体一直不好，但你知道她讨厌医生，一直在服用各种药物。我不知道为什么她坚持要对整件事保密，如果你问她问题，她就会大发雷霆。她看起来糟糕透了，如果我是你，我想我会在马赛港下船，然后尽快赶回来。不过你可别说是我叫你来的，因为她装出一副什么事都没有发生的样子，在她回家之前，她不想让你来这里，她请求医生一周后让她出院。

爱你的

多丽丝

瓦尔特的事我感到非常遗憾，你一定过得很辛苦吧，可怜的宝贝。我只是太想见你了，我们在一起生养孩子一定很有趣，我们将会牵着彼此的手，相互照应。

凯蒂陷入了沉思，在甲板上站了一会儿。她无法想象母亲会生病。在她的记忆中，母亲永远是那样活力四射、坚决果断，对于别人的病痛总是表现出很不耐烦的样子。这时，一位乘务员拿着一份电报向她走来。

我非常遗憾地通知你，你母亲今天早上去世了。

父亲

79

凯蒂按响了哈里顿花园房子的门铃，有人告诉她父亲在书房里，她走到门口，轻轻地打开了门。父亲正坐在炉火旁阅读晚报的最后一版，她进来时，他抬起头来，放下报纸，紧张地一跃而起。

"哦，凯蒂，我还以为你乘坐的是下一趟列车呢。"

"我不想让你大费周折来接我，所以就没有告诉你预计到达的时间。"

他在她脸颊上吻了一下，这种感觉她仍然记忆犹新。

"我只是随便翻翻报纸，"他说道，"这两天我一直都没时间看。"

她明白，他认为如果他忙于日常生活中的一些琐事，就需要一定的解释。

"当然了，"她说道，"你一定累坏了，恐怕母亲的去世对你来说是非常大的打击。"

与她上一次见到他时相比，他老了很多，也瘦了不少。一个身材矮小、满脸皱纹、浑身干瘪的男人，言行举止却是那么严格谨慎。

"医生说，她的情况完全没有任何治疗的希望，这种情况已经有一年多了，一直没见好转，但她拒绝去看医生。医生告诉我，她在最后的日子里一定经历了常人难以忍受的疼痛，能坚持下来真是个奇迹。"

"她从来没有抱怨过吗？"

"她说自己身体不太好，但她从未抱怨过疼痛。"他停了下来，看着凯蒂，"经过长途跋涉，你一定很累吧？"

"不怎么累。"

"你要不要上去看看她？"

"她在这里吗？"

"是的，她是从医院被带到这里来的。"

"好，我现在就去。"

"要不要我陪你一起去？"

父亲的语气里夹杂着一种东西，她不禁飞快地瞥了他一眼，他的脸微微转过去不看她。他不想让她捕捉到他眼睛里的矛盾。凯蒂近来练就了一种非凡的本领——看透别人的心思。毕竟，她曾一天又一天地调动全身的敏感神经，从丈夫一句不经意的话或一个不加防备的动作中探知他隐藏在内心深处的真实想法。她立刻猜到了父亲试图对她隐藏什么，这是一种解脱，一种极大的解脱，他害怕这样的自己。三十多年来，他一直是一个忠实的好丈夫，从来没有说过妻子一句坏话，现在他却要为她伤心。他总是按部就班地做着人们期望他做的事，如果他一个不经意的眼神，或者一个轻微的动作，让人看出他没有表现出一个失去妻子的丈夫在这种情况下应该有的感情，他就会感到非常震惊。

"不，我宁愿自己去。"凯蒂说道。

她上了楼，走进了那间宽敞、阴冷、装饰夸张的房间，这是她母亲睡了三十多年的地方。她清楚地记得那些装饰墙壁的大块红木以及以马库斯·斯诺命名的艺术雕刻品。梳妆台上的东西摆放得有条不紊，这是贾斯汀太太一生所坚持的。这些花看起来似乎很不协调。贾斯汀太太认为在卧室里放花是愚蠢、做作且不健康的，花的香味并不能掩盖那股刺鼻的霉味，就像刚洗过的亚麻布味一样，这是凯蒂记忆中母亲房间里特有的味道。

贾斯汀太太躺在床上，双手交叉放在胸前，这辈子她根本无法忍受这样温顺的姿势。她的五官有着鲜明的个性特征，两颊因痛苦而深深凹进去，两鬓塌陷，看上去端庄优雅，甚至很有气势。死亡带走了她脸上的吝啬和势利，还原了她本来的面部表情。她仿佛是罗马帝国时代的一位皇后，令凯蒂感到奇怪的是，在她所见过的死者中，只有她母亲在死后还保持着这种神情，仿佛那泥土曾是她灵魂的故乡。悲痛是感觉不到的，因为她和母亲之间曾经有过太多的辛酸，她内心深处没有留下任何深厚的情感。而回想起她的少女时代，她明白是她的母亲一手造就了她现在的样子。但是，看着这个尖酸刻薄、盛气凌人、野心勃勃的女人静静地躺在那里，毫无声息，她所有的如意算盘都在死亡中破灭，她感到一种模糊的悲怆。她这一辈子都在精心策划和钩心斗角，穷尽一生都在为一些卑微和不值得的事奔波忙碌。凯蒂好奇自己也许是在别的什么星球上，她惊愕地看着自己在尘世走过的路。

多丽丝进来了。

"我估计你会坐这趟火车来，我觉得我必须进去看一下，是不是很可怕？可怜的妈妈。"

她突然泣不成声，扑进了凯蒂的怀里，凯蒂吻了吻她。她清楚母亲是如何为了她而忽视多丽丝的，也清楚母亲对多丽丝是如何苛刻的，因为她相貌平平，头脑迟钝。她不知道多丽丝是否真的感受到她所表现出来的极度悲伤。多丽丝总是容易情绪化，凯蒂真希望自己也能哭出来，那样多丽丝就不会认为她冷酷无情了，但凯蒂觉得她已经经历了太多的痛苦，没有必要去伪装她没有感受到的情感。

"你愿意来看看爸爸吗？"感觉到多丽丝的情绪有所缓和，凯蒂便开口问道。

多丽丝擦了擦眼睛，凯蒂注意到怀孕使妹妹的容貌变得更加木讷了，黑色的衣服穿在她身上，显得她既臃肿又邋遢。

"不，我认为我不会，我会再哭一次的，可怜的老爸，他有着超乎想象的承受力。"

凯蒂领着妹妹走出了母亲的屋子，然后回到了父亲身边。他站在炉火前，报纸叠得整整齐齐，他想让她知道他并没有一直在看。

"我还没换好吃晚饭的衣服呢，"他说道，"但我觉得没那个必要。"

80

他们开始吃饭了。餐桌上，贾斯汀先生向凯蒂详细讲述了他妻子生病和去世的过程、朋友们对他的关怀（桌子上堆着一沓慰问信，想到回信的负担，他不禁叹了口气），以及他为葬礼所做的安排。然后他们回到了他的书房，这是这所房子唯一有火的地方。他机械地从壁炉架上取下烟斗，开始往里装烟草，但他疑惑地看了女儿一眼，又把烟斗放下了。

"你不抽烟吗？"她问道。

"你母亲不太喜欢饭后抽烟的味道，自从战争结束后，我就不抽雪茄了。"

他的回答让凯蒂感到一阵心痛。一个六十岁的男人在自己的书房里抽支烟都要瞻前顾后、犹豫不决，这似乎太可怕了。

"我喜欢烟草的味道。"她笑着说道。

他脸上掠过一丝宽慰的神情，再次拿起烟斗，点燃了它。他们面对面坐在炉火的两边，他觉得他有必要和凯蒂谈谈她自己的烦恼。

"我想你应该是在塞得港收到你母亲的信的吧。可怜的瓦尔特！他去世的消息对我们两人都是一个巨大的打击，我认为他是个很好的人。"

凯蒂不知道该说什么。

"你妈妈告诉我你要生孩子了。"

"是的。"

"预产期在什么时候？"

"大概四个月以后。"

"这对你将是一种莫大的安慰，你得去看看多丽丝的儿子，小家伙非常可爱。"

他们谈话的距离比初次相识的陌生人还要远，因为如果是陌生人的话，他会仅仅因为好奇而对她感兴趣，但共同的过去在他们之间形成了一堵冷漠的墙。凯蒂非常清楚，她没有做任何事情去赢得父亲的好感。在这所房子里，他从来不被人重视，所有人都觉得他理所应当为这个家操劳奔波。他是养家糊口的人，因为不能为家庭提供更好的生活条件而被人瞧不起。而她却理所当然地认为他应该爱她，只因为他是她的父亲。当发现父亲对她毫无感情时，她感到非常震惊。她只知道她们烦透了他，却从来没有想过他也同样烦透了她们。他还是一如既往地和蔼温顺，但在苦难中所学到的那种可悲的洞察力告诉她，他打心眼里不喜欢她，尽管他可能从来都没有承认过，也永远不会承认。

他不抽烟斗了，站起身来，想找个东西来戳灭它，也许这只是掩饰自己紧张情绪的一种方式。

"你母亲希望你在这儿住到孩子生下来，她本来要把你的旧房间收拾好。"

"我知道，我保证不会给你添麻烦。"

"不是那样的，在这种情况下，你唯一可以去的地方显然只有你父亲的家，但事实是，我刚刚被授予巴哈马群岛的大法官，我已经接受了任命。"

"哦，父亲，我真为你感到高兴，我衷心地祝贺你。"

"这个提议来得太晚了，我还没来得及告诉你可怜的母亲，这会给她带来很大的满足感。"

这真是命运悲哀的讽刺！经历了所有的努力、阴谋和耻辱，贾斯汀太太到死都不会知道，她的理想抱负，无论曾经如何被摧残削弱，最终还是实现了。

"我下个月初就要乘船上任了，当然，这所房子将交给代理人去处理，我打算将家具卖掉。很抱歉，我不能让你住在这里，但如果你想要这里的任何一件家具来装饰一套公寓，我会非常高兴送给你。"

凯蒂看着炉火，她的心跳加快，奇怪的是，她突然之间竟然如此紧张。但最后她还是强迫自己说了出来，她的声音有些颤抖。

"我能和你一起去吗，爸爸？"

"你吗？我亲爱的凯蒂。"

他的脸沉了下来。她以前经常听到对这种表情的描述，认为这只是一个词语，但现在她生平第一次看到了实实在在的动作，那种表情是如此明显，让她大吃一惊。

"但你所有的朋友都在这里，多丽丝也在这里，我本以为如果在伦敦租一套公寓，你会更高兴的。虽然不清楚你的具体情况是什么，但我很乐意给你付房租。"

"我有足够的钱生活。"

"我要去一个陌生的地方，我对那里的情况一无所知。"

"我已经习惯了陌生的地方，伦敦对我来说已经毫无意义了，我在这里几乎无法呼吸。"

他的眼睛闭了一会儿，她以为他要哭了。他的脸上带着一种极度痛苦的表情，这伤透了她的心。也许她是对的，他妻子的死使他如释重负，现在这个与过去彻底决裂的机会给了他自由，一种全新的生活在他面前展开，经过这么多年的休息和幸福的海市蜃楼之后，他终于看到了自由的曙光。她依稀看到了三十年来折磨他内心的种种痛苦。他终于再次睁开了眼睛，禁不住发出了一声叹息。

"当然，如果你愿意来，我会很高兴的。"

令人同情的是，他的挣扎竟是如此短暂，他已经屈服于内心的责任，这几句话让他放弃了所有的希望。她从椅子上站起来，走到他跟前，跪下来抓住了他的双手。

"不，父亲，除非你心甘情愿地接纳我，否则我是不会去的。你已经牺牲得够多了，想一个人去就去吧，一分钟都不要为我考虑。"

他松开她的一只手，抚摸着她美丽的头发。

"我当然非常乐意接受你，亲爱的。毕竟我是你的父亲，而你是个孤苦无依的寡妇。如果你想和我在一起，而我却不想和你在一起，这似乎有点不近人情。"

"但这就是问题所在，我对你没有任何要求，因为我是你的女儿，你什么都不欠我的。"

"哦，我亲爱的孩子。"

"什么都不欠，"她激烈地重复着，"一想到我们一辈子都在依赖你，却没有给你任何回报，甚至没有给过你一点点的关心，我的心就直往下沉。恐怕你的生活并不幸福，能不能让我试着弥补一下过去的遗憾和缺失？"

他微微皱起了眉头，她的真情流露让他感到不知所措。

"我不明白你的意思，我从来没有抱怨过你。"

"哦，父亲，我经历了太多，我太不开心了，现在的我已经不是离开时的那个凯蒂了。我非常柔弱，但我已经脱胎换骨，不再是曾经那个懵懂无知的家伙了，你愿意给我一次机会吗？现在除了你，这个世界上我没有任何人可以依靠。你能不能允许我试着赢得你的宠爱？哦，父亲，我是如此孤独、如此痛苦。我是如此渴望得到你的爱。"

她把脸埋在他的腿上哭了起来，似乎心都快要碎了。

"哦，我的凯蒂，我的小凯蒂。"他喃喃地说道。

她抬起头来，搂住了他的脖子。

"哦，父亲，对我好一点，让我们善待彼此吧。"

他吻了吻她，吻在她的嘴唇上，就像一个情人那样，他的脸颊被她的泪水打湿了。

"你当然要跟我走。"

"你想让我去吗？你真的希望我这么做吗？"

"是的。"

"我太感激你了。"

"哦，亲爱的，别对我说这种话，这让我觉得很尴尬。"

他拿出手帕擦干了她的眼泪，他以一种她从未见过的方式微笑着，她又一次用胳膊搂住了他的脖子。

"我们会很开心的，亲爱的爸爸，你不知道我们在一起将会有多开心。"

"你没有忘记你要生孩子了吧。"

"我很高兴她能出生在听得见大海的广阔蓝天之下。"

"关于孩子的性别，你心里有主意吗？"他喃喃地问道，嘴角露出一抹淡淡的干涩笑容。

"我想要一个女孩，因为我想好好教养她，绝不让她重蹈我的覆辙，当回过头来重新审视我的少女时代时，我真的非常讨厌我自己，但我已经没有机会了。我要把女儿养大，让她自由、独立，我把一个孩子带到这个世界上来，爱她，将她养大，不是为了让她跟某个男人睡觉，或者将自己下半辈子的食宿寄托在某个男人身上。"

她感到父亲僵在了原地，他从来没有听过这样的话，听到这些话从女儿嘴里说出来，他感到很震惊。

"让我坦白这一次，父亲，我愚蠢、邪恶又可恨，我受到了严重的惩罚。我下定决心要把自己的女儿从这一切中拯救出来，我希望她无所畏惧，坦率真诚。我希望她不依赖任何人，做一个独立自主的人，我希望她能轻松自如地对待生活，永远过得比我好。"

"哎呀，我亲爱的孩子，你说话的语气好像已经有五十岁似的，前面还有大好的人生在等着你呢，你不能灰心丧气。"

凯蒂摇了摇头，慢慢地笑了。

"我没有沮丧，我心中充满了希望和勇气。"

过去的都已经过去，就让往事随风飘散，这是不是有点太绝情了？她衷心地希望自己能够学会怜悯和仁慈。尽管不知道前方等待她的是什么样的未来，但她觉得自己完全能够轻松愉快地接受即将到来的一切。突然间，不知道为什么，她的潜意识里竟然浮现出她和可怜的瓦尔特出发前往那座瘟疫之城的画面，也就是那座城市夺走了他年轻的生命。那天清晨，天还没亮，他们就坐在轿子上出发了，破晓时分，她凭直觉感知着周围的景象，在脑海中构想出一幅美得令人窒息的画面，这使得她心中的痛苦得到了暂时的缓解。在这些美景面前，人类所有的苦难都显得那么微不足道。太阳升起来了，驱散了弥漫在天空中的雾气，她看见他们要走的那条小路蜿蜒向前，一直延伸到视线的尽头。他们穿梭在稻田间，跨过一条小河，在高低起伏的乡村间蹒跚前行——也许她的错误和愚蠢，以及她所遭受的不幸并不完全是徒劳无益的，如果她能顺着面前这条她隐约感知到的路走下去。这不是善良有趣的维丁顿所说的那条不会通向任何地方的路，而是修道院里那些可爱的修女谦卑地沿袭的路，这条路通向平静与安宁。

© 民主与建设出版社，2025

图书在版编目（CIP）数据

面纱 /（英）威廉·萨默塞特·毛姆著；辛侯云译.
北京：民主与建设出版社，2025. 5. -- ISBN 978-7
-5139-4936-1

　　Ⅰ . I561.45

中国国家版本馆 CIP 数据核字第 202500M9G0 号

面纱
MIANSHA

著　　者　〔英〕威廉·萨默塞特·毛姆
译　　者　辛侯云
责任编辑　郝　平
封面设计　冬　凡
出版发行　民主与建设出版社有限责任公司
电　　话　（010）59417749　59419778
社　　址　北京市朝阳区宏泰东街远洋万和南区伍号公馆 4 层
邮　　编　100102
印　　刷　三河市华成印务有限公司
版　　次　2025 年 5 月第 1 版
印　　次　2025 年 6 月第 1 次印刷
开　　本　880mm×1230mm　1/32
印　　张　8
字　　数　179 千字
书　　号　ISBN 978-7-5139-4936-1
定　　价　36.00 元

注：如有印、装质量问题，请与出版社联系。